1948

重写文学史经典

百年
中国文学
总系

谢冕
孟繁华 主编

1948：
天地玄黄

钱理群 著

人民文学出版社

图书在版编目(CIP)数据

1948:天地玄黄/钱理群著. —北京:人民文学出版社,2015(2023.6重印)
("重写文学史"经典·百年中国文学总系/谢冕,孟繁华主编)
ISBN 978-7-02-010848-0

Ⅰ.①1… Ⅱ.①钱… Ⅲ.①中国文学—现代文学史—1948
Ⅳ.①I209.6

中国版本图书馆 CIP 数据核字(2015)第 060283 号

责任编辑 付如初
装帧设计 刘 远
责任印制 宋佳月

出版发行 人民文学出版社
社 址 北京市朝内大街 166 号
邮政编码 100705

印 刷 三河市鑫金马印装有限公司
经 销 全国新华书店等

字 数 212 千字
开 本 880 毫米×1230 毫米 1/32
印 张 10.375 插页 3
版 次 2017 年 3 月北京第 1 版
印 次 2023 年 6 月第 3 次印刷

书 号 978-7-02-010848-0
定 价 42.00 元

目　录

新版序言

怀念那个学术年代

孟繁华

《百年中国文学总系》在谢冕先生的领导下，历经七年时间，于1998年5月由山东教育出版社出版。书系出版后，在学界产生了极大的反响。两年间海内外有近百篇评论文章发表。关于书系的要义、构想及写作过程，谢冕先生在总序一《辉煌而悲壮的历程》和我在总序二《〈百年中国文学总系〉的缘起与实现》中，已做了详尽说明，这里不再赘述。我想说的是，当近二十年过去之后，我对那个学术年代充满了流连和怀念。

1989年秋季，谢冕先生在北大创办的"批评家周末"，一直坚持到1998年。十年间，谢先生带领我们讨论与当代文学有关的各种问题。除了谢先生带的博士研究生和国内外访问学者外，许多在京的青年学者和批评家都参加了这一学术沙龙性质的活动。1999年，我在《批评家周末十年》一文中记述了当时的情景——

> 1989年10月，谢冕先生在北京大学创办了"批评家周末"，他用这一形式对就学于他的博士生和国内外访问学者进行教学和研讨活动。基于当时空旷寂寞的学术环境和

“批评家周末”的影响,一些青年教师和在京的青年批评家,也都纷纷加入了这一定期活动,这不仅极大地提高了研讨的学术质量,同时也在有限的范畴内活跃了当时的学术气氛,并形成了当代文学研究规模可观的学术群体,使学院批评在社会一隅得以存在和延续。逝者如斯,蓦然回首,“批评家周末”已经经历了十个年头。当它仍在继续并取得了丰硕成果的时候,回望十年,它特别值得我们纪念。

这一批评形式的创造性,不在于它的命名,重要的是它改变了传统的教学方式,改变了课堂教学单向度的知识传授。自由讨论和畅所欲言,不仅缓释了那一时代青年参与者的抑郁心情和苍茫感,同时,它宽松、民主、平等的环境,更给参与者以无形的熏陶和浸润,并幻化为一种情怀和品格,而这一点可能比它取得的已有成果更为重要。或者说:“批评家周末”首先培育了学者应有的精神和气象,它以潜隐的形式塑造了它的参与者。

十年来,在谢冕先生的主持下,它的成员先后完成了多项重要的学术工程,“20世纪中国文学”丛书十卷、《中国百年文学经典》十卷、“百年中国文学总系”十二卷,在学界和社会上产生了强烈反响,给学科建设以极大的推动和影响。这些成果,不仅对百年来中国文学实施了一次重新书写,同时也以新的观念改变了传统的研究方式,为学科建设注入了新质。而这些研究同样体现了批评家周末的精神,它虽然也是群体性的写作,但它同传统的文学史编写有极大的不同。谢冕先生提出了总体构想之后,并不强调整齐划一,并不把他的想法强加给每个人,而是充分尊重作者的独立性，充分发挥每个人的学术专长，让他们在总体构想的范畴内自由而充分地体现学术个性。因此，这些学术作品并不是线性地建构了“文学史”，并不是为了给百年文学一个整体“说法”，而是以散点透视的形式试图解决其间的具体问题，以“特写镜头”的方式深入研究了文学史制度视野不及或有意忽略的一些问题。但“百年文学”作为一个新的概念和总体构想，显然又是这些具体问题的整体背景。这一构想的实现，为百年中国文学的研究提供了新的参照和生长点。

那时，包括洪子诚先生在内的书系的作者，都是这个学术群体的成员，几乎没有间断地参加了“批评家周末”的所有活动。这个学术共同体已经成为历史，但是它形成的学术传统却深刻地影响了所有的成员。后来我一直在想：“批评家周末”完成的所有项目，都没有“立项”，既不是“国家社科基金”，也不是“重点”或“重大”；既没有经费也没有赞助。但是，书系的所有作者心无旁骛，一心问学。认真地报告、认真地倾听，然后是激烈的争论。谢先生有他整体性的构想，但他更强调作者个人的主体性，并且希望尽可能保有作者个人的想法甚至风格。现在看来，书系在写作风格和具体结构方面并不完全一致，比如，谢先生的《1898：百年忧患》，从“昆明湖的石舫”写起，那艘永远无法启动的石舫意味深长；钱理群先生的《1948：天地玄黄》，广泛涉及了日记、演出、校园文化等；李书磊的《1942：走向民间》从“两座城”和“两个人”入手；洪子诚的《1956：百花时代》，则直接入题正面强攻。如此等等，既贯彻了主编的整体意图，又充分彰显了作者的个人长处。自由的学术风气和独立的思想，就这样弥漫在这个群体每个人的心灵深处。于是我想,学术理想、学术气氛和学术信念,可能远比那些与学术无关的事务更有感召力和感染力。这种力量就源于学人内心的纯净或淡然,与功利无关。我这样说,并不意味着这套书系有多么了不起、如何“经典”。需要强调的是,它经受了近二十年的检验,它还需要经历更长时间的检验。如今,书系的作者之一程文超教授已经去世多年,很多先生也已退休,但是,我们曾经共同拥有的过去,将是值得我们永远怀念和珍惜的人生风景。

现在,这套《百年中国文学总系》由国家专业出版社人民文学出版社重新出版,我们内心的感奋可想而知。人民文学出版社不讲任何条件的胸怀和气象,让我们深受鼓舞。在一个商业气息弥漫四方的时代,让我们感到还有不灭的文化情怀一息尚存。这里,我要特别感谢责任编辑付如初博士。因为她对这套书价值的认识,因为她的提议获得了社领导的有力支持,于是便有了今天《百年中国文学总系》重新出版的机会。当然,他们一定承受了巨大的压力。

书系新版序言本来应该由谢冕先生来写,不仅名正言顺,而且会要言不烦。但谢先生指示由我代笔,师命难违,只好勉为其难。敬请方家指正。

是为序。

2015 年 3 月 8 日于香港岭南大学

总序一

辉煌而悲壮的历程

谢　冕

百年中国文学这样一个题目给了我们宏阔的视野。它引导我们站在20世纪的苍茫暮色之中,回望19世纪末中国天空浓重的烟云,反思中国社会百年来的危机与动荡给予文学深刻的影响。它使我们经受着百年辉煌的震撼,以及它的整个苦难历程的悲壮。中国百年文学是中国百年社会最亲密的儿子,文学就诞生在社会的深重苦难之中。

近、现代的中国大地被它人民的血泪所浸泡。这血泪铸成的第一个精神产品便是文学。最近去世的艾青用他简练的诗句传达了中国作家对于他亲爱的土地的这种感受:

假如我是一只鸟
我也应该用嘶哑的喉咙歌唱

这被暴风雨所打击着的土地
这永远汹涌着我们悲愤的河流
这无止息地吹刮着的激怒的风……
和那林间无比温柔的黎明……

——然后我死了
连羽毛也腐烂在土地里面

为什么我的眼里常含泪水?
因为我对这土地爱得深沉……

嘶哑的喉咙的歌唱、感受到的悲愤的河流和激怒的风,以及在温柔的黎明中的死去,这诗中充盈着泪水和死亡。这些悲哀的歌唱,正是百年中国文学最突出、最鲜明的形象。

我在北京写下这些文字的时间,是公元1996年的5月。由此上溯100年,正是公元1896年的5月。这一年5月,出生在台湾苗栗县的诗人丘逢甲写了一首非常沉痛的诗,题目也是悲哀的,叫《春愁》:"春愁难遣强看山,往事惊心泪欲潸。四百万人同一哭,去年今日割台湾。"诗中所说的"去年今日",即指1895年,光绪二十一年,甲午战败的次年。此年签订了《马关条约》,正是同胞离散、民族悲痛的春天的往事。

中国的近、现代就充斥着这样的悲哀,文学就不断地描写和传达这样的悲哀。这就是中国百年来文学发展的大背景。所以,我愿据此推断,忧患是它永久的主题,悲凉是它基本的情调。

它不仅是文学的来源,更重要的是,它成了文学创作的原动力。由此出发的文学自然地形成了一种坚定的观念和价值观。近代以来接连不断的内忧外患,使中国有良知的诗人、作家都愿以此为自己创作的基点。不论是救亡还是启蒙,文学在中国作家的心目中从来都是"有用",文学有它沉重的负载。原本要让人轻松和休息的文学,因为这责无旁贷和义无反顾的超常的负担而变得沉重起来。

中国百年文学，或者说，中国百年文学的主流，便是这种既拒绝游戏又放逐抒情的文学。我在这里要说明的是中国有了这样的文学，中国的怒吼的声音、哀痛的心情，于是得到了尽情的表达，这是中国百年的大幸。这是一种沉重和严肃的文学，鲁迅对自己的创作作过类似的评价。他说他的《药》“分明留着安特莱夫式的阴冷”；说他的《狂人日记》，“意在暴露家族制度和礼教的弊害，却比果戈理的忧愤深广”，“也不如尼采超人的渺茫”；有人说他的小说“近于左拉”，鲁迅分辩说：“那是不确的，我的作品比较严肃，不及他的快活。”

从梁启超讲“欲新一国之民，不可不先新一国之小说”起，到鲁迅讲他“为什么要写小说”旨在“启蒙”和“改良这人生”止，中国文学就这样自觉地拒绝了休息和愉悦。沉重的文学在沉重的现实中喘息。久而久之，中国正统的文学观念就因之失去了它的宽泛性，而渐趋于单调和专执。文学的直接功利目的，使作家不断把他关心的目标和兴趣集中于一处。这种“集中于一处”，导致最终把文学的价值作主流和非主流、正确和非正确、健康或消极等非此即彼的区分。被认为正确的一端往往受到主流意识形态的嘉许和支持，自然地生发出严重的排他性。中国文学就这样在文学与非文学、纯文学与泛文学、文学的教化作用与更广泛的审美愉悦之间处境尴尬，更由此引发了无穷无尽的纷争。中国文学一开始就在酿造着一坛苦酒。于是，上述我们称之为中国文学的大幸，就逐渐地演化为中国文学的大不幸。

中国近代以来危亡时势造出的中国文学，百年来一直是作为疗救社会的“药”而被不断地寻觅着和探索着。梁启超的文学思想是和他的政治理想紧紧相连的,他从群治的切入点进入文学的价值判断,是充分估计到了小说在强国新民方面的作用的。文学楔入人生、社会,希望成为药饵,在从改造社会到改造国民性中起到直接的作用。这样,原本“无用”的文学,一下子变得似乎可以立竿见影地“有用”起来。这种观念的形成,使文学作品成为社会人生的一面镜子,传达着中国实际生活的欢乐与悲哀。文学不再是可有可无之物,也不再是小摆设或仅仅是茶余饭后的消遣,而是一种刀剑、一种血泪、一种与民众生死攸关的非常具体的事物。

文学在这样做的时候,是注意到了它的形象性、可感性,即文学的特殊性的。但在一般人看来,这种特殊性只是一种到达的手段,而不是自身。文学的目的在别处。这种观念到后来演绎为“政治标准第一,艺术标准第二”,就起了重大的变化。而对于文学内容的教化作用不断强调的结果,在革命情绪高涨的年代往往就从强调“第一”转化为“唯一”。“政治唯一”的文学主张在中国是的确存在过的,这就产生了我们认知的积极性的反面——即消极的一面。不断强调文学为现实的政治或中心运动服务的结果,是以忽视或抛弃它的审美为代价的:文学变成了急功近利而且相当轻视它的艺术表现的随意行为。

百年中国文学的背景是一片苍茫的灰色,在灰色云层空茫处,残留着19世纪末惨烈的晚照。那是1840年虎门焚烟的余烬,那是1860年火烧圆明园的残焰,那是1894年黄海海战北洋舰队沉船前最后一道光痕……诞生在这样大背景下的文学,旨在扑灭这种光的漫延,的确是一种大痛苦和大悲壮。但当这一切走向极端,这一切若是以牺牲文学本身的特性为代价,那就会酿成文学的悲剧。中国近、现代历史并不缺乏这样悲剧的例子，这些悲剧的演出虽然形式多端，但亦有共同的轨迹可寻，大体而言，表现在下述三个方面：

一、尊群体而斥个性；

二、重功利而轻审美；

三、扬理念而抑性情。

80年代以来中国大陆实行开放政策，经济的开放影响到观念的开放，极大地激活了文学创作。历史悲剧造成的文学割裂的局面于是结束，两岸三边开始了互动式的殊途同归的整合。应该说，除去意识形态的差异不谈，中国文学因历史造成的陌生、距离和误解正在缩小。差别性减小了，共同性增多了，使中国原先站在不同境遇的文学，如今站在了同一个环境中来。商业社会的冲击，视听艺术的冲击，这些冲击在中国的各个地方都是相同的。市场经济和商品化社会使原来被压抑的欲望表面化了。文学艺术的社会价值重新受到怀疑。文学创作的神圣感甚至被亵渎，人们以几乎不加节制的态度，把文学当作游戏和娱乐。

摆脱了沉重负荷的文学，一下子变得轻飘飘的，它的狂欢纵情的姿态，表现了一种对于记忆的遗忘。19世纪末的焦虑没有了，19世纪末那种对于文学的期待，也淡远了。在缺乏普遍的人文关怀的时节，倡导重建人文精神；在信仰贫乏的年代，呼吁并召唤理想的回归；这些努力几乎无例外地受到嘲弄和抵制。这使人不能不对当前的文化趋势产生新的疑虑。

在百年即将过去的时候，我们猛然回望：一方面，为文学摆脱太过具体的世情的羁绊重获自身而庆幸；一方面，为文学的对历史的遗忘和对现实的不再承诺而感到严重的缺失。我们曾经自觉地让文学压上重负,我们也曾因这种重负而蒙受苦厄。今天,我们理所当然地为文学的重获自由而感到欣悦。但这种无所承受的失重的文学,又使我们感到了某种匮乏。这就是这个世纪末我们深切感知的新的两难处境。

我们说不清楚,我们只是听到了来自内心的不宁。我们有新的失落,我们于失落之中似乎感到了冥冥之中的新的召唤。在这个世纪的苍茫暮色中,在这个庄严肃穆的时刻,难道我们是企冀着文学再度听从权力或金钱对它的驱使而漂流吗?显然不是。我们只是希望文学不可耽于眼前的欢愉而忘却百年的忧患,只是希望文学在它浩渺的空间飞行时不要忘却脚下深厚而沉重的黄土层——那是我们永远的家园。

总序二

《百年中国文学总系》的缘起与实现

孟繁华

《百年中国文学总系》的出版，于它的参与者们来说，无疑是一件令人感奋的事情，它使每位著者多年从事的、有兴趣的研究对象，在一个整体性的框架内得以表达，在充分体现作者学术个性的前提下，又集中表达了一个学术群体对百年中国文学的思考。在又一个世纪即将莅临之前，我们将自己的思考留在这个世纪的黄昏。

这是一个学术群体共同完成的成果。应该说，每位著者都在自己述及的时段长期从事教学和研究，并有影响不同的成果在学界产生反响。需要指出的是，“百年中国文学”这一概念，首次诞生于80年代末期，它的提出者，是从书主编谢冕先生。那是中国社会生活发生了重大变动的年代，它不只是经济活动合理性地成为社会生活的主体，而且，长期占支配地位的社会价值观念、思想观念和道德观念等，都发生了重大变动甚至解体。百年中国的命运及当下的现实，使许多知识分子的内心凝重而悲凉。与历史的断裂感，洪水出闸般地掠过人们心的堤坝，对自身生活丧失解释力的苍茫感，被许多人隐约感到。一时间，“失语”一词开始流行。所谓“失语”,并非是学人丧失了学术表达的语言能力,关键是对个体的生存方式和价值产生了怀疑,他们的社会位置发生了突变。谢冕对这些变化并非没有感知,但他从未表达,在他的学生面前依然如故。出于对学术发展和教学的考虑,自1989年10月起,他以“批评家周末”的形式,对就学于他的博士生和国内外访问学者进行教学和研讨活动,决定对百年中国文学进行系统的梳理和研究。限于当时的学术环境和“批评家周末”的影响,在京的许多青年学者和在校的青年教师,都自愿地参加了这一定期的活动。这不仅提高了研讨活动的学术质量,同时也为青年学人提供了较好的学术环境。“百年中国文学”的概念,正是这时由谢冕先生正式提出的。他指出:“百年中国文学”的提出,受到了黄子平、钱理群、陈平原三人于80年代中期提出的“20世纪中国文学”的启发,这一文学整体观的思路有很大的开创性,在当时产生了广泛的影响,甚至在一定程度上改变了现、当代中国文学研究的传统思路。但是,由于各种原因,对20世纪中国文学的研究实践,尚未来得及展开。我们的工作,则是进行具体的操作实践。不同的是,谢冕的“百年中国文学”的思路,将视野前移至1895年前后。在他看来,发生于1898年的戊戌变法,开启了中国知识分子思考中国变革的先声,它极大地启发了后来者,或者说,那一事件作为重要的思想资源,不断地鼓舞、感召了富有忧患传统的中国知识界。因此,他的“百年中国”,大体指的是1895至1995年。

1989年10月至1990年7月,谢冕主持了他总体构想中的第一阶段的工作,他将研究活动的总题目命名为“百年中国文学——世纪之交的凝望”,在这一总题目下,有十个具体的研究题目在那一年完成，并先后在国内重要的学术刊物上发表，成书后因出版原因而束之高阁。但它为后来的工作奠定了基础并积累了经验。1990年开始，总体构想中的“20世纪中国文学”丛书付诸实施，丛书十卷于1993年由时代文艺出版社一次出齐，它受到了国内外学界的关注和好评。谢冕在丛书的总序中，简约地回顾了中国文学与百年中国的关系，检讨了百年来文学与现实难以分离的合理性及其后果。他说：“中国文学的创作和研究受制于百年的危亡时世太重也太深，为此文学需自愿地（某些时期也曾被迫地）放弃自身而为文学之外的全体奔突呼号。近代以来的文学改革几乎无一不受到这种意识的约定。人们在现实中看不到希望时，宁肯相信文学制造的幻象；人们发现教育、实业或国防未能救国时，宁肯相信文学能够救民于水火。文学家的激情使全社会都相信了这种神话。而事实却未必如此。文学对社会的贡献是缓进的、久远的，它的影响是潜默的浸润。它通过愉悦的感化最后作用于世道人心。它对于社会是营养品、润滑剂，而很难是药到病除的全灵膏丹。”文学的功用曾被人为地夸大，但考虑到百年中国具体的历史处境，他同时指出：

> 一百年来文学为社会进步而前仆后继的情景极为动人。即使是在文学的废墟之上我们依然能够辨认出那丰盈的激情。我们希望通过冷静的反思去掉那种即食即愈的肤浅而保留那份世纪的忧患和欢愉。文学若不能寄托一些前进的理想给社会人心以导引，文学最终剩下的只能是消遣和涂抹。即真的意味着沉沦。文学救亡的幻梦破灭之后，我们坚持的最后信念是文学必须和力求有用。正是因此，

> 我们方在这世纪黄昏的寂寞一角辛苦而又默默地播种和耕耘。

这样的认识或许不合时宜,或许因不够“新潮”而有保守和“传统”之嫌,但它显示出的作为中国现代知识分子的郑重思考,却依然令人为之动容。最后他说:

> 作为20世纪的送行人,我们感到有必要把这一代人的醒悟予以表达。这种表达当然只能通过文学的方式。我们期待着放置于百年忧患背景之上而又将文学剥离其他羁绊的属于文学自身的思考。这种思考不意味着绝对的纯粹性,它期待着文学与它生发和发展的背景材料紧密联系。我们希望这种思考是全景式的,通过对于文学追求的描写折射出这个世纪的全部丰富性。

这套丛书,最大限度地发挥了每个作者的创造性,这些作品的学术个性及影响,至今仍为人们热情地谈论。但它不是在整体性的学术框架内系统谈论百年文学的著作。与此同时,1993年,谢冕主编了一本名为《中国文学百年梦想》的书,试图从文化思想史的角度,描述出百年中国文学的思想文化背景。这些,都是谢冕对百年中国文学总体研究构想的一部分。它们都还没有接近最后的目标。

1992年7月始,他逐渐向这一目标靠近。在那段时间里,“批评家周末”的成员,也是丛书的大部分作者,开始就自己承担的工作在研讨会上报告。“百年中国文学”的大部分内容,都曾在研讨会上报告过。“批评家周末”的成员们,对每一个报告都热情地提出了建议和看法,它对于丰富丛书的内容、拓展作者的视野和思路，无疑是十分重要的。

1995 年 11 月，召开了第一次编写会议。谢冕向全体与会者阐发了《百年中国文学总系》缘起、过程和追求的目标，并以 16 字对此作了概括：长期准备、谨慎从事、抓住时机、志在必成。他指出，丛书主要是受《万历十五年》《十九世纪文学主潮》的启发，通过一个人物、一个事件、一个时段的透视，来把握一个时代的整体精神，从而区别于传统的历史著作。根据这一启发他提出了丛书编写的三点原则：

一、“拼盘式”：即通过一个典型年代里的若干个“散点”来把握一个时期的文学精神和基本特征。比如一个作家、一部作品、一个作家群、一种思潮、一个现象、一个刊物等等。这说明丛书不是传统的编年史式的文学史著作。

二、“手风琴式”：写一个“点”，并不意味着就事论事、就人论人，而是“伸缩自如”。“点”的来源及对后来的影响都可以涉及，强调重点年代，又不忽视与之相关的前后时期，从而使每部著作涉及的年代能够相互照应、联系。

三、“大文学”的概念：即主要以文学作为叙述对象，但同时鼓励广泛涉猎其他艺术形式，如歌曲、广告、演出，等等。

上述设想得到了严家炎、洪子诚、钱理群等先生的热情肯定和支持，并就年代选择，校园文化、政治文化、商业文化的关系，良好的文风和学风等看法，丰富了丛书的设想，并具有操作上的可行性。

“百年中国文学总系”丛书，从缘起到实现，历经了七年多的时间。它的出版，将为百年中国文学的研究提供一个参照。对我们这些参与者来说，它是一个值得纪念的工作，它的整个过程，值得我们深切地怀念。作为“跑龙套”的，我协助谢冕先生自始至终地参与了丛书的组织工作，因此，对丛书的全过程，我有必要做出上述记录和交代。

楔　子

……正是午夜时分，历史刚刚进入 1948 年。北京大学教授、诗人冯至突然从梦中醒来，在万籁俱寂中，听到邻近有人在咳嗽，咳嗽的声音时而激烈，时而缓和，直到天色朦胧发亮了，才渐渐平息下去。冯至却怎么也睡不着了，他想：这声音在冬夜里也许到处都是吧。只是人们都在睡眠，注意不到罢了。但是，人们不正是可以从这声音里"感到一个生存者是怎样孤寂地在贫寒的冬夜里挣扎"吗？——诗人想了很多，很久。几天以后，一篇题为《新年致辞》的文章发表在天津《大公报·星期文艺》副刊上。在讲述了那在天色暗明之间的生命感悟之后，诗人接着写道——

> 如今又是一年的开始，由于过去的教训，大半没有人敢对于今年抱多大的希望了，大家都是忧心忡忡地过日子。就以出版界而论，由于纸价的腾贵，读者购买力的退灭，作家生活的艰难，今年的文艺界恐怕将要比过去更加荒凉。人们都这样谈论，这样担心；但既然这样议论，这样担心，就证明人们并不想就此死去，他们还要继续挣扎，纵使是在所有外界条件都被剥夺了的时刻。——若是把一个小小的文艺副刊比作冬夜里咳嗽的声音，未免太不伦不类，但就一个

生存者的挣扎这一点来看,则又有类似的地方。现在什么不是在挣扎呢,从一日的温饱,到最崇高的理想,凡是在这一条线索上能够连串起来的事物,它们都在挣扎。只有那些用千万人的生命来满足人的妄想的人们不懂得生命的挣扎,他们在践踏生命。

并且现在是没有余裕来修饰自己的时代。人类的痛苦正如冬日的树木,直挺挺地在风中雪中摇摆,没有一点遮蔽。只有罪恶会穿上一件美丽的外衣,在人面前眩惑一时;大多数的骗子都会用空洞的口号蒙着自己的虚伪。但是一个真实的生存者是不懂得这些手法的。纵使他的声音像是半夜的咳嗽那样不悦耳,但是它使听到它的人感动了,有所领悟了,因为它是生存的声音。

但愿这个刊物能够继续下去,和一切生存者息息相关,没有修饰,没有浮夸,自然也愿意在自己的生命里开出一些美好的花朵。

诗人是敏锐的,他说出了这个时代的真实:“生存”成为压倒一切的需要,于是有了生存者的挣扎与选择,有了生存者的文学。

元旦这一天,尽管处于战乱之中,人们照旧过着自己的日子。作家叶圣陶在忙碌了一天以后,按照多年形成的习惯,在灯下,记下了这一日的生活——

一日(星期四)看报。校对十余面,头又昏胀,形寒,因偃卧。下午一时半出外,步行至青年会,行一小时有余,体内觉温暖，精神亦较爽。

到青年会因朱学莲与殷小姐结婚，朱之父蕴若先生，系甪直学校之同事，别将二十余年矣，今来上海，自宜往一晤。见时知其老而不衰，双目失明四年，近入医院，一目已重明。所患曰白内障，破眼球膜，剥去内障，居然无恙。三时半进茶点，伯祥与余及冯宾符三人致辞。到者及七十人，十之六七系甪直人，伯祥与余离甪直时，此辈或方为婴孩，或且未出生也。六时回家。①

在平实的日常生活中透出了历史的沧桑之感，这心境也是属于这时代的大多数人。

性格比叶圣陶远为峻急，因此而成为1948年最有争议的作家的胡风，这一天也过得很平静。他在自己家里，接待了来自南京的三位年轻朋友：路翎、化铁和阿垅，畅谈三日之后即一道校改《财主底儿女们》下部纸型上的错字，一天基本校完，又忙着为寻购印书的纸张而四处奔波。②——胡风早已预言："时间将会证明，《财主底儿女们》底出版是中国新文学史上一个重大的事件。"③此刻的胡风却是满头大汗，一脸严肃：在做这些出版琐事时，他是怀着一种文学庄严感（以至悲壮感）的。

在北方故都北平，清华校园内这一日却有一番热闹：上午全校师生在工字厅举行新年团拜，晚上中文系师生举行同乐会。晚会的最高潮，是系主任朱自清先生和同学一起扭秧歌。其时"翻身秧歌"已在北方广大农村跳得如火如荼，现在又传入了学术殿堂清华园；而素以稳健著称的朱自清先生这回却听任学生给他化装、穿红衣、戴红花,尽管有几分不自然(由于不习惯),却又是极其认真地投入群众娱乐的热潮中:许多人事后都觉得这件事颇有一种象征意义。而朱先生本人却在日记中郑重写道:"晚,参加中国文学系新年晚会,颇愉快。"④

女作家丁玲在本世纪曾两度成为人们注目的中心:1928年,23岁的她以《莎菲女士的日记》对人生(与性)的大胆、泼辣的追求而震动文坛;20年后又以反映农村阶级斗争的长篇小说《太阳照在桑乾河上》而成为"知识分子与工农结合"的成功典型。她是在河北石家庄市郊宋庄迎来1948年的。在此之前,她在给亲人的信中,已经谈到了她"对宋庄有了感情"——

> 陈明,我从昨天病了,现在还躺在床上,又是那么可厌的感冒,现在已经退热了,准备下午起床。我为什么病的呢?一半是由于前天骤冷,一半是由于感情把我压倒了。我要告诉你,我对宋庄有了感情,我在大前天晚上的代表会上,哭了。我说了我对于那些贫苦者,有了被子,有了袄,有了瓮,我的高兴。我说了我对于那些不满意得了绿票的同情。……我说了我对于满圈的同情,当我走进他的屋子里的时候,我只在地炕上找到一张破床和一床破被,一口破箱子里有几件小孩衣服,我才明白,为什么他在贫农团盖着没收来的地主被子时,是那样地在炕上爬来爬去,可他连一张纸也没往家拿呀!当评级评到他家时,他坚决而迅速地说:"三等贫"……

这感情自然是真诚的,尽管不免带有文人的夸张:知识分子来到民间（农民中），总会有这样的惊喜、感动，以至内疚。这位满圈的形象一直深藏在丁玲记忆里，直到历经风风雨雨，晚年重写《严寒的日子里》时，仍以满圈作为小说主人公的原型。丁玲当年在宋庄的活动也变成了“英雄传奇”，至今仍在当地流传：在一个漆黑的深夜里，篡夺了贫民团权力的坏人，煽动群众，武装包围了村公所；老蒋同志（丁玲在宋庄用的是“蒋英”的名字）面对上了膛的刺刀，面不改色，侃侃而谈，最后说服了大多数人，纷纷放下了枪，区武装部队也及时赶来，终于化险为夷……[⑤]

与丁玲同是延安文艺界的“大名人”的萧军此时在东北解放区。作为《文化报》的主编，1948年元旦这一天他向读者送上了《新年献词》，署名却是“秀才”：原来他要标新立异，借一位曾对新政权有过误解的老秀才的口吻，表达一般老百姓（以及旧式知识分子）对“革命者和共产党人”的新认识和真诚拥护：“从此‘正统’之迷梦，同情地主‘慈悲心’粉然碎矣！始知革命者与共产党人之所为，斯其乃以圣人之心为心，以圣人之怀为怀，圣人之志为志，顺乎天理，应乎人情，亘古所未有……”[⑥]萧军在这里传达了一个重要的时代信息：当年共产党人与革命者正是以类似“圣人”的道德的纯洁性而赢得人心的；当然也可以说这实际上是一种主观的“期待”（因而不免是一厢情愿的），但谁也不能否认这乃是那个时代善良的人们的由衷之言……

和丁玲一样在大变革的北方农村和农民一起迎接新的一年的，还有赵树理。在1947年7、8月召开的晋冀鲁豫边区文联文艺座谈会上正式确认“赵树理的创作精神及其成果，实质为边区文艺工作者实践毛泽东文艺思想的具体方向”,赵树理成了解放区文艺的一面旗帜。但老赵依旧是老赵,他仍作为一个普通的编辑,积极投入了《新大众报》1948年元旦创刊的工作。编辑部设在河北赵庄,他家也搬在那里;有人这样描写他的“办公室”:“里外两间,外间老乡放着些杂物,锅,盆,炉子,席囤,农具,等等,后墙塌了一个角,露面进来一条太阳光;里间有一张单桌,也放着老乡的坛坛罐罐之类;他的地盘仍旧在炕上,盘着膝坐在那里写,窗口放着的,还是那几样东西……那周围的样子,几乎和在太行山小山庄上的情形没有什么不同。”⑦1947年1月,赵树理与美国记者贝尔登有过一次有趣的对话:“你这些作品的版权是谁的?收入有多大?要是在我们美国,你出了这么多的书,一定是一个很富有的人了。”赵树理回答说:“这是我的工作岗位,这是我应该做的工作。我们是不谈稿费的。”“这不是剥削了你吗?”“这怎么能算剥削呢?写作是我的具体分工。我是以此作刀枪同敌人,同反动派,同旧的风俗习惯作战斗的,我是一个文艺战士。”在谈话里,赵树理还强调了他是“为农民写作”的——正是这一写作的基本立足点,很快就给赵树理带来了麻烦。⑧

和赵树理同样自称作“文艺战士”的,还有一大批活跃在战场前线的文工团员。也就在1948年元旦这一天,新安旅行团的演员在朝城岳楼屯华东野战军司令部驻地的土台子上演出。1947年因孟良崮等战役的胜利而威震全国的陈毅、粟裕将军在台下和战士一起观看。先演秧歌剧《夫妻识字》《光荣灯》、歌剧《张德宝归队》、活报剧《美蒋活报》。接着,改变场面,在舞台前广场演出《胜利腰鼓》。几十把火炬,照得广场通明。新旅男女演员头扎白头巾、腰系红绸,在嘹亮的《解放军进行曲》军乐声中,打起腰鼓,分作两队从两边威武雄壮地走上广场。近万观众鸦雀无声,只听得隆隆的鼓声和“向前,向前”的军乐呼唤。忽然场上一声号令,响起了惊天动地的鼓声、军号声,随着队形变换,有如千军万马,前奔后突,蔚为壮观。鼓声一停,陈毅、粟裕一起上来,连声赞好,陈毅激动地挥舞着手说:“你们的腰鼓打出了解放军的威风,要把它打到华东野战军所有的部队去,打遍全中国!”⑨

和北方清华大学的同乐会遥相呼应,元旦这一天,香港文协举办了新年团聚大会。从 1947 年年末开始,在中共的安排下,各界民主人士和文化人士纷纷从国统区各大城市和海外会集到香港,据茅盾说,人数总在千数以上,“随便参加什么集会,都能见到许多熟悉的面孔。大家都兴高采烈,没有一点‘流亡客’的愁容和凄切”,与 1941 年皖南事变后,大批倾向共产党的文化人转移香港,情况与心境都大不相同。这次新年团聚会到会的有三百多人,可谓一次“大会师”。郭沫若、柳亚子、翦伯赞、茅盾、叶以群、适夷、林林都讲了话。茅盾后来回忆说,他讲话的中心是,“建议香港文艺界应该加强文艺批评工作,纠正前一时期主要存在于上海的文艺批评的偏向。这种偏向表现在对正面的敌人不去批评,好像有危险,而对自己阵营却很有一些不负责任的批评。这些批评调子唱得非常高,非常‘火’,使青年以为这是最革命的。但实际上它是要引导青年到错误的方向”⑩。茅盾这里所指主要是与胡风有联系的一些青年批评家的批评活动,我们在下文还会作详细介绍。尽管目前还是发动反击的“建议”（向谁建议自是很清楚的），但敏感的人们已经可以嗅到些许火药味了——这似乎在预告，刚刚降临于世的1948年的中国文坛将不会平静：这也是一个“战场”。

注释：

① 《叶圣陶文集》，第21卷，第248页，江苏教育出版社，1994。

② 《胡风回忆录》，第407页，人民文学出版社，1993。

③ 胡风：《青春底诗》，收《胡风评论集》，第90页，人民文学出版社，1995。

④ 转引自陈孝全：《朱自清传》，第305页，北京十月文艺出版社，1991年。

⑤ 转引自宗诚：《风雨人生：丁玲传》，第222页，第223—224页，中国文联出版公司，1988。

⑥ 《新年献词》，载《文化报》1948年1月1日（哈尔滨）。

⑦ 杨俊：《我所看到的赵树理》，收《赵树理研究资料》，第27页，北岳文艺出版社，1985。

⑧ 转引自董大中：《赵树理评传》，第186页，百花文艺出版社，1990。

⑨ 大朋：《“新旅”在解放战争中前进》，收《中国人民解放军文艺史料选编 · 解放战争时期》上册，第277—278页，解放军出版社，1989。

⑩ 茅盾：《访问苏联 · 迎接新中国——回忆录（三十三）》，载《新文学史料》1986年第4期。

一、面对转折

——1948 年 1、2 月

叶圣陶 1948 年 1、2 月日记(摘抄)

1 月 8 日(星期四)　续选教材,写信。午后 5 时,开业务会议。报告而外,多为闲谈。通货膨胀益甚,物价跳涨益速,货物售出得货币,将无从取回原货,因而营业不如不营业之为愈。然开明之机构已不为小,如何维持支撑,实非易事。来日大难,局面不变不成,而变亦将趋纷乱。就一般人生活而言,今后难堪殆将十倍于抗战时期矣。会毕聚餐,八时归。

10 日(星期六)　上午忽传斯大林逝世,系英美电讯社误传,至晚报出版,始知为谣言。前数日曾传苏联有一要人患癌病,请瑞士某专家往诊。今忽闻此谣,足见英美人仇苏之深。

16 日(星期五)　夜 7 时,读书会集会,诸人阅读高尔基之《母亲》,讨论历两小时。(按:这是在中共影响下的进步期刊的编辑人的秘密聚会,除读书外,还交换有关信息。）

23日（星期五） 放工后，与伯祥驱车至振铎家，观其新得之俑。一般之俑多正立，不为动作之形相，此次所得九俑，皆作舞蹈之状，其一则倚石侧立，衣服为粉彩，上加金饰，故为可贵。既而共饮，陈冷盘三十二具，各色不同，皆其家制。酒次谈及二十余年之往事，欢笑满座。振铎藏有较旧之墨，余向索三锭，他人亦各取数锭。辞出后，于车中闲谈，予同谓振铎之忽趋考古，亦精力无可寄托之所致。九时半到家。

27日（星期二） ……酒罢，至对面虹光影院，看名片《鸳梦重温》。此片以战士经受伤，患遗忘病为题材，尚可观。

28日（星期三） 午后，有一宁海少年丁君来访，请介绍工作。问其学历，仅毕小学业。家有田三四亩，由父耕种。兄在宁波读书。以家况贫困，故来沪找工作。而上海曾无一亲半友。问其何以敢贸然出此，则谓高尔基不亦到处流浪，亦工亦读，以臻成学耶。余告以无能为力，则泪下不止。执其手而别，余心颇为歉然。

31日（星期六） 晨间阅报纸，知甘地被人狙击身死。……目前世界已裂为两线，一为人民势力，一为反动势力，双方之斗争实不可免，而甘地导之以和平不争，或为见恶于人之一因。

2月5日（星期四） 夜于收音机听卫仲乐弹琴，其《流水操》极富描写之能事。

6日（星期六） 赵悔深自开封来，云将往北平。据谈豫省战况,全省仅三数县未遭波及。民众深知双方作风不同,多以为彼胜于此。而此方军政界之蛮横,竟使人几无生路。为之叹息。

9日(星期一) 得平伯寄示慰佩弦(按:即朱自清)一律,粘之。承告佩弦《不寐书怀》之前四句:"中年便易伤哀乐,老境何当计短长。衰病常防儿女觉,童真岂识我生忙。"其意想甚萧飒,为之不怡。

18日(星期三) 下午开经理室会议。沈阳分店副经理李统汉来书,言沈阳已成围城,人心惶惶,渠拟设法撤退。……抗战期间,我店各分店屡经撤退,不图今日复睹此局。

1946年11月16日,国共谈判破裂,周恩来离开南京前夕招待中外记者,慷慨陈词,预言"我们不久就要回来"。从那时起,就有不少人每夜通过无线电台,寻找"北方的声音"。开始还限于"亲共分子",后来范围就越来越广,许多国统区的老百姓都习惯于根据"北方"的消息来判断时局。1948年元旦一清早,就有人暗暗传播着昨夜新华社广播的、据说今天将在中共的《人民日报》(此时报社还设在晋察冀边区所在地的武安)正式发表的毛泽东在中共中央会议上的报告:《目前形势和我们的任务》。在言论相对自由的香港,在茶馆酒肆以至电车上,人们都公开地谈论着毛泽东先生的这篇文章,并不掩饰自己的或兴奋或沮丧或惶惑的反应。——五十年后,我们找到了这张颜色已变灰黄的报纸,探寻当年引起震撼的原因。震源大概就在毛泽东宣布了一个国民党政府竭力想否认、却又掩饰不住的事实:经过17个月的较量,中国共产党领导的中国人民解放军已经打退了得到美国支持的蒋介石数百万军队的进攻,并使自己转入了反攻。而毛泽东由此引出的判断(毋宁说他指出的事实)却足以"石破天惊":"这是一个历史的转折点。这是蒋介石的二十年反革命统治由发展到消灭的转折点。这是一百多年以来帝国主义在中国的统治由发展到消灭的转折点。"毛泽东的文章就这样把一个无可怀疑的"历史巨变与转折(由此引发的将是中国社会生活的一切方面,包括我们所要着重讨论的文学艺术的巨变与转折)"推到中国每一个阶级、党派、集团,每一个家庭、个人的面前,逼迫他们做出自己的选择,并为这选择承担当时是难以预计的后果。"1948 年"也因此永远深埋在经历了那个时代的一切中国人(而不论当时他们的年龄有多大)记忆的深处,并为后代人所注目:今天人们所关注的也正是那时不同集团与个人(本书所着重的是以作家为代表的知识分子群体与个体)的选择与后果。

在某种意义上可以把毛泽东的《目前形势和我们的任务》看作是作为主导者与胜利者的一方对这一终于到来的历史剧变所做的反应与选择。选择是明晰而不容置疑的:"中国人民革命战争应该力争不间断地发展到完全胜利,应该不让敌人用缓兵之计(和谈)获得休息时间,然后再来打人民。"①元旦这天的《人民日报》报头的新年祝词:"敬祝革命战争和土地改革彻底胜利!中国人民解放万岁!中国共产党万岁!毛主席万岁!"所表达的是同一意思。这一选择理所当然地为与中国共产党有着同样信仰,或将中国的希望寄托于他们身上的知识分子所欣然接受;茅盾在发表于 1948 年 1 月 1 日《华声报》上的文章中即表示:"反帝反封建的革命事业,这次必须一气完成,我们要有决心。革命事业如果为了缺乏决心而不能在我们这一代彻底完成,而使后一代的仍须付出巨大的代价,那么,我们将是历史的罪人,我们是对不起我们的子孙的!”他因此而祝福“将革命进行到底,让我们的儿孙辈不再流血而只是流汗来从事新中华民国的伟大建设!”②这里所表达的是这样一种观念:为了“新中华民国的伟大建设”,也即建立现代民族国家(这是近百年来中国知识分子的主要梦想),人们可以付出一切代价,包括千百万人的牺牲。正是这样的“民族国家利益至上”的理想,使许多知识分子在这历史的关头选择(接受)了革命。另一方面,在接受必要流血的革命的同时,却希望这是最后一次流血,这又是典型的知识分子的“理想主义”。他们不懂得,接受了一次流血,就必会接受一次又一次的流血。

最激动人心的恐怕还是毛泽东文章的结束语:“只要我们能够掌握马克思列宁主义的科学,信任群众,紧紧地和群众一道,并领导他们前进,我们是完全能够超越任何障碍和战胜任何困难的,我们的力量是无敌的。现在是全世界资本主义和帝国主义走向灭亡,全世界社会主义和人民民主主义走向胜利的历史时代,曙光就在前面,我们应当努力。”这是典型的毛泽东的历史乐观主义:坚信真理在手,赢得群众(多数),掌握历史必然性,只要有了这样的精神力量,就将无往而不胜。尽管当时不少知识分子并不习惯于这样的毛泽东式的话语与思维逻辑,但他们仍被那内在的理想主义与英雄主义——这些本是知识分子的天性——所吸引。更重要的是,它给中国人民及知识分子展现了这样一个前景:经济落后、物质匮缺的东方民族国家,可以依靠精神力量的优势,克服一切困难,战胜西方帝国主义国家。这对于近百年来备受列强侵略、凌辱的中国人民,特别是他们中民族情绪最为强烈的知识分子,更是具有超乎一切的吸引力。何况毛泽东的论断有强有力的事实作依据:战场上无可怀疑的胜利仿佛也就理所当然地证明了指导战争的意识形态的绝对正确与无敌。在那个时代的大多数人看来,这是一个"必然"逻辑;但后人却从中看到影影绰绰的"成者为王,败者为寇"的历史观。[③]当事人在陶醉于这样的"必然"逻辑时,又很容易将其推向极端,产生对体现必然性的"绝对真理"及其现实代表(人民政党、军队、政权)的崇拜。一些本来就好走极端的知识分子尤其容易如此。1948 年 1 月 1 日出版的《野草》丛刊第 7 辑发表的郭沫若的文章甚至耸人听闻地提出了"尾巴主义万岁"的口号,要求知识分子"心安理得地做一条人民大众的尾巴或这尾巴上的光荣尾巴"。他后来又写文章进一步发挥,强调对"人民至上"这类"绝对真理"必须"唯唯诺诺","毫无保留地不闹独立性"。当有人怀疑会因此而失去知识分子应有的"独立自主"时,郭沫若回答说:"对于人民解放的运动,革命程序的必然,科学真理的规范,要发挥'独立自主'性,那就刚刚流而为'独裁专制'了。"[④]这是一种"真理崇拜"的逻辑,对反对国民党独裁专制、以追求真理为己任的知识分子也是有吸引力的,至少"言之成理",但放弃知识分子独立思考的权利的危险也正预伏于其中了。在自认为服膺了"真理"以后,一些知识分子开始自觉不自觉地以"进步"者自居,将与自己有不同观点与选择的"异己",轻则视为落伍,重则看作"真理的叛徒",进而扮演起"真理捍卫者"的角色,对异己者大加讨伐:这大概也是知识者的通病。元月 3 日下午,一群已离开了学校的中山大学师生在海边的一幢洋房的四楼举行新年团拜，特请郭沫若做了一个题为《一年来中国文艺运动及其趋向》的报告。郭沫若在强调要“在毛泽东先生的号召下努力建立人民文艺”的同时，一口气指控了四种据说是“反人民的文艺”，即他所说的“茶色文艺”“黄色文艺”“无所谓的文艺”与“通红的文艺，托派的文艺”，并第一次点了沈从文、萧乾等人的名字，而以萧乾为最“坏”。他宣布，对这些“反人民的文艺”“应予消灭”，即使是作为“文艺上的所谓中间路线”的“无所谓的文艺”，“可能时应开导，争取，否则则予以揭穿”，同样难逃“消灭”的命运。郭沫若毫不回避：“要消灭他们，不光是文艺方面的问题，还得靠政治上的努力。”⑤这是第一次按照“非红即白，非革命即反革命，非（为）人民即反人民”的逻辑，把作家（知识分子）分为势不两立的两大阵营，并要求借助政治的力量“消灭”对方。人们不难注意到新的时代主题词（“改造”与“批判”）、新的哲学（你死我活的斗争哲学），以及与之相应的话语方式（斩钉截铁，黑白分明，高屋建瓴，气势磅礴，等等），在历史转折的1948年伊始，即已伴随着“胜利”的事实与由之引起的狂喜而悄悄产生。在历史的“当时”是作为“正题”而提出，并被越来越多的人们所接受，内在危机的暴露则在逻辑与历史的展开中，这是需要时间的。

在对南方香港的几家由中共领导的报刊上的郭沫若等领袖人物的文章略作考察以后，我们的注意力还是回到北方中共机关报《人民日报》上来。1948年初的《人民日报》集中精力于新老解放区的土改与整党宣传，很少有本书所关注的思想文化与文学艺术的报道。因此，1月21日《人民日报》发表的中央局宣传部颁布的《晋冀鲁豫统一出版条例》引起了我们的特别兴趣。

"条例"明确规定对各种刊物、书籍实行"党委审查制","取缔宣传资产阶级腐朽制度及文化"的读物,"克服目前出版工作中的投降主义、自由主义、单纯营业观点"。2月11日发表的党的领导人彭真《改造我们的党报》的讲话,强调"报纸的每一句话,每一篇文章,都是代表党委说话,必须是能够代表党的,它不是一个自由主义的报纸",也值得注意:其适用范围自然不止于报纸。人们或许会联想起周扬几年前说过的一段话:"在新社会制度下,现实的运动已不再是一个盲目的、无法控制的、不知所终的运动,而变成了一个有意识有目的有计划的工作过程"⑥,看来这恐非虚言:一个对意识形态(包括文学艺术)进行严格控制、统一计划管理的体制正在建立中。从这一角度看,1月23日《人民日报》刊登的音乐家金紫光关于《高唱战歌纪念星海》一文的检讨,是特别有意思的。

事情其实很小:作为冼星海的学生,金紫光无非是对老师做出了容易引起争议的评价,例如认为冼星海的艺术成就已高于聂耳,赶上国际水平之类。这件事后人看来也许真正"有意思"的是由此给他戴上的"艺术上的投降主义"的帽子,以及引发出来的一些"正面观点"。例如,"试问,资本主义国家的艺术,有什么资格来和我们相比较?我们的艺术是进步的,新民主主义的,为工农大众的,反帝反封建的艺术,即使我们无产阶级粗糙、仓促,或萌芽状态的艺术品,比较起帝国主义或资产阶级象牙塔里的那些富丽堂皇而没有灵魂的东西来,也要高明得多。"(《人民日报》的编者仍觉不够"彻底",又加按语,批判道:"站在什么立场说它'富丽堂皇'?真是'富丽堂皇'吗?")"从无产阶级的观点出发,工农艺术在技巧上也是比资产阶级优越的,脱离政治、超越时间空间的'技术'是不存在的。"这里,从观念,到心理、语言都充满了胜利者的绝对自信:从战场上的胜利推及一切方面(包括文学艺术)的无往不胜的绝对优越,从战场上的有我无敌,与敌方的任何联系均视为叛敌,到一切方面(包括文学艺术)的"敌""我"不能并存,对异己文化的任何承认都看作"投降"等等。从战争思维(逻辑)向文学艺术思维(逻辑)的这种"自然"转化(推演),在当时似乎也是顺理成章的。在这"(无产)阶级优越感""阶级自大主义"的背后,更是隐藏着"民族文化优越感"与"中华自大主义",它是根植于中国民众与知识分子意识深处的。因此,这类"东方无产阶级优越于西方资产阶级"的豪言壮语,在当时以及以后的很长时间里,都是很能鼓舞人心的。

但在我们叙述的1948年年初,这些"北方"的声音传播与影响的范围都是有限的。因此,1948年元旦,大街小巷报童们尖声吆喝的仍是蒋主席(介石)《对全国国民广播词》。这天早晨10时蒋介石还率领文武百官拜谒中山陵墓。据当天报纸报道,文官一律穿长袍马褂或中山装,武官则全着军服,蒋介石本人也是一身戎装,发表了长篇训词。蒋介石的演说,因其不敢正视现实、空洞无物、语言干枯而不受时人欢迎与重视,与毛泽东《目前形势和我们的任务》在知识分子与老百姓中不胫而走,形成了鲜明的对比。这或许也是人心所向的一个反映吧。但后人(比如今天我们这些研究者)却会对蒋氏的演说产生兴趣:它所显示的观念与思维方式是很有意思的。应该说,蒋介石的这番演说并无新意,无非是重申"剿灭共匪以维护国家统一与社会安定"的决心。强调的也是民族国家的统一与稳定,并且以自己为国家利益的代表。但在1948年的中国大多数老百姓与知识分子眼里,国民党政府的这种代表性已经显得十分可疑,其统治国家的合法性受到了强烈的挑战,再来高喊“维护国家统一、稳定”,在许多人看来不过是对既得利益的一种维护。但蒋介石依然竭力强调这一目标道德上的正义性,一再声称:“我们当前剿匪的军事就是救民与害民的战争,救国对害国的战争,建设对破坏的战争,自由对奴役的战争,光明对黑暗的战争”等等。看来至少蒋介石本人从这“正义感”中吸取了某种力量,尽管面对失败(蒋氏始终回避战场上的失利,却承认了经济上的“危机”),但全篇所说却是“光明”的前景。根据呢?据说有二。一是“在过去抗战革命史上,任何建国的功业没有不能成功的”,这是用历史的实践的成功来证明现实的实践的必然胜利。二是“事业之难易在于吾人心理之一转念之间。吾人苟能建立信心,下定决心,以百折不回的精神作再接再厉之奋斗,则任何困难皆可克服,任何难关皆可打破”。因此,蒋介石在演说里大谈“自力更生”与“全体动员”的力量,扬言任何顽强的敌人“没有不在民众的伟力之前整个覆灭的”,这仍是坚信意志、精神力量能创造奇迹,无往不胜:看来蒋介石也是乐观主义者,他和毛泽东都同是理想主义与英雄主义时代的政治人物。在通篇大讲精神的演说里,唯一的实际内容是对“助长投机,助长囤积,更复走私逃税,捣乱金融,以加深经济的失调,而破坏整个经济基础”的“商界败类”的警告。这正是暗示在新的一年里,经济上将有所动作。其实在一个多星期前(1947年12月22日)国府下令准免蒋经国外交部驻东北特派员职时,就已经传出了信号。以后的事情是人们所熟知的:蒋经国率领他的戡乱建国大队的骨干,打着“打虎队”的旗号,开往上海,强制进行币制改革,打击豪强,这是国民党政府对前述“历史转折”所做的回应与选择:在继续独占政权,不予分享的前提下,进行局部改革,以做最后的努力(挣扎)。尽管最初的决心似乎也很大,据说打虎队员在临战前曾发出过这样的誓言:“纵然前面是炽烈的火山,我们可以用热血把它扑灭,纵然前面是浩瀚的深谷,我们可以用头颅将它填平。不胜利,不成功,绝不休止!”但这次改革终因目标的不彻底与内外矛盾交困而失败,国民党政权的崩溃也随之成为定局:这都是后话。⑦

作为最后的努力(挣扎),国民党政府思想文化政策也有“戡乱”与“建国”两个侧面。首先是加强思想控制,在这方面不做任何让步。继1947年发布《学生自治会规则》,以防范学生运动之后,在本年更加紧了新闻出版管制,动辄勒令停刊,逮捕编者。作为一种建设,国民党政府在文化方面的最高领导人张道藩主编的《文艺先锋》在本年年初提出了“文学再革命”的口号,号召“树立兴国文学,建国文学,反对亡国文学,打倒祸国文学”,强调“文学之自由与民主是以国家民族的利益作它的前提”⑧。这是典型的“国家至上,民族至上”的文学观⑨,仍然是30年代“民族主义文学”的老调,此番重弹自是要为前述蒋介石“维护国家统一,社会安定”的“国策”服务。因此,“再革命”的重点就自然变成了要“清理”与“纠正”“一切思想意识上的混乱”,为此而提出了“文学是社会生活的正确反映”“描写黑暗必须用以衬托光明”,对于“片面暴露社会现象,宣传失败主义”,“不满现状,歪曲现状,扰乱治安”的“反动”文学必须“查禁严办”。⑩有意思的是,在一篇题为《答复反对三民主义与文艺结合的一位朋友》的文章里,作者慨然宣布"真理永远存在,三民主义足以代表真理的整体","信仰是绝对的",这里对"真理"与"信仰"的绝对化,竟是与同时期的某些"左"派知识分子的观点惊人地相似。毫无疑问,在历史的"当时",所有上述有关"文学再革命"的主张都是针对左翼文学的;但随着时间的推移,后人却从左、右截然对立的背后,发现了二者在思维方式,以至话语方式的某些方面的相似或相通,这是一个颇值得注意的思想文化现象。因此,我们在《文艺先锋》上看到如下诗歌观就不应该感到惊奇:"诗歌是不能与政治绝缘的",诗人应"把个人生命与民族生命合抱","逃避时代,违背时代,都不是诗人的本领,请对那些非正义,非真理,一切邪恶的行径,投掷猛烈的炸弹","我们第一要诗人创作非文盲懂的诗,第二要诗人创作文盲懂的诗"⑪,民间歌谣"是那么干脆,俏皮,热情,犀利,喜欢堆砌,喜欢感伤,喜欢晦涩的诗人们,请向他们学习吧"⑫。

夹在《中央日报》与《人民日报》之间的《大公报》在1948年降临之际,也发表了它们的《元旦献词》:"当此新岁之始,我们愿向全世界全人类大声呐喊:战争要不得,武力不能解决问题","我们希望这1948年应该是人类大觉醒的一年","人类的幸福要用理智创造,人类的问题也应该用理智来解决"。这些话,准备决一死战以决定政权归属的国共两党自然是听不进去的;而对于亟待解决现实的生存危机的大多数老百姓来说,《大公报》所代表的自由主义知识分子对"理智"的信仰与呼吁也显得过于迂阔而不解决问题,反应冷淡是必然的。于是,1月8日《大公报》发表了由著名的记者、作家萧乾执笔的《自由主义者的信念》,再度向世人表明心迹。据说中国的自由主义者不是"喜观风向,善随水势改变船舵"的"妥协骑墙者",自由主义对他们是"一种理想,一种抱负,信奉此理想抱负的,坐在沙发上和挺立在断头台上,信念得一般坚定"。什么是中国的自由主义者的信念与追求呢?文章提出了五条,其中最关键的是"政治自由与经济平等并重",通俗地说,就是既要思想、政治的"自由",又要"大家有饭吃",既要满足精神的自由欲望,又要解决生存问题,不能"舍二求一"。这可以说是中国的自由主义知识分子在二次大战后以美国为首的"资本主义"与以苏联为首的"社会主义"两大阵营的尖锐对立中的一种选择:"绝对不是两边倒,而是左右的长处兼收并蓄,左右的弊病都要除掉。"对此,朱光潜后来有一个非常明晰的分析与说明:"就大体说来,民主自由是近四百年来文明人类所争取的一条路线,也是维持人性和人道所必走的一条路线","共产主义是社会主义的大成","它对于生产与分配有比较合理的办法,是世界大势所必趋";"民主自由在美国和资本主义连在一起,共产主义在苏联与集权主义连在一起,都是极不幸的错乱的结合,目前世界分裂和冲突,祸根正在于此","我们希望黑格尔的历史辩证式可以应用到未来世界的演变,两个各是片面互相分裂的理想综合在一个较高级的和谐里"。[13]正像萧乾自己所说,中国的自由主义者确实与传统西方自由主义者"英国自由党的主张距离很远很远",毋宁说他们是更接近社会民主党人的。几天以后(1 月 19 日)《大公报》又发表社评,主张与英国工党、法国社会党等所谓"国际第三势力"结成联盟,就表明了这种倾向性。[14]中国自由主义知识分子的"社会民主主义"倾向,一方面使得他们对苏联式的集权共产主义持严厉的批评态度,从而对中国共产党心怀疑惧;另一方面,对"经济平等"的追求(这在小农经济占优势的中国,也是有传统的)却使得他们对社会主义具有天生的亲和力,从而为他们接受"中国式"的共产主义(尽管这不免有些一厢情愿)提供了思想基础。而对毫无弊端,避免任何片面性的,绝对完美、全面、和谐的"综合"的社会理想的追求,更是表明中国的自由主义者都是些乌托邦的理想主义者。当时就有人著文指出,他们的理想落实到中国现实的境遇中,是脱离大多数中国人的,不仅脱离广大工人与农民,也脱离"广大下层小资产阶级群众和大部分中等资产阶级群众"⑮。

1948年的中国现实是,包括大学教授在内的绝大多数的中国人都面临着基本生存条件匮乏的威胁,两年前(1946年9月)《观察》杂志曾公布过一个统计数字,昆明大学教授的平均工资1937年上半年为350元,1946年下半年按同时期的生活指数折算,相当于战前的27.3元,也即仅为战前工资的7.8%;⑯而这样的急剧下降的趋势,到1948年(特别是下半年)更有了恶性发展。在这样的全民性的生存危机下,精神自由对于大多数人已成为一种奢望,这个时候,谁能解决人民的基本生存问题,谁就赢得了民心。而中国的自由主义知识分子恰恰对这样的民情、民心缺乏足够的体察与认识,尽管他们在抽象的原则上也承认:"人的欲望稍异于禽兽:饿了他们不答应,捆绑起来他们也必不甘心",但他们实际上更为关注的却是后者。这自然是其自身的地位与利益所决定,却因此而从根本上脱离了中国大多数的老百姓,陷入了孤立无援的境地。在这种情况下中国的自由主义知识分子必然面临着服从大多数人的生存要求,还是坚持少数知识者自身的个体精神自由要求的两难选择，大多数自由主义教授最后做出了为前者牺牲后者的选择，并从中获得一种自我崇高感与悲壮感。对这些自由主义知识分子另一个批评是，尽管他们在理论上要求同时避免他们所说的左、右两方面的弊端，但在“左”派（革命）力量已经占优势，并且向着最后的彻底胜利前进的1948年，他们的主张“其所产生的客观作用，主要的就要变成牵制甚至反对革命力量的了”[17]。事实上，萧乾起草的《大公报》这篇社评一再申说：如果“舍二求一”（为单一的生存要求而放弃了生存、自由的双重要求），“革命必循环不已，流血也必循环不已”；“这个有革命抱负的政党稳握政权后十年二十年，可有把握不走上腐化途径？而那时不满现状的人们能不再起而革命？于是，革命不已，流血不已。这个连环套要到哪年为止呢？”这确实反映了一部分中国的自由主义知识分子对“革命后”的某种隐忧。但这种历史循环论的悲观主义与怀疑主义的思维却是正陶醉于革命崇拜和历史进化论与必然论的左翼知识分子所绝不能接受的，于是这些自由主义者被理所当然地看作是“民族失败主义者”[18]。对于大多数知识分子（包括青年学生）与普通老百姓，自由主义者的上述“远忧”也是隔膜的：他们所直接面对的是国民党政府变本加厉的独裁统治，何况中国共产党所领导的农村民主改革、军队的民主运动，以及中共大部分干部的民主、平等作风，正给中国社会带来某种民主的希望呢？[19]因此，不管后人会怎样评价中国的自由主义知识分子前述“隐忧”，在1948年的当时，他们的思想、主张却是不能被接受与理解的：温和点说他们是“杞人忧天”；急进派就要对他们大加讨伐了。

中国自由主义知识分子的文艺观也是不合时宜的。早在1947年5月5日,为纪念“五四”,萧乾曾为《大公报》起草了一篇社评,题为《中国文艺往那里走?》。文章针对“有些批评家对于自己脾胃不合的作品”,“动辄以‘富有毒素’或‘反动落伍’的罪名来抨击摧残”,呼吁文坛“民主”及“容许与自己意见或作风不同者的存在”的宽容,希望“文坛由一片战场而变为花圃:在那里,平民化的向日葵与贵族化的芝兰可以并肩而立”。文章打出的第二面旗帜是反对“集团主义”的“偶像崇拜”,举出的事实是:“近年来文坛上彼此称公称老”,“人在中年,便大张寿筵”。客观地说,这篇文章不过是30年代新月派和“第三种人”的观点在40年代末的再版,本是“太阳底下无新事”。但置于1948年的语境下——其时,人们普遍认为,“五四”以来的新文学已经进入了“人民至上主义的文艺”[20](1949年新中国成立后又称“工农兵文艺”)的时代,自由主义作家这时却要为“贵族化”的文学争取“民主”与“宽容”,这本身就不能被“容许”。更何况文章批评“称公称老”“大张寿筵”现象,又有意无意地卷入了本来已经是十分复杂的文坛人事纠葛之中。[21]因此,萧乾起草的这篇社评一发表即引起注意与强烈反应,并迟早要得到“回应”。恰于这时,另一位自由主义代表作家朱光潜又在他主编的1948年1月出版的《文学杂志》第2卷第8期上,发表《现代中国文学》一文,大谈“本来新文学运动的倡导人大半是自由主义者”,指责“左翼作家联盟”排斥“不‘入股’的作家”,将他们“编入‘右派’的队伍”,而自身却“只是有理论而无作品”。这自然又犯了众怒。

注释：

① 这是1947年12月中共中央会议的一个决议，毛泽东的《目前形势和我们的任务》即是这个会议上的报告。

② 茅盾：《祝福所有站在人民这一边的》，见《茅盾全集》，第17卷，第110页，人民文学出版社，1989。

③ 在90年代出版的邓毛毛所著《我的父亲邓小平》一书的结束语中确认了这一点，可参看。

④ 郭沫若：《尾巴主义发凡》《关于"尾巴主义"答某先生》，文收《迎接新中国——郭老在香港战斗时期的佚文》，复旦学报（社会科学版）编辑部出版（内部交流资料），第3、4—5页。

⑤ 同上，第9—10页。

⑥ 周扬：《关于政策与艺术》，见《周扬文集》，第1卷，第476页，人民文学出版社，1984。

⑦ 参看于劲：《上海：1949大崩溃》（上）第4章，解放军出版社，1993。文中引文见该书第144页。

⑧ 《文学再革命纲领（草案）》，载《文艺先锋》第12卷第1期，1948年1月31日出版。

⑨ 张道藩：《文艺作家对于当前大时代应有的认识和努力》，载《文艺先锋》第11卷第2期，1947年8月31日出版。

⑩ 参看《文学再革命纲领》、张道藩：《文艺作家对于大时代应有的认识和努力》及余公敢：《我们需要戡乱文学》，载《文艺先锋》第12卷第3、4期，1948年4月25日出版。

⑪ 《我对中国诗歌的意见》，载《文艺先锋》第12卷第1期，1948年1月31日出版。

⑫ 赵友培：《这一期》，同上。

⑬ 朱光潜：《世界的出路——也就是中国的出路》，见《朱光潜文集》，第9卷，第525页，安徽教育出版社，1993。

⑭ 《大公报》1948 年 1 月 19 日社评:《国际第三方面势力的抬头》。

⑮ 于怀:《追击“中间路线”》,原载《自由丛刊》第 11 种《统一战线诸问题》,1948 年 1 月 28 日出版;收《中国现代史资料选辑篇 6 册补编》,第 405 页,中国人民大学出版社,1993。

⑯ 杨西孟:《九年来昆明大学教授的薪津及薪津实值》,载《观察》第 1 卷第 3 期,1946 年 9 月 14 日出版。

⑰ 同注⑮,第 406 页。

⑱ 《大公报》1948 年 1 月 8 日社评:《自由主义者的信念》。

⑲ 中国共产党在领导土地改革过程中曾发生“左”的倾向,传到国民党统治区也曾引起一些疑惧。1946 年 10 月出版的《观察》第 1 卷第 6 期曾发表朱东润的文章《我从泰兴来》,谈到泰兴共产党“他们正在提倡打倒知识阶级,而泰兴共产党的基本干部,知识最高的多半只是受过中等教育的人,因此不免倒行逆施,做出这些原始社会的行为”。以后中共曾用了很大的力气纠正这种“左”的错误。

⑳ 参看郭沫若:《人民至上主义的文艺》,见《郭沫若全集》(文学编),第 20 卷,第 254—258 页,人民文学出版社,1992。

㉑ 当时左翼文坛上对郭沫若与茅盾有“郭老”与“茅公”之称。“大张寿筵”据萧乾后来说明,是针对戏剧界一些人为田汉 50 虚岁祝寿之事。但在此之前,左翼文坛也曾为郭、茅二位祝寿,因此,“大张寿筵”一语很容易被误解为也是指向郭、茅的。正如日本学者丸山升先生在《建国前夕文化界的一个断面》一文中所说:“当我们探讨中国现代思想、理论问题时,会发现它往往并不单纯是思想、理论问题,而与具体的、浓郁的个人之间的问题相重叠,而且当事人有时强烈地意识到后者。”(译文载《新文学史料》1993 年第 1 期)

二、南方大出击

——1948 年 3 月

叶圣陶 1948 年 3 月日记(摘抄)

7 日(星期日)　上午看报,读毕《约翰克利斯多夫》。此书可视为罗曼·罗兰所撰之近代文化史,于欧洲文明多所批判,非仅小说而已也。或谓此为罗兰中年之作,颇含尼采之色彩,罗兰晚年亦不自满。我国译本出世以后颇为风行,影响读者之思想不小,而此与我国争取民主实有不利。余谓此亦难言,无论何书,善观之皆无害,不善观之未免不发生坏影响者。不宜以此责《约翰克利斯多夫》与其译者也。

10 日(星期三)　竟日缮抄曹禺《蜕变》第四幕,作为教材。

七时举行读书会,谈余之《倪焕之》。诸人促余谈说,余实无可谈,只能零星说一些,后仍舍此书而杂谈文艺。九时散。

13 日(星期六)　缮抄三人所选文篇之目录,分寄佩弦叔湘,并作书,商工作进行步骤。依余预计,高中国文白话文言两种各六册,五月底必须完成各二册,庶几可于下学期供应学校采用。

27日(星期六) 十一时,偕小墨往车站……车以一点五十分开,四时后到苏。……与小墨就官巷中一家小酒店小饮。余欲重温少年时代买醉之景,而酒店殊寥落,提篮卖小菜者亦稀,颇非当年之景象。或者我辈入店太早耳。而苏地中产者之没落,不复能过悠闲之生活,必为其原因之一。

28日(星期日) 晨起雨未止。开窗望花园,知花树几无所不有。桃花已谢,杏花将落。梅棠数树,繁蕾已垂。牡丹亦有蕾。余心爱树木,一一观玩之。

……至怡园,其中破败不堪,假山仍旧,而亭榭卉木皆不如昔。世界已变,此种文化必将淘汰矣。遂至悬桥巷九如吃茶。其处多棋局,硕丈入城恒来此观弈。余因告小墨,此悬桥巷为余出生之地,此九如茶馆,余幼年即有之。坐约二小时,乃归。旋复饮酒。

1948年3月1日,一本以"书"的形式出版的杂志《大众文艺丛刊》,由香港生活书店总销售,出现在香港、上海、南京、北平等大中城市的书店、书摊上。《丛刊》第1辑"文艺的新方向"一出版,就在香港与国民党统治区的文坛上产生震动,引出各种反应。据说"发行数字与日俱增,影响也逐渐扩大"①,并且十分深远,以致今日要了解与研究1948年的中国文学及以后的发展趋向,就一定得查阅这套《丛刊》——一共出了6期(1949年6月因编者与作者纷纷北上而自动停刊),如今已很难找全,北京大学图书馆也仅藏3期。

人们首先注意的是这个杂志形式上的特色：不仅是以“书”代“刊”，不编号，每期以中心内容或文章的题目命名——这种编法在当时好像颇流行，同时在香港出版的《野草文丛》《自由丛刊》，我们将要论及的《诗创造》《中国新诗》都是如此。真正特殊的是刊物版权页上不写编辑者，只写著作者即中心文章作者的姓名，比如第1辑署名即是“荃麟、乃超等”。在作为发刊词的《致读者》里也是一开头就申明：“我们不想在这里来多作自我介绍”，但却强调：“这不是一个同人的刊物而是一个群众的刊物”。——既突出著作者，又强调其非“同人”（非个人、非小集团）性，这是为什么呢？于是人们自然要把注意力转向其著作者的背景——实在说，这个刊物在当时，以及以后以至今日，引人注目（甚至震动）的重要原因之一确在于此。

我们对这个影响重大的刊物的考察也就从这里开始吧。先看看这个刊物的主要作者当时的身份与1949年新中国成立以后的地位——

邵荃麟，先后在刊物上发表《论主观问题》等7篇重要论文，其中《对于当前文艺运动的意见》《敬悼朱自清先生》二文署名“同人”。当时为中共华南局香港工作委员会（简称“工委”）副书记兼“文化工作委员会”（简称“文委”）委员。1949年以后曾任作家协会中共党组书记等职。

冯乃超，先后发表《战斗诗歌的方向》等5篇重要文章，时为中共香港工委委员、文委书记，1949年以后任中共中央宣传部人事处处长、中山大学党委书记等职。

胡绳，发表《评路翎的短篇小说》等3篇重要文章，时为中共香港文委委员,1949 年以后曾任中共中央宣传部副部长、中国社会科学院院长等职。

林默涵,发表《评臧克家的〈泥土的歌〉》等 3 篇重要文章,时为中共香港报刊工作委员会书记,1949 年后曾任中共中央宣传部副部长、文化部副部长等职。

乔木(乔冠华),发表《文艺创作与主观》等重要文章,时为中共香港文委委员,1949 年后任外交部副部长等职。

夏衍,发表《"五四"二十九周年》等文,时为中共华南局委员、香港工委委员、书记,1949 年后任文化部副部长等职。

郭沫若,发表《斥反动文艺》等重要文章,时为著名的"民主人士",1949 年后任国务院副总理、科学院院长等职。

茅盾,发表《再谈"方言文学"》等文,时为著名"民主人士",1949 年后任文化部部长等职。

丁玲,发表《我怎样飞向了自由天地》,时为解放区著名作家,1949 年曾任中共中宣部文艺处处长等职。

结论是很清楚的:《大众文艺丛刊》的主要著作者都是当时及 1949 年以后中共主管文艺工作的重要领导人,或作为主要依靠对象("旗帜")的文坛领袖人物。

那么,这个创刊于 1948 年这一历史转折年头的《大众文艺丛刊》,究竟是什么性质的刊物呢?90 年代的有关回忆说法并不一致。时为香港工委负责人之一的周而复回忆说,有一天,几个人在一起聊天,"大家觉得有出一种文艺理论刊物的必要,夏衍、冯乃超十分赞成,最积极的是邵荃麟,好像胸有成竹,早就想好怎么出这个刊物",商量的结果,就办起了《丛刊》。② 作为主要作者之一的林默涵则说得比较明确:"领导文艺工作的,是党的文委，由冯乃超负责。在文委领导下，出版了《大众文艺丛刊》，由邵荃麟主编。这是人民解放战争正在激烈进行而面临全国解放前夕。香港文委的同志们认为需要对过去的文艺工作作一个检讨，同时提出对今后工作的展望。经过交换意见，遂由荃麟执笔，写了《对于当前文艺运动的意见》一文，发表在《大众文艺丛刊》第一辑上。”③看来，林默涵的说法比较符合实际；即使如周而复所说，开始是几个人有所议论，最后仍是得到了中共文委的同意与领导的。而林默涵所说，作为《丛刊》办刊指导思想的纲领性的文件《对于当前文艺运动的意见》虽由个人执笔，却是代表了文委领导集体的意见，则提供了一个更为重要的信息：《大众文艺丛刊》的办刊方针、指导思想、重要文章与重要选题，都不是个人（或几个人）的意见，而是代表了“集体”即至少是中共主管文艺的一级党组织的意志。④

或许还可以从另一个角度为这一论断提供“旁证”：当时熟悉文坛（特别是左翼文坛）情况的人，对邵荃麟批判胡风、乔冠华批判胡风、胡绳批判姚雪垠都会感到惊奇：因为正是邵荃麟在1944年（即四年以前）著文高度评价了路翎的代表作《饥饿的郭素娥》，说这本书“充满了那么强烈的生命力”，是“人类灵魂里的呼声”，因而“在中国的新现实主义文学里”“放射出一道鲜明的光彩”，⑤而“生命力”之类正是邵荃麟们这一次批判的重点。直到1945年邵荃麟还在呼吁作家“主观战斗力量的提高”，“面向人生的追求和搏斗的人格力量”，⑥更是在用语上都与胡风接近了。乔冠华在重庆时，曾因发表《方生未死之间》等文章而成为“党内资产阶级唯心主义”的重点批判对象，现在由他来批判胡风的“唯心主义”，这不能不说是有几分尴尬的，以至胡风在70年代提及此事时,还忍不住略加嘲讽。[7]胡绳则是姚雪垠的老友,姚雪垠当年写作《春暖花开的时候》,胡绳是促成者之一,并且也是在他主编的《读书月报》上发表的;现在胡绳突然要对这本书大加讨伐,就只能在文章附语里略作检讨。[8]当然可以辩解说,上述各人经过党组织与同志的帮助,已经认识了错误,反戈一击也是允许的(以后每有批判运动,都会出现这样的反戈,这一次也算是开了先例)。但至少也证明,他们的此次批判并非个人行为,乃是以"个人"的名义去体现"集体(党)"的意志。

弄清楚这一点,就不难明白前述《丛刊》的纲领文件《对于当前文艺运动的意见》的主旨所在。该文一开始即做了严厉的自我批评,断定"这十年来我们的文艺运动是处在一种右倾状态中",其主要理由(标志)是"我们忽略了对于两条路线的坚持","对于马列主义的艺术观与毛泽东所指出的文艺观点的不够坚持",从而"削弱了自己的阶级立场","我们的文艺运动中就缺乏一个以工农阶级意识为领导的强旺思想主流,缺乏这种思想的组织力量","失却集体思想的引导"。[9]请注意这里所着意强调的"坚持""阶级""立场""领导""主流""组织""引导"等词语(概念),这些词语此刻对非解放区的作家(知识分子)尚是陌生,因而又是他们正在努力学习的,但很快就成为"共和国文化"(我们姑且用这个概念)的主导性词语。而这些词语(概念)的中心(核心)意义即在:要"坚持"集中体现了工农"阶级"利益与意志的"党"的"思想"与"组织"的"领导"("引导"):这就是党在文艺上的"立场",也即"文艺的阶级性与党派性"的原则——"党派性"也是这个文件着意强调的[10],以后简称为"党性原则”，并成为“共和国文化”的核心（实质性）概念（原则）[11]。可以毫不夸大地说，《大众文艺丛刊》的创刊，是中国共产党在历史转折时刻，强化其对于文艺（以及知识分子）的领导（或称引导）的一个重要举措——这时的“领导”（“引导”）还主要是通过“文艺批评（批判）”的形式，对正处于夺取政权的胜利前夕的中国共产党，这种领导是迟早要体现为权力意志的，这就使得《丛刊》的言论从一开始就具有了某种不言自明的权威性。由此而产生了一种特殊的话语方式。请读以下文字——

> 对于马列主义与毛泽东文艺思想的曲解，我们是不能不予以纠正的。
>
> 马列主义者，既然是首先从客观实际出发，所以在文艺上毛泽东就以“为群众”与“如何为群众”作为文艺的一个根本问题。……
>
> 主观论者则是从主观要求出发……
>
> 这是我们与主观派关于这一问题的基本分歧点。
>
> 在我们看来……小资产者的主观精神，如果作为其自己阶级意识的集中表现，则一定也会妨碍他向人民大众的接近和改造。对于这样的主观精神，我们非但不要求去发扬，而且要求去破坏它。正如毛泽东所说：马列主义“决定地要破坏那些封建的、资产阶级的、小资产阶级的、自由主义的、个人主义的、虚无主义的、为艺术而艺术的、贵族式的、颓废的、悲观的以及其他种种非人民大众非无产阶级的创作情绪”。[12]

这里的主语复数“我们”是特别引人注目的：“我们”不仅是

代表着“多数”,即所谓“人民”(“群众”)、“阶级”(“政党”)的代言人,而且是真理的唯一占有者、解释者、判决者,即所谓真理的代言人。与“我们”相对立的是“他们”,二者黑白分明,你死我活,非此即彼,不可调和,绝不相容。“我们”担当的是真理的捍卫者与审判者的角色,居高临下:“你们”与“我们”不同,因此“你们”便错,不辩自败。[13]——这种“我们”体的话语,其独断性是已经饱尝后果的世纪末的今人几乎一眼即可看出的[14];但在历史的当时,它却是以一种“新”的话语方式出现在渴望熟悉、接近“新社会、新思想”的知识分子面前的:它不仅显示着胜利者的强势与权威,而且闪现着理想、道德的光辉,对于正处于孤独、绝望之中的知识个体,自有一种吸引力,仿佛只要也加入到“我们”中去,渺小的“自我”就能获得强大与崇高。——这些“我们”体文章的作者本身其实就是现身说法:他们也是知识分子,但在代表“我们”写作时,却自然而然地产生了自豪与自信,文字也变得“高屋建瓴,势如破竹”了。[15]

在这里无妨稍稍考察一下“我”与“我们”这两种主体指称在现代中国的历史变迁:“五四”时期是一个高扬“我”的时代,“我”作为抹杀个体的封建伦理的历史对立物,具有强大的吸引力。鲁迅小说的女主人公的话:“我是我自己的,他们谁也没有干涉我的权力”堪称那个时代的最强音。但几乎在同时,就开始了对“我”(与之相联系的个性主义思潮)的怀疑,处于绝望中的自我开始四处寻找新的力量源泉。于是,当20年代末诗人殷夫高唱“我融入一个声音的洪流,我们是伟大的一个心灵”(《1929年5月1日》)时,他传达的是一个新的时代的信息。“我们”代表的不仅是一种集体的、多数的力量,更是真理、信仰,具有道德的崇高性。在以后抗日战争的血与火中,在一切都被毁灭的废墟上,“我们”更成为无所依傍的个体生命的精神归宿,显示出一种神圣性。到所要讨论的1948年,随着政权的更替,“我们”开始上升为一种与权力结合在一起的秩序、体制。在当时,这是全新的秩序,体现着一种崇高的理想,仍然保留着某种精神的魅力,同时又伴随着服从的绝对要求,对个体生命自由形成或隐或显的压迫。于是,“我”在被“我们”所接纳(融化)中,既感到了群体生命的崇高,又获得了一种安全感。“我”向“我们”的靠拢(皈依)就这样成为那个时代的大势所趋。“我们”体的话语也成为一种“时代追求”。

值得注意的是,由于革命的胜利,“我们”(以“党”为集中代表)与“我们”体的话语即将取得思想文化上的主导地位时,提到首要地位的是“批判”,即如《对于当前文艺运动的意见》一文中所说:“思想斗争是文艺运动中最重要的一环”,这就使得这种“我们”体的话语一开始就具有浓重的“革命”(“批判”“阶级斗争”)色彩。翻开《大众文艺丛刊》第1辑,首先感受到的就是这种革命的火药味:这同样是炮火连天的“战场”。

开头炮的是郭沫若,他在《斥反动文艺》里,旗帜鲜明地指出:“今天是人民的革命势力与反人民的反革命势力作短兵相接的时候,衡定是非的标准非常鲜明。凡是有利于人民解放的革命战争的,便是善,便是是,便是正动;反之,便是恶,便是非,便是对革命的反动”;他据此而把他所说的“反动文艺”分作“红”“黄”“蓝”“白”“黑”五种,而以“红(粉红)”“蓝”“黑”为主要对象,对他所说的几个代表人物大加讨伐,指控沈从文从抗战时期高唱“抗战无关”论、反对“作家从政”,到把解放战争“谥之为'民族自杀悲剧'","一直是有意识地作为反动派而活动着";指责朱光潜提出"人生有两种类型,一种是生来看戏的,另一种是生来演戏的",其逻辑就是以国民党党老爷为"生来演戏"的、老百姓是"生来看戏的",足证为国民党的御用作家与学者;对为《大公报》写社评,鼓吹自由主义的萧乾,则怒不可遏地要做震天"怒吼":"御用,御用,第三个还是御用,今天你的元勋就是政学系的大公!鸦片,鸦片,第三个还是鸦片,今天你的贡献就是《大公报》的萧乾!"郭沫若认定这几位作家所代表的是"封建""买办"的"反人民革命"的"反动文艺",因此大声疾呼:"要毫不留情地举行大反攻","不分轻重,不论主从,而给全面的打击","要号召读者,和这些人的文字绝缘"——在一个月以后发表的一篇文章里,则干脆说要把这些打引号的学者们"赶出地球以外去!"[16]郭沫若这篇檄文写得如此激烈,却不免言过其实,捕风捉影,无限上纲,但又义正词严,声情并茂,铿锵有力,颇适合于朗诵、广播,为"我们"体的革命话语增添了几分文学(戏剧表演)色彩,并逐渐成为其文体特征(标志)之一。[17]这类文字在大转折的混乱中,是很能起"振聋发聩"的作用的。其内容与形式在当时及以后都产生了极大影响。

发表在《大众文艺丛刊》第一辑由理论家胡绳撰写的文学评论《评路翎的短篇小说》,掀开了第二次公开批判胡风及其青年朋友的序幕,[18]以后又有荃麟的《论主观问题》、乔木的《文艺创作与主观》等大文。这次批判一开始即明确是"从统一战线的立场上来进行思想斗争"[19],因此与郭文的"声讨"不同,是偏于说理与论辩的,但也有政治要害的"点睛"之笔,如"对于马列主义与毛泽东文艺思想的曲解,我们是不能不予以纠正的"[20],

“以自己的小资产阶级观点去曲解了无产阶级文艺思想的基本原则方针，自行提出一套思想，一套理论，以此来团结与我相同或有利于我的人，自成一个小集团”㉑。这里所发出的警告本也是明白无误的：即使是革命话语，其运用模式与解释权也是法定的，绝不允许标新立异，另搞一套。胡风和他的朋友不知是有意还是无意，反正没有听进去（或者不愿听进去），偏要继续冒犯革命权威，这就酿成了以后的悲剧。至于这次论战涉及的两种话语的分歧，在下文再作讨论。

《丛刊》以及前后出版的，同样是在中共领导（或影响）下的几家进步刊物，如茅盾、巴人、周而复、适夷等主编的《小说》月刊（1948 年 7 月创刊），司马文森主编的《文艺生活》（1948 年 1 月复刊）等，还有计划地开展了对作家、作品的评论，这也是所要着力进行的“思想斗争”的一个方面。耐人寻味的是，这次评论的重点，几乎全是 40 年代国民党统治区最有影响的作家或作品，除路翎之外，还有小说家姚雪垠、骆宾基、沈从文，小说《围城》（钱锺书作）、《引力》（李广田作），诗人臧克家等，如果加上前几年即已批评过的戏剧家曹禺、夏衍，㉒就是一个相当大的名单。对国统区著名作家、作品的这种批判性的“再评价”，与下文还要讨论的对同时期解放区的作家、作品的肯定性评论联系起来，就不难看出，这是在为“文学史”的评价做准备：所要争论（争取）的正是文学史（以及现实文坛）上的主导地位。因此，这次有计划、有组织的评论，很少论及作家、作品艺术上的得失，而是偏向于其创作倾向，特别是思想、政治上的倾向，就是可以理解的了。有些文章读起来简直就像是思想（政治）评论——这也可以说是开创了一种新的文学批评模式吧。这里无妨略引几段——

这位被称为最不沾染“客观主义倾向”的作家,确实有着太强的知识分子的主观,他的太强的主观妨碍了他去认真地写出他所看到的工人。

(胡绳:《评路翎的短篇小说》)

我们确实发现了这样一种倾向,即是以知识分子自己的心境或从个人的感觉去赞颂农村。无论是出发于“右”的对现实的逃避,或出发于“左”的一种革命的空洞概念,结果都是使农村神秘化了。

(默涵:《评臧克家的〈泥土的歌〉》)

作者尽管也接触到现实,但是,很明白的,并不是让人民群众的觉醒与斗争的巨浪来淹没自己的小资产阶级知识分子的狭窄的心灵,而只是借历史现实中的片段作题材来表现和抒写自己。

(胡绳:《评姚雪垠的几本小说》)

由于作者的过多的同情,使他对于小市民知识分子的游离于现实社会斗争以外的情绪,思想和生活方式几乎完全不能给必要的批判;由作者从心底流露出来的感伤,使他的这几篇作品几乎表现不出对于生活意义的勇敢的追求。

(胡绳:《关于〈北望园的春天〉》)

意图是再清楚不过的:要从根本上划清“无产阶级及其文

学”与“资产阶级(小资产阶级)知识分子及其文学”之间的严格界限;由此所要传达的信息也是明白无误的:资产阶级(小资产阶级)出身的作家(知识分子)要想在新的无产阶级的时代继续写作,成为“我们”中的一员,必须进行脱胎换骨的改造;否则,无论是写工人、农民,还是写知识分子自身,都只会是歪曲。一篇评论文章长段地引用列宁的论述,强调“知识分子是以资本主义‘思想’为立脚点的……这个阶级是与无产阶级有相当对抗的”,知识分子除了彻底“投降”,“把知识分子特有的心理特点丧失无余”,也即消灭自身,已别无出路。[23]——这里,“(知识分子的)改造”作为新时代主体话语之一,其内在的严峻性其实已经表露得相当清晰了。

以上三个方面的“大批判”以这样的权威地位同时展开,所引起的震动是可以想见的。被批判者的反应自不待说,就是中共党内的反响也是强烈的:据胡风回忆说,冯雪峰看了刊登了批判胡风文章的《丛刊》第2辑以后,曾气愤地说:“难道又要重演创造社的故伎?我们在内地的人怎么做事?”上海文艺方面负责的蒋天佐也表示了不满。同为香港工委负责人的潘汉年则对胡风说,他个人并不赞成那样发表文章[24],这就为以后的党内斗争埋下了伏笔。文坛之外的震波自然要小得多;但据当时还是文学青年的邵燕祥后来回忆说,他看了郭沫若的文章感到“很惊奇”,一方面,因为投稿的关系,对沈从文有所了解,觉得郭沫若对沈的批判有点夸张与勉强;但另一方面,郭沫若却是自己“所景仰的名家”,他的话又似乎不能不信:在不明内情的大多数知识分子中,这样的困惑大概是比较普遍的吧。[25]

而这次大批判更深层的影响,是以后才显露的:它实际上是意味着一种选择,即以“思想斗争(批判)”作为发展共和国文化(文艺)的首要任务与根本之路。这一“选择(决策)”在建国后得到了相当彻底的贯彻,并产生了人们意想不到的严重后果,因而很难为后人所理解。但当事人却是极其认真地指出:“一个为某种理想而斗争的人,自然要最积极地批判那些妨害达到理想的一切。”㉖人们渴望创造一种纯粹的全新的文化(文学),就迫不及待地要与一切旧的文化(文学)划清界限,实行所谓“彻底决裂”,至少也要与之绝缘——郭沫若在一篇文章中就是这么说的:“古人说:‘蓬生麻中不扶自直,白砂在泥不染自黑’,不要让泥和白砂接近,白砂自然也就不容易黑起来。故尔肃清泥巴,也就成全了白砂。”㉗——当然,这不过是一个乌托邦的幻想。

《丛刊》的作者在论证开展革命批判的必要性与迫切性时,“特别”强调了“1941 年以后,19 世纪欧洲的资产阶级的古典文艺在中国所起的巨大影响”㉘,这也是特别有意思的。据说“大量的古典作品在这时被翻译过来了。托尔斯泰、弗罗贝尔,被人们疯狂地、无批判地崇拜着。研究古典作品的风气盛行一时。安娜·卡列尼娜型的性格,成为许多青年梦寐追求的对象。在接受文学遗产的名义下,有些人渐渐走向对旧世纪意识的降服”㉙。这或许是事实吧,但由此而反映出的对西方资本主义文化(文学)的高度警惕性,却是更应该注意的。这里内含着双重疑惧:既表现了长期处于西方世界包围中的落后国家的民族主义者对西方侵略(包括文化侵略)近乎本能的警觉,又显示了长期处于资产阶级对抗中的无产阶级对资产阶级意识形态的异己感与不洁感。因此,完全可以理解,《丛刊》的批评家们在激烈地开展国内思想斗争的同时,也把斗争的锋芒指向“西欧文学的没落倾向”㉚,对所谓没落时期的资本主义文化,即西方现代主义文化,提出特别严峻的批判㉛:这既是追根溯源,又是预先防范。对西方文化(文学)的这种不信任几乎成为难以摆脱的心理情结,长期影响着新中国的文化领导人及其选择(决策),《丛刊》的批判倾向仅是一个开端。

当然,《丛刊》并不止于批判,他们也有自己的建设,或者说,他们是以批判为建设开路的。这一时期所提出的文艺中心口号是建立“人民文艺”,有人又称为“人民至上主义的文艺”㉜,也有称“大众文艺”㉝的。这自然是30年代左翼文学的继续与发展,但也有新的特点,即是以毛泽东的《在延安文艺座谈会上的讲话》为指导思想,并且有了《讲话》以后解放区文学创作的实绩作为基础(根据)。因此,整理、传播解放区文艺,并进行理论上的总结,就成为人们所要做的基本建设工作。《丛刊》与在它影响下的《小说》月刊等刊物都以相当的篇幅刊载解放区作家的创作与民间文艺作品㉞。还专门出版、发行了《北方文丛》,共出3辑,有赵树理的《李家庄的变迁》《李有才板话》、孙犁的《荷花淀》、康濯的《我的两家房东》、李季的《王贵与李香香》、贺敬之和丁毅的《白毛女》等25种,差不多集中了解放区文学的精华,影响是很大的。这一年5月,香港中原剧社、建国剧社、新音乐社联合演出《白毛女》,接连上演一个多月;11月,南方剧团又上演了根据赵树理的同名小说改编的喜剧《小二黑结婚》,也是轰动香港与南洋一带。在此基础上,《丛刊》等刊物都以重要篇幅发表评论,做理论上的评价与倡导,一种新的美学原则、批评与创作模式正在孕育之中。

郭沫若曾在一篇文章中这样描述他在接触解放区文学时的最初反应:"我是完全被陶醉了,被那新颖、健康、朴素的内容与手法。这儿有新的天地,新的人物,新的感情,新的作风,新的文化,谁读了,我相信都会有兴趣的。"[35]这恐怕是相当真实与真切地传达了当时大多数读者(包括知识分子读者在内)的共同感受。而批评家与理论家则由此引发出了一系列更带普遍性的结论:

关于"写什么"。"文艺应首先去反映这新的时代新的人民的状貌与其内容本质","在今天,表现新中国的光明面,表现劳动大众的积极性与优美品质,这些主题必然是要提高到更重要的地位","在今后文艺中,我们要更积极地去创造像铁锁、李勇这一类人民英雄的典型"。[36]在革命胜利,新政权建立伊始,要求歌颂为胜利做出了贡献的英雄,以树立新的理想与道德典范,这似乎是理所当然的,在新中国文坛中曾长期占主导地位的"颂歌的文学"的美学原则在这里已经初见雏形。[37]"越是和人民现实生活的景况和要求等接近的题材题旨,就越容易产生效果"[38],"今后写作的主题方向,必然是和政治经济的斗争与建设,更有机的更紧密的配合","我们的文艺,应该环绕这些中心任务,才能配合实际的需要"[39]。——新中国文学中盛行一时的"配合现实,写中心"的写作模式已是呼之欲出。

关于"写作形式"。"在形式方面,他们是尽量采用当地人民的口语(方言),大胆采用旧形式和'民间形式',而又同时把新的血液注入旧形式与'民间形式',他们教人民进步,同时又向人民学习,不超过群众,同时也不做群众的尾巴:这都是值得我们效法的。"[40]——这一经验在1949年后得到广泛的推广,对新中国文学的面貌的影响恐怕是相当深刻的。

关于“怎么写”。“基本的方法是‘从群众中来到群众中去’的方法,‘他不但仔细访问过他书中的几个主要人物,而且还去和他们生活了一个时期,他不止根据群众的意见修改过一次而且修改过三几次。他读给农民和干部听过,也交给有创作经验又有些农村工作经验的人看过’。”[41]——这种“深入生活”的写作方式以后又有更广泛的实践。

关于“由谁来写”。一方面,是这样的新型作家:“他是人民中的一员而不是旁观者”,“作者完全是从农民的生活与实践中去取得人民的思想感情”,仿佛是“一个真实的农民向我们直接述说他们村子的故事,并不是另一个知识分子在代他渲染铺张”;“另一方面,是在民主政权下翻了身的人民大众,他们的创造力被解放而得到新的刺激,按他们开始用万古常新的民间形式,歌颂他们的新生活”[42]。——这大概就是所谓“两条腿走路”或“两结合”的创作的最初提法吧。在某种意义上,这种农民化的作家与农民作家的结合,体现的是“脑力劳动(者)”与“体力劳动(者)”相结合的原则,这是“五四”时期即已提出的;而“农民化”的“新型作家”的出现,必是知识分子脱胎换骨的改造的结果,这又是不言而喻的。

有一点似乎很值得注意:尽管《丛刊》的批评家们一再强调解放区文艺所提供的文艺新质,但他们宁愿把它视为“五四”新文学运动的一个“新阶段”。这一年纪念“五四”29周年时,很多人都谈到了“五四”新文化运动的性质,邵荃麟在一篇文章里就专门批判了把“五四”看作“单纯的资本主义文化运动”的“曲解”,以为这是“漠视了‘五四’的人民意义,漠视了‘五四’以来人民革命的传统与力量”,他因此认为中国共产党所领导的人民革命才是“五四”精神的真正继承者,而“毛泽东思想”正是“‘五四’以来,也是几千年以来中国文化上最大的成果”。[43]

1948年,人们还频频地谈到被称为“五四”新文化运动旗手的鲁迅。《丛刊》专门发表了胡绳的《鲁迅思想发展的道路》。作者并不讳言,此文是针对胡风对鲁迅的“曲解”的;因此,全篇自始至终强调鲁迅“从小资产阶级的思想立场,向无产阶级的立场”的“转变”。从这样的鲁迅观出发,鲁迅的“五四”启蒙话语——他的“改造国民性”的主题,他的个性主义、怀疑主义等等,都被看作是鲁迅的精神“负累”,只是“客观上在当时还有相当的革命意义”,据说今天胡风们重申这些话语,“其客观的趋向却只能是小资产阶级对于人民大众的自觉的集体的进取和改革的抵制”。论者所要描绘的是一个据说是与前期鲁迅对立的后期新鲁迅:他“终于使自己和中国无产阶级政治相结合”,“上升到无产阶级的集体主义思想”,并“以(与暴露黑暗)同样程度的执拗守卫真实的光明”等等。——这里,用“革命话语”来“改造”鲁迅的意图是十分清楚的。其目的是要用这个改造过的鲁迅来充当“革命话语”的护法神。这与前述对“五四”传统的自觉承传,看似矛盾,却有内在的一致:都是为“革命话语”争取思想文化(文学)领域领导权与正统地位的自觉努力。

这一切,在历史的当时,都是顺理成章的。因此,人们从《丛刊》上读到这样的文字:“‘五四’以来,新文艺运动已经经历过几个阶段,现在我们正跨入一个崭新的阶段。这个阶段的前途是壮阔无比的,让我们每个文艺工作者,全心全力,来拥抱这个新时代,新的人民,并且为中国新文艺运动祝福吧”[44],是不能不受到一种鼓舞的。人们沉浸在对依稀可见的光明的未来的憧憬中，很自然地就忽略了《丛刊》新话语内在的严峻性。

注释：

① 周而复：《回忆荃麟同志》，载《新文学史料》1980 年第 3 期。

② 同上。

③ 林默涵：《胡风事件的前前后后》，载《新文学史料》1989 年第 3 期。

④ 我们这么说，是因为目前还没有充分的材料来说明，《大众文艺丛刊》对于文艺运动的估计，由此而采取的方针、开展的批判，是否得到中共党中央或中央领导人的支持。但按照中共的组织原则，如此重大的举措，是不可能不经上级领导批准的。

⑤ 邵荃麟：《饥饿的郭素娥》，见《邵荃麟评论选集》（下），第 496 页，人民文学出版社，1981。

⑥ 邵荃麟：《伸向黑土地深处》，见《邵荃麟评论选集》（上），第 78 页。

⑦ 参看胡风：《文稿三篇·关于乔冠华（乔木）》，载《新文学史料》1995 年第 2 期。

⑧ 参看胡绳：《评姚雪垠的几篇小说》，载《大众文艺丛刊》第 2 辑；杨建业：《姚雪垠传》，第 79—81 页，北岳文艺出版社，1990。

⑨ 《对于当前文艺运动的意见》，见《邵荃麟评论选集》（上），第 135、136、141 页。

⑩ 同上，第 150 页。

⑪ “党性的原则”是列宁《党的组织与党的出版物》一文中提出的；但列宁所指是“党的出版物”，却被译成“党的文学”，并扩大为国家发展文化（文学）的基本方针。

⑫ 邵荃麟：《论主观问题》，见《邵荃麟评论选集》（上），第 208、209、228 页。

⑬ 在以后发展起来的“大批判”文章里，就变成“我说你错你便错”的

逻辑。

⑭ 39年以后发生了一次有关“我们”的讨论:作家萧乾在1986年5月12日《人民日报》上发表了《“我”与“我们”》一文,表示“希望写理论(或评论)文章的同志,今后如发表的是一得之见,而并不代表组织,则只用‘我’字,而不要轻易使用‘我们’”,并说:“我也许是个神经脆弱的人,每当看到论战的一方用起‘我们’时,我就觉得他身后必有千军万马,因而不期然而然地感到些盛气凌人。倘若搬出‘我们马克思主义者’,就更加吓人,像以‘本庭’名义宣读的判决书。这不是站在平等的地位上的讨论问题的态度,加上那么一个‘们’字,实际就已强占了高地,就摆出了居高临下的架势,就使那个自称‘我’的显得单枪匹马,赤手空拳了。”6月2日《人民日报》又发表了杂文家谢云的《“我们”又怎样?》,指出:“问题并不全在于自称‘我’与‘我们’,而在于这个‘我’或‘我们’手里,是否有权力,以及是否把这种权力作为砝码,施加于学术讨论和争鸣的天平”,结论是:“至关重要的是排除权力的干扰。”

⑮ 作为“双刃剑”的另一方面:由于这样的自豪与自信是在“我们”中才获得的,是以“自我”的消失为代价的,也就导致了对“我们”的依附。

⑯ 郭沫若:《屈原·苏武·阴庆》,原载《光明报》新第1卷第2期;文收《迎接新中国》,第44页,复旦学报(社会科学版)编辑部编印(内部发行)。

⑰ 正因为此文写得如此激烈而又义正词严,就使人不免要揣度其背景。在这方面目前尚无确证。但我们从新出版的《毛泽东年谱》(下)(中共中央文献研究室,中央文献出版社1994年版)中得知,1948年1月14日毛泽东曾为中共中央起草致香港分局、上海局及各中央分局电,内称:“要在报纸上刊物上对于对美帝及国民党反动派存有幻想、反对人民民主革命、反对共产党的某些中产阶级右翼分子的公开的严重的反动倾向加以公开的批评与揭露,文章要有分析,要有说服性,要入情入理。”郭沫若的文章是否与此有关呢? 周恩来在1946年12月31日从

延安写了一封信给郭沫若,表示“孤立那反动独裁者,需要里应外合的斗争,你正站在里应那一面。需要民主爱国的阵线的建立和扩大,你正站在阵线的前头。艰巨的岗位,有你担负,千千万万的人心都向往着你。我们这一面,再有一年半载,你可以看到量变质的跃进。那时,我们或者又携手并进,或者就演那里应外合的雄壮史剧”。(原载《文献与研究》1983 年汇编本,第 73 页;转引自《中国现代史资料选辑》第 6 册,第 102 页,中国人民大学出版社,1989 年版。)那么,郭沫若的这篇《斥反动文艺》的檄文,会不会就是一次里应外合的演出呢?

⑱ 第一次是在 1945 年的重庆,何其芳写有长篇批判文章《关于现实主义》。

⑲ 同注⑫,第 208 页。

⑳ 同注⑫,第 208 页。

㉑ 萧恺:《文艺统一战线的几个问题》,载《大众文艺丛刊》第 2 辑。

㉒ 参看胡绳:《评路翎的短篇小说》(载《大众文艺丛刊》第 1 辑“文艺的新方向”),默涵:《评臧克家〈泥土的歌〉》(同上),乃超:《略评沈从文的〈熊公馆〉》(同上),胡绳:《评姚雪垠的几本小说》(载《大众文艺丛刊》第 2 辑“人民与文学”),胡绳:《关于〈北望园的春天〉》(载《小说月刊》第 1 卷第 2 期),无咎:《读〈围城〉》(载《小说月刊》第 1 卷第 1 期),无咎:《读〈引力〉并论及其他》(载《小说月刊》第 1 卷第 3 期),何其芳:《关于〈家〉》(收何其芳:《关于现实主义》),何其芳:《评〈芳草天涯〉》(同上)。

㉓ 无咎:《读〈引力〉并论及其他》。

㉔ 同注⑦。

㉕ 邵燕祥:《断忆》,收《长河不尽流》,第 231 页,湖南文艺出版社,1989。

㉖ 同注⑨,第 152 页。

㉗ 郭沫若:《当前的文艺教育》,收《迎接新中国》,第 40 页。

㉘ 同注⑨,第 142—143 页。

㉙ 以后邵荃麟还特意写了一篇《罗曼·罗兰的〈搏斗〉——从个人主义到集体主义的道路》(载《大众文艺丛刊》第4辑),以肃清罗曼·罗兰的消极影响。这实际上是一个自我反省与自我警告,因为邵荃麟本人即是罗曼·罗兰的崇拜者。在邵荃麟这样的批评家身上实际上存在着个人("我")话语与阶级("我们")话语的尖锐矛盾,而他们当时是十分自觉、也不无真诚地努力克服与阶级话语不相符合的个人话语,并在改造自己的同时,扮演了批判(审判)异己的角色。但他们仍然是努力"说理"的,并且也注意纠正发现了的偏颇。如在1948年,邵荃麟还写过一篇文章批评全盘否定"革命小资产阶级文学"的"偏向",提出在"反右倾的斗争"中要注意"过左偏向"(《一种偏向》,原载1948年2月12日香港《华商报》,收入《邵荃麟评论选集》下册,第682—683页)。但到了60年代,当邵荃麟面对越来越"左"的阶级话语,而终于坚持了个人话语,发出了不同声音时,他就成了党内的"右倾机会主义分子"。

㉚ 主要是翻译介绍了苏联、日本、法国共产党人的文章,如科尔瑙:《论西欧文学的没落倾向》(载《大众文艺丛刊》第1辑),加萨诺瓦:《共产主义思想与艺术》(同上),藏原惟人:《现代主义及其克服》(载《大众文艺丛刊》第5辑),法捷耶夫:《展开对反动文化的斗争》(同上),塔拉辛可夫:《论社会主义现实主义》(载《大众文艺丛刊》第6辑)。

㉛ 这里显然有日丹诺夫的影响。日氏曾提出一个著名理论:无产阶级可以批判继承处于上升时期的资本主义文化(如文艺复兴时期、18、19世纪浪漫主义、现实主义文学),却要坚决拒绝处于没落时期的19世纪末与20世纪的西方现代主义文学。这一理论对以后新中国的文化取向有着深远的影响。

㉜ 参看郭沫若:《人民至上主义的文艺》,《郭沫若全集·文学篇》,第20卷,第254—258页,人民文学出版社,1992。

㉝ 新中国成立后称为"工农兵文艺",其实质并无不同。

㉞ 如刘石:《真假李板头》(载《大众文艺丛刊》第1辑),赵树理:《催粮差》

（载《大众文艺丛刊》第5辑），西戎：《喜事》（载《小说月刊》创刊号），周而复：《白求恩大夫》（于本年起在《小说月刊》上连载），等。

㉟ 郭沫若：《〈板话〉及其他》，原载1946年8月16日《文汇报》，收《赵树理研究资料》，第175页，北岳文艺出版社，1985。

㊱ 邵荃麟：《新形势下的文艺运动上的几个问题》，原载《大众文艺丛刊》第6辑，收《邵荃麟评论选集》上册，第245页。

㊲ "颂歌的文学"除了歌颂人民以外，一个重要方面是对人民领导者——党与领袖的歌颂。1948年3月由香港海洋书屋出版，冯乃超编、艾青等著的《毛泽东颂》，即是这类"颂歌"的自觉提倡。冯乃超在《编后记》里预言："这样一个伟大的主题，将引起无数诗人的注意。人民也会自然而然地寻找适当的字眼来编唱对于这位新中国创造者的颂歌。"文章也提到"某大报的主笔"（按指《大公报》主编王芸生）根据毛泽东的《沁园春》"苦心孤诣地证明他也有帝王思想"，"有些好心肠的朋友"，"对于人民拥戴革命领袖的真挚感情，反而觉得有点儿脸红起来，其实这不过说明一些知识分子还没有摆脱旧的思想感情，因而不能和人民共同呼吸，共同感觉而已"，"又有人以为歌颂谁，便侮辱了自己，这种'孤臣孽子'的心，大概也是时代的产物，旧的东西已经周身腐烂没有什么可以歌颂的了，索性保留一个'自己'，收起歌颂的调子，抒抒挽歌之情吧"。（见《冯乃超文集》下册，第348—349页，中山大学出版社，1986。）

㊳ 静闻：《方言文学的创作》，原载《大众文艺丛刊》第3辑。

㊴ 同注㊱，第246—247页。

㊵ 茅盾：《再谈方言文学》，载《大众文艺丛刊》第1辑"文艺的新方向"。与此同时，《丛刊》还以很大篇幅发表了工农兵的群众创作，如《参军——墙头诗选》（载《丛刊》第1辑）、《武池村农民的诗》（载《丛刊》第5辑）。《丛刊》还开辟了《实在的故事》专栏，发表来自战争、生产一线的"实录"报告（编者说"中国旧时有所谓'笔记小说'，也属于同类性质"），如第2辑发表的《桌上的表》，作者张明是华东野战军的战斗英

雄,该文即写于战场。此时期在香港还展开了关于"方言文学"的讨论,除《丛刊》发表茅盾前述《再谈方言文学》外,郭沫若也写了《当前的文艺诸问题》,论及"方言文学的问题"(载《文艺生活》海外版第1期)。邵荃麟、冯乃超并写了《方言文学问题论争总结》(文收《邵荃麟评论选集》上册,第125—133页)。香港文协还组织了"方言诗歌工作组",有系统地组织了方言诗歌的创作与活动。诗人丹木、楼栖、沙鸥、犁青分别写了潮州、客家、四川、厦门方言诗。(参看犁青:《从"南来作家"到"香港作家"》,载《新文学史料》1996年第1期。)1948年在香港还围绕着《白毛女》的演出,展开过关于"艺术的民族化与现代化关系"的讨论,参看乃超:《从〈白毛女〉的演出看中国新歌剧的方向》(载《大众文艺丛刊》第3辑),邵荃麟:《艺术的民族化与现代化的关系》(收《邵荃麟评论选集》上册,第159—170页)。

㊶ 黎紫:《评柯兰的〈红旗呼啦啦飘〉》,载《大众文艺丛刊》第1辑。

㊷ 参看茅盾:《关于〈李有才板话〉》(原载1946年9月《群众》第12卷第10期,收《赵树理研究资料》,第139—140页,北岳文艺出版社,1985);邵荃麟:《评〈李家庄的变迁〉》(原载《文艺生活》光复版第13期,收《邵荃麟评论选集》下册,第512—516页)。

㊸ 邵荃麟:《五四的历史意义》,原载香港《群众》第2卷第17期,收《邵荃麟评论选集》下册,第690—699页。确立毛泽东思想的领导权威,也是当时的一种自觉的努力。在前述纲领性文件《对于当前文艺运动的意见》即已明确提出,毛泽东的《目前形势和我们的任务》"它是当前中国一切运动的总指标","文艺运动的发展,只有依据于这总的方向"。(《邵荃麟评论选集》上册,第147页。)敏感的郭沫若更是多次谈及:必须以毛泽东的报告"来武装自己,要武装到我们身上的每一个细胞"(《当前的文艺教育》,原载1948年3月14日《华商报》,收《迎接新中国》,第37页);他这样质问一些"忌讳"谈"领袖"的知识分子:"在旧政协我们能够承认蒋介石为当然领袖,在今天为什么不能承认毛泽东为

人民领袖？中国人中能有几个毛泽东？中国人中产生了毛泽东倒是我们的光荣。毛泽东是孙中山的真正继承人。”(《新政协催生》,原载《自由丛书》15 种“论新政协”,收《迎接新中国》,第 109 页。)

㊹ 邵荃麟:《新形势下文艺运动上的几个问题》,原载《大众文艺丛刊》第 6 辑,收《邵荃麟评论选集》(上),第 251 页。本文还谈到了一些作家对新中国成立后的“未来”的设想与计划,颇有意思:“我们中间,也许有人在想,在新的环境里,我将怎样写出生平的杰作呢;也许有人在想,我将怎样去旅行全国,观察新中国的状貌呢;或者在想,我们已经挨尽了一二十年的艰难困苦,今后要好好来计划一下自己的写作生活吧。”(同前书,第 240 页)

三、校园风暴

——1948 年 4、5、6 月

叶圣陶 1948 年 4、5、6 月日记(摘抄)

4 月 8 日(星期四)　至银行公会餐厅,参加杂志社聚餐会。到者不足十人。《国讯》被勒令停刊,以其为共方宣传。《世界知识》与《时与文》同受警告,以其言论偏激,有损对美邦交。此事为谈话资料,多以滑稽事件视之耳。

4 月 14 日(星期三)　傍晚饮酒,三官告我以学生界情形,其判断颇有理。丁士秋来看二官。她在医院为护士,据云病人颇有在院谋自杀者,为护士提心吊胆之事。自杀原因都为经济。社会穷困至此,能不悲叹。

4 月 19 日(星期一)　晚报出版,载今日国民大会选举总统,蒋氏当选。此为众所早知之事,固不待今日也。

4 月 29 日(星期四)　外面鞭炮声大作,系为李宗仁当选为副总统。日来为选举副总统,南京引起轩然大波。李出竞选,而国民党中之一大派不之喜,闹出种种可笑事。今李仍当选,一般人固无爱于李,其所以称快,殆为某一大派之不得遑耳。

5月1日（星期六） 夜听管夫人独唱之广播。管为女高音，所唱为中西民谣，声音可味，情趣甚至。

5月3日（星期一） 三官往参加文艺晚会，预行纪念“五四”。“五四”在青年心中永为光明之象征。

5月14日（星期五） 十时半，偕调孚至大光明，观曹禺新片《艳阳天》之试演。……观毕，承邀宴于新雅。两席，坐皆熟人。曹禺完成此作，至兴奋，饮酒甚多，颇有醉意。而坚欲请人评其缺失，不欲闻赞语，尤见其艺术良心。

5月20日（星期四） 夜间，高祖文来谈，渠方游北平，为言北平知识分子近况。

5月30日（星期日） 晨起为母亲剪发剪足指甲。校对国文白话第一册。

6月4日（星期五） 美国扶植日本，颇为积极。我国除政府外，几乎无不反对，而学生间情绪尤激昂。晚报载司徒大使发表书面谈话，谓我国人若此，此将引起不幸之后果，颇含恫吓之意。是何言欤！美国与我政府一致，与我人民为敌，即十年前之日本也。

6月9日（星期三） 高祖文来，商共同具名，对美国大使司徒雷登之声明书表示抗议。司徒之声明书发表于四日，日来报纸上刊载多人具名之抗议书已有多起，高祖文亦欲踵之。余以为此等事无多意义，而高自拟之文实不妥，因与明言。彼即强余草一篇，不得已，作四百言。由彼去拉人签名，据云仅拉最熟之杂志社之编辑人耳。

6月14日（星期一） 观新出版之《谈艺录》，钱锺书所作,多评旧诗,博洽可佩。

6月26日(星期六) 交大学生因前之反美扶日运动,发动游行,为上海市长吴国桢所质问,意谓其受"职业学生"之指使,非公众自发者。并谓若不能满意答复,即将公开传讯。学生亦不弱,定今晚开公断会,邀市长议长及社会人士出席,评断学生此举究竟是否错误。有学生来邀余,余惮此等集会,谢之,为书数百字与之。云问题在美国究竟有否扶日之事实。既事实昭昭,反对之为当然,其行动属于道义,余认为绝无错误云。

6月28日(星期一) 开封已由国军收复。报纸记载,此次轰炸死者至五万人。有一女校,存活者止四人。此实太残酷矣。政府方面早已置民心于不顾,民心之不复惜之,固其宜矣。

6月30日(星期三) 今日得上半年之升工,计一亿有余。同人谋为储蓄,购白报纸储之。余购五令,每令一千七百余万。以战前之值论,五令仅十五元耳。

1948年4月8日早晨,一纸"号外"震动了北大校园:北平警备司令限令学校当局在中午12时前交出12名学生自治会及人权保障委员会负责人,如不交人,就要武装包围学校,强行逮捕!

人们迅速从西斋、三院、红楼、灰楼……向民主广场集中。

同学们抬出课桌,在广场上围成一圈又一圈,把12位同学围在中间,筑成"人"的长城,要用血肉之躯保卫自己的同学。

教授联谊会召开紧急会议,最后通过决议:全体教授支持同学正义要求,誓死拒绝非法逮捕,神圣校园不容军警践踏!

北平各大、中学校师生代表也纷纷赶来，誓与北大人共同抗暴到底！

广场上几千人的怒吼汇成一个声音："一人被捕，全体坐牢！"①

这是当时震撼全国的"四月风暴"中的一幕。

这"风暴"是蓄之已久的。1947 年"五二〇"运动以后，毛泽东称蒋管区的学潮为反蒋"第二战线"②；国民党政府也加强了对学生的控制，1947 年 12 月教育部颁布了《修正学生自治会规则》，实际是要取缔与解散各校学生自治会。1948 年 1 月由于校方开除自治会干部，八千多军警围击学生，而爆发了"同济（大学）学案"。3 月，南京政府颁布《特种刑事法庭组织条例》《戡乱时期危害国家紧急条例》，同时设立"特种刑事法庭"；并于"国民大会"开幕的当天，宣布华北学联为"伪组织"。再加上高昂的军费与物价，使教育危机日益加重③，终于引发了以"反迫害、反饥饿"为中心的"四月风暴"：4 月 6 日，北平各院校师、生、工、警同时实行"六罢"（罢教、罢职、罢研、罢诊、罢工和罢课）；并从前述 4 月 8 日那一幕开始，进行了长达近一个星期的反对军警侵犯、保卫校园的斗争，4 月 14 日在民主广场召开的"团结大会"宣告斗争胜利结束。

5 月 1 日，为反对美国推行的"资本美国、工业日本、原料中国"的殖民政策，中共中央在"五一劳动节口号"中号召："全国工人阶级、全国人民团结起来，反对美帝国主义扶植日本侵略势力的复活。"5 月 4 日，上海万余学生在交通大学民主广场举行营火晚会，宣布成立"上海市学生反对美国扶植日本，挽救民族危机联合会"，后又发起十万人签名运动。5 月 30 日北平 11 院校师生在北大民主广场召开反美扶日及纪念“五卅”大会,会上由朝鲜同学陈述美国在南韩的暴行。5月31日及6月4日,美国驻沪总领事葛柏德和美国驻华大使司徒雷登先后发表谈话,公然指责上海圣约翰大学学生在反美扶日活动中举办“民族展览会”,是“依靠美国的恩惠得到教育”而又“诽谤美国”,并威胁说:“参加反美对日政策……必须准备承受行动之后果。”国民党《中央日报》还发表社论,扬言对爱国学生要“当机立断,斩草除根”。这无异于火上浇油,激起了全民族的抗议热潮。司徒雷登谈话第二天(6月5日),上海120所大、中学校的学生就举行了示威抗议。6月9日北平数千名学生冲破军警的重重围堵,举行“反美扶日”大游行,得到市民的广泛支持。昆明、南京、青岛、福州、成都、重庆、武汉、广州、长沙等地也纷纷响应,举行万人以上的罢课与游行,约有几十万学生与教职员卷入斗争④。

从4月到6月,一浪高过一浪的学潮席卷校园:这又是一个“偌大个中国已经放不下一张平静的书桌”的年代。

当年学生运动的参加者,有些在随后的解放战争中牺牲了——在一本由当事者撰写的历史著作(《解放战争时期上海学生运动史》)的结尾,怀着无限崇敬的心情,逐一写下了“光荣地献出了生命的战友们”的名字;有的则在以后的历次政治运动中丧生。幸存者们如今都已年届古稀。他们在回顾这一段历史时,仿佛又恢复了生命的活力:这确是一个“无悔的青春”。有意思的是,人们在回首当年时,总要重唱那时唱过的歌、吟诵那时朗读过的诗,甚至摆弄一下那时的舞姿与戏剧动作,尽管声不成调、动不成形,却音姿犹存,激情宛在。于是,在半是留恋、半是神往的回忆中,又重现了一幅幅40年代末中国“校园文化”景观——

……1948年5月4日,夜幕刚刚落下,上海交通大学的“民主广场”上,就点燃起了熊熊篝火,来自120所大中学校的一万多学生席地而坐,围成一个个圆圈,每一个圈外都有纠察队员组成的坚固的人墙。中心高台上正在演出由音专同学罗宗熔(他后来成了共和国著名的作曲家)、杨与石编写的“从五四——五四”诗、歌大联唱。朗诵者王芝湘同学激越的声音在五月的夜空,淡蓝色的火光中荡漾——

“五四,五四!爱国的血和泪,洒遍亚东大陆地!雄鸡一唱天下白,同声击贼贼胆悸,爱国俱同心。壮哉此日!壮哉五四!

“五四,五四!自由的血和泪,洒遍亚东大陆地!为民众而争正义,军兵刀枪都不顾,精神贯古今。壮哉此日!壮哉五四!

“五四,五四!真理的血和泪,洒遍亚东大陆地!扫荡千古魔毒,文化革新应运起,广大我国史。壮哉此日!壮哉五四!

“五四,五四!和平的血和泪,洒遍亚东大陆地!强权打破光明现,老大故国见新气,国魂兮不死。壮哉此日!壮哉五四!”

随着欧阳鑫同学手上的指挥棍的上下舞动,又唱起了五四以来的革命歌曲。追逐着歌声,人们仿佛穿过了那一个个血与火的年代——

“打倒列强,打倒列强,除军阀,除军阀……

"轰轰轰!哈哈哈哈轰!我们是开路的先锋,不怕你关山千万重!……

"我们都是神枪手,每一颗子弹消灭一个敌人!我们都是飞行军,哪怕那山高水又深!……"

背负着先辈的嘱托,一直走到今天——

"团结就是力量,这力量是铁,这力量是钢,比铁还硬,比钢还强!向着法西斯蒂开火,让一切不民主的制度死亡!向着太阳,向着自由,向着新中国放出万丈光芒!"

篝火越烧越旺,每个人的脸都映得通红通红……⑤

又是一个五月之夜,依然是那个交大民主广场。几十年后人们还在怀念那天晚会上表演的四十人大型长诗朗诵。尽管诗稿已无法查寻,只留下一个诗题:《怒吼吧,中国!》,但当年演出的情景却历历在目:"既有男女个人朗诵,又有男女声集体朗诵,还有全体合诵的怒吼。在指挥者的统一指挥下,节奏时快时慢,声音时抑时扬,同时还配有《义勇军进行曲》(以后它成为共和国的国歌)的小号声和战鼓声,气势雄壮,激动人心。最后全场2万余人齐声高唱《义勇军进行曲》,把整个晚会引到了高潮。"⑥

另一位晚会的参加者留下的是这样美好的记忆:"广场主席台上站立着10位同学,手执红旗,集体指挥唱歌。红旗在灯光的照耀下,在沉沉夜色中,似火一样鲜亮,就像燃烧的火炬。那激越的音乐节奏,鼓点般敲打在追求真理的心坎上"。大家同声高唱:"你是灯塔,照耀着黎明前的海洋;你是舵手,掌握着航行的方向。……”⑦

……这是一场别开生面的“斗争”:运动中,校园里的国民党特务带领军警砸打系科代表大会。第二天,愤怒的群众举行大会,公审了两名混在学生中的特务。在会上,几千名学生唱起了:“你!你!你!你这个坏东西,你这个坏东西!坏东西,坏东西!为了金钱,出卖良心,你的心肠和魔鬼一样的!……”⑧歌声刚落,歌咏队的同学一起走到面前,指着特务唱起了新编的《狗仔小调》(音专学生朱镜清作曲,刘诗嵘作词):“汽车停在大门口,不敢公然往里走。后面墙上挖个洞,一个一个往里溜。捣乱会场不认账,还说别人是凶手。……羞,羞,羞,狗仔们,滚出去,这儿没有肉骨头!”顿时全场学生都跟着唱了起来。在歌声的威压下,两个特务学生狼狈不堪,只得落荒而逃。⑨

……这又是一个令人终身难忘的演出。正是学生运动的低潮时期,暨南大学组织了全校师生员工联欢晚会。礼堂门口悬挂着“跌倒算什么,爬起来,再前进!”的巨幅标语。晚会上最受欢迎的节目是根据同名歌曲改编的活报剧《茶馆小调》——

“晚风吹来天气燥呵,东街的茶馆真热闹。楼上楼下客满座呀,‘茶房,开水!’叫声高。杯子碟儿丁当响呵,瓜子壳儿噼里啪啦满地抛。有的谈天有的吵,有的苦恼有的笑。有的谈国事呵,有的就发牢骚。只有那茶馆的老板胆子小,走上前来细声细语说得妙:‘诸位先生,生意承关照,国事的意见千万少发表。谈起了国事容易发牢骚呵,引起了麻烦你我都糟糕。说不定一个命令你的差事就撤掉,我这小小的茶馆贴上大封条。撤了你的差来不要紧呀,还要请你坐监牢。最好是今天天气哈哈哈,喝完了茶来回家去睡个闷头觉,睡一个闷头觉……'"

演唱到这里,全场一起合唱起来:"越睡越糊涂呀,越睡越苦恼。倒不如干脆,大家痛痛快快谈清楚,把那些压迫我们剥削我们不让我们自由讲话的坏蛋,从根铲掉!"

晚会结束了,二院的同学们一路高歌,走回学校;兴犹未尽,又在校园内唱着歌游行了一圈……⑩

……在反美扶日运动高潮中,上海政法学院十多个学生社团联合举办的"时事漫画展览"曾轰动一时。同时展出的还有上海漫画工学团《漫画月展》的作品。展览不仅吸引了各大中院校的同学,许多工厂的工人、职员,居民,以及由教师带领的小学生都纷纷赶来参观。当人们从几幅漫画中发现了蒋介石的形象时,都发出了会心的微笑。一幅题为《势如破竹》的漫画,把蒋介石比作被"破"之"竹",人民武装的巨斧正猛劈下去。另一幅《快到了》则预示刚当选的"总统""副总统"将走向袁世凯之墓。这一天(5月31日)人们正围着这几幅漫画发表种种议论,一群特务闯了进来,二话没说,就抢走了这些漫画。特务还冲进学生社团开会的教室,当场打伤学生5人,逮捕3人。上海市长吴国桢、警备司令宣铁吾亲自出面举行记者招待会,展示抢去的这些漫画,宣称漫画展览"侮辱元首",定系"共匪指使"。

此事经上海各报连续报道,成为满城谈论的一大新闻。[11]

……这一天,临近北平著名的商业中心王府井的八面槽街道上,和往常一样,挤满了熙熙攘攘的人群。突然,跑来一个日本人模样的士兵,看见小贩抢了东西就走,小贩赶上要求付钱,日本兵抡起木棍一阵猛打,小贩昏倒在地,他的女儿跪在一边哭泣,日本兵对她动手动脚,旁边站着一个美国人,哈哈大笑,连声说:“顶好,顶好!”……

街上的行人正议论纷纷,只见一个背着书包的八九岁的孩子,拾起一块石头向日本兵冲去。一位年轻的大学生连忙抱住他说:“小弟弟,这不是真的,这是我们在演戏呀!”这孩子从这位纠察队员怀里挣脱,又冲向“美国佬”,把他手中的纸牌摔在地上,狠狠地踩得粉碎。他痛哭着说:“我爸爸就是被日本鬼子打死的呀!”演员与围观的行人都感动得流下了眼泪。“吃过日本鬼子苦的真不少啊!”老人在叹息。一个三轮车夫愤慨地说:“日本鬼子坏,美国鬼子也不是好东西!”[12]

……“坐牢算什么,我们不害怕。放出来,还要干!”[13]

“天快亮,更黑暗,路难行,坐牢是常事情,常事情。”

悲壮的歌声在沉沉的黑牢里升起……

这是学潮中被捕的学生在举行狱中文娱晚会。由上海法商学院有名的“小喇叭”(广播员)陈明珠报幕,上海音专张利娟女高音独唱,大夏大学朱杏桃、朱萍影表演《青春舞曲》(只能听到歌声和节拍声)。这可急坏了被同学们称为

"黑熊"的看守长,他手执扁担,楼上、楼下来回奔跑,却挡不住同学们越来越响亮的歌声——

"山那边哟好地方,穷人富人都一样。你要吃饭得做工哟,没人为你做牛羊。

"老百姓呀管村庄,讲民主,爱地方,大家快活喜洋洋。"

上海法学院印敏之和永安公司职员王荣宝(他被错当作学生而被捕)正准备合演自编的活报剧《狗官升堂》时,突然发现楼对面的特务看守在偷偷记录台词,为避免无辜损失,晚会紧急刹车,监狱又落入一片沉寂……⑭

就这样,歌和诗、画与剧,伴随着学生运动,从校园飞向街头、工厂、农村、监狱……⑮

在中国的教育史上,从来没有像40年代末这一时期这样,校园内涌现出这么多的各式各样的学生社团、壁报、刊物,有如此名目繁多的自发的与有组织的集会,以及这样丰富多彩的文艺活动。

在我们好不容易才找到的当年出版的《国立清华大学1948年级年刊》上,对于风行全校的"清华的壁报"有这样的介绍:

当你走到大饭厅前,或是走到静斋的过道上,你准可以看到许多红红绿绿的壁报,贴在两旁的墙上或木板上,经常地拥挤着大群的读者,围着观看。

这些壁报,差不多每一个都是集合十余个至三四十个志同道合的同学作为主人。其中多数的壁报在一起组织了

> "壁报联谊会"。……
>
> 壁报经常报道清华园内外的现实,反映同学的意见,监督自治会的工作。壁报的形式有杂志型、报纸型、书报型等,甚至一篇文章一期,或数文长的大块分析文章一版都有。内容更为繁多了,如综合性的有"炼""清华人""静声""火把""原野""拓""莽原""塞北""华"等;新闻性的如"新报""蛰""惊蛰""体育新闻";重分析的为"方生未死之间""拓""钢铁";文艺性的有"新诗""文艺";艺术性的有"阳光""清华乐坛""大家唱";自然科学的有"科学时代""工程学习";新书介绍性的有"一二一"(一二一图书馆出版);研究性的如"鲁迅研究""营养特刊";反映生活的为"女同学半月刊""耕友";评论性的"清华评论"等等,等等。
>
> 重大的问题降临时,壁报往往会百分之百地动员起来,大幅横满大饭厅的一排玻璃窗的"联合版"是常有的事。这里会反映出大家讨论过的对这件"大事"的一个有系统的看法和意见。所谓"大事"诸如迫害袭来时,反饥饿呼声高涨时,助学浪潮卷起时,还有为对美扶日问题、校庆、五四、募捐寒衣运动等,都勇敢而坚定地呼吁过,反抗过。[16]

每一份壁报都可以看作是一个社团,而社团的范围则要更为广泛。仅《国立清华大学1948年级年刊》上做专门介绍的就有:"阳光社"(前身是《木炭社》,系一美术团体)、"新诗社""文艺社"(均由西南联大移植过来,历史较长)、"铁马体育队"(前身是"牛马狗鸡足球队",据说会员都是"爱玩爱闹的一群活宝")、"金刚体育会"(也是发源于昆明,而且现在有清华、北大两个"兄弟会")、"黑桃体育会"(以玩垒球出名)、"大家唱"歌咏队、“新生”歌咏队、“清华合唱团”“清华音乐联谊会”“清华管弦乐队”“清华军乐队”“清华剧艺社”“大将清华国剧社”“清华业余无线电会”,以及学生自办的专教附近乡村孩子的“识字班”“一二一图书馆”,作为清华喉舌的刊物则有:《清华周刊》《清华旬刊》《清华新闻》《清华通讯》《清华文丛》等。[17]至于未作介绍的、规模及影响都较小,以至随生随灭的社团恐怕要更多。

不仅清华如此,就我们所看到的材料,同时期的北大,也有“北大人社”“奔流社”“风雨社”“呐喊社”“沙滩合唱团”“新诗社”“北星体育会”“北大剧艺社”等社团,北大师生还自费筹建了被称为“北大人的精神粮仓”的“孑民图书室”。[18]上海、南京校园里的社团更如雨后春笋。如复旦大学的“缪司社”“旦声合唱团”“笔联”“歌联”“美联”,[19]暨南大学的“青蛙歌咏团”“新闻学会”“法律学会”“华侨同学会”,[20]交通大学的“山茶社”及其合唱团,南京金陵大学的“时声社”“活力社”“狂狷社”“草原社”“敢社”“菲凡社”,“骆驼”“向日葵”“火把”“绿林”等团契,[21]等等。

八九十年代陆续出版的回忆录不约而同地谈到这些社团、壁报、刊物,在40年代末被称为“第二战线”的学生运动中,都发挥了极大作用。其中的文艺社团更是以“文艺轻骑兵”的姿态活跃在每一次学潮的第一线。就我们所收集的材料,仅上海、南京、北平三地,1946—1948年间,各种类型、规模的演出就有60次之多[22]。稍加注意,就不难发现,这一时期学生文艺活动主要采取四种文艺形式,即群众歌曲、漫画、活报剧及朗诵诗。而同时期的专业作家、艺术家的创作,除小说外,影响最大的作家（艺术家）、作品，也大体采用（或接近于）这四种文艺形式。在这个意义上，我们甚至可以说1948年（及其前后的年代）的中国文艺是群众歌曲、漫画、活报剧与朗诵诗的时代（或者还应该加上长篇小说）。

这其间的“缘由”是值得深思与研究的。

群众歌曲似乎是天生地与“革命”联在一起。人们只要提起法国大革命，就会想起《马赛曲》。俄国十月革命的领导者列宁早就指出，全世界的无产者都可以凭借《国际歌》在地球的任何角落找到自己的“同志”[23]。歌声更时时伴随着中国共产党所领导的革命。诗人何其芳在40年代就写有文章，谈到“革命圣地”延安给他的第一个深刻印象就是八路军战士之间的“拉歌”。[24]他的朋友、散文家吴伯箫直到60年代还在著文深情怀念延安的“歌声”。[25]而中共地下党在领导国民党统治区的学生运动时，一开始就自觉地把唱歌作为联络、发动，以至组织群众的手段与武器。据当事人回忆，早在1946年就经中共上海市文化工作委员会（简称“文委”）领导的安排，在中共领导的上海“学团联”下建立了“新音乐社”，作为组织与领导全市群众歌咏活动的核心。在很短的时间内，上海的歌咏团（队）就发展到三百多个，遍布大、中、小学校和银行、百货、交通、水电、纺织等行业。“一些主要的学校几乎有会必唱，重点学校更是班班唱、天天唱，新开辟的学校或力量不强的单位常有以歌咏活动为着手点，从而打开局面的。可以说哪里有歌声，哪里就有党的工作”[26]，我们也可以说，哪里有中共领导的革命运动，哪里就有歌声[27]。国民党当局大概也早已敏感到学生中的流行歌曲与中共领导的这种不寻常关系，曾由中央执行委员会向教育部发出密令，要求取缔《你是个坏东西》等四首歌曲,“以遏乱萌”[28]。一些群众歌咏活动中的领导人和积极分子也成为军警追捕的重要对象[29]。“唱歌”就这样成了“革命”的同义词。

正是在40年代末的学生运动中,把群众歌曲的“革命”功能发挥到了极致。一位当年歌咏活动的参加者直到90年代“心中”仍“回荡”着“一支歌”:《你是灯塔》。他这样回忆40多年前,在民主广场上第一次学唱这支歌时内心的感受:“革命的歌一下子把同学们的心抓住了,无数张口同声唱出了时代的最强音。虽说是新教的歌,可是那滚烫的革命歌词立即融进了饥渴的心田。一块广场,一支新歌,一个声音,一种精神,一股力量,凝聚成一个意志:团结,战斗!”“我仿佛觉得歌声升华了,弥漫充塞于整个上海夜空,一扇扇窗户在打开,一双双手在挽起,歌声雄壮高昂,似乎在全国各地传来了深沉的回音。”[30]尽管在事后的不断回想中不免强化(也即一定程度上的夸大)了某些东西,但仍然相当真实地反映了广场上的群众歌曲对人的精神的渗透与影响。这首先是一种思想、心理、情感的凝聚与认同:当无数个个人的声音融入(也即消失)到一个声音里时,同时也就将同一的信仰、观念以被充分简化,因此而极其明确、强烈的形式(通常是一句简明的歌词,如“团结就是力量”之类)注入每一个个体的心灵深处,从而形成一个统一的意志与力量。处于这种群体的意志与力量中,个人就会“身不由己”地做单独的个体所不能(不愿或不敢)做的事。这是一个“个体”向“群体”趋归并反过来为群体控制的过程。这也正是“革命”所要求的:面对强大的暴力,是英勇的群体的反抗。如学生们对着军警的围捕高唱《坐牢算什么》;面对个别的异己者,是群体的威压与审判(专政)——就像全体同学怒斥特务齐唱《你是个坏东西》。同时,这也是一种思想、心理与情感的升华(转移):被歌声所唤起的激情,一旦从善的方面升华,就产生了信仰的崇高感——当人们高歌《你是灯塔》;或憧憬理想的柔情——当人们低唱《山那边呀好地方》时。[31]也正是在这样的群体的浪漫激情氛围中,个体生命中难以抗拒的孤独、感伤,以至恐惧,都会于不知不觉中消失,而转化为处于另一极端状态下的集体英雄主义的气概与豪情。这同样是能够直接导致革命行动的。至于《茶馆小调》那样的歌曲,也能于"嘲笑"(既是对统治者、对小市民社会,也是对自己内心的怯懦)中消解(战胜)恐惧,转化为歌曲最后的反抗的激昂。这样的群众音乐最后成为革命群众运动中动员、团结群众的有力武器,恐怕正是由其"本性"决定的吧。

戏剧在本源上也是一种广场艺术,后来又发展成为剧场艺术。而中国现代话剧正是在广场戏剧与剧场戏剧互相对立与渗透中得到发展的。[32]曹禺曾在广场话剧得到充分发展的抗战时期,对其创作特点做过一些概括,如应反映时代、主题要显明、故事头绪不能太多、人物宜典型化,即夸张人物的特点,加以重复,要有强烈的动作,抓住观众的注意力等等。[33]我们所能见到的少量保留下来的当年的"活报剧"[34],都大体具备这些特点,可以说是一种典型的广场话剧。称为"活报",是强调其时事新闻性,即所谓"活的新闻糅进写剧的技巧给观众一个忠实的报道"[35]。4月6日北平各校宣布罢教罢课,清华剧艺社很快就编写、排练出独幕剧《控诉》,通过主人公周桐教授一家不幸命运发出了挽救教育危机的呼声。7月5日发生了军警枪杀东北流亡学生的事件,北平学生为表示声援,由燕大燕剧社赶写出《大江日夜流》一剧,由北平学剧联社演出,发出了“一个人倒下去,千百万个人站起来”的怒吼。在1947年的“五一五”运动中,当学生代表正在与国民党行政院副院长王云五谈判,学生们就已在行政院外现编现演了《“社会贤达”》的活报剧,对王云五进行了有力的讽刺。这类的创作与演出具有强烈的现场鼓动性,往往使观众与演员融为一体,有时(如前述北平学生在八面槽街头的演出)更是让演员混在观众中,观众于不知不觉中也参与到戏剧演出之中。这样,整个广场(街头)就成了一个剧场,不仅演员与观众之间,连观众与观众之间,都产生了心灵的感应与情感的交汇,这种处于同一时空下的群体“精神共振”所产生的(戏剧)效果是惊人的:成百、成千、成万的人随着剧情的发展,或放声一哭,或敞怀一笑,或同声一吼,郁积于心的愤懑、哀伤……都得到尽情的释放,于是就转化为一种巨大的难以言状的欢乐。戏剧本来就具有娱乐性,这时候广场上的活报剧演出就成了真正的节日演出了——而马克思早就说过,“革命”就是人民群众的盛大节日。[36]

漫画作为一种“夸张”的艺术,也是最适合于这个广场时代的。郭沫若曾把漫画家作为“新缪司九神”之一来礼赞:“特别在这一两年的期间,漫画界的朋友的努力是怎样惊人呵!他们的脑筋是精神上的原子弹。”[37]前述上海法学院的漫画展览居然惊动了上海市市长,即足以证明郭氏的这一比喻并非毫无根据。除了每次学潮都有大量漫画产生,这一时期的报刊也经常刊登漫画作品,有的还有专门的漫画作者,如《观察》的方成、《论语》的丰子恺,以及稍早一些的《清明》的丁聪,等等。而发表于《大公报》等报的张乐平的《三毛流浪记》更是轰动一时,后来改编成电影,影响十分深远。

当然,在本年度的学潮,以至40年代末的校园文化中,最值得重视的,还是"朗诵诗"的发展。朱自清先生曾写有《论朗诵诗》,对学生运动中的朗诵诗做了专门的研究。其实,在中国新诗史和校园文化史上,一直有诗歌朗诵的传统。据沈从文介绍,在20年代新月社诗人即在闻一多先生的家中进行过诗歌朗读的试验;30年代北大、清华的部分师生又在朱光潜先生家中定期朗读诗歌、散文;稍后还有"中国风谣学会"诸公新诗民歌的朗读、演奏试验。[38]但正如朱自清先生所说,"战前已经有的诗歌朗诵,目的在乎试验新诗或白话诗的音节",是属于诗歌艺术本身的探讨;而所朗读的新诗"出发点主要的是个人,所以只可以'娱独坐',不能够'娱众耳',就是只能诉诸自己或一些朋友,不能诉诸群众",在朱先生看来,"战前诗歌朗诵运动所以不能展开,根由就在这里"。[39]抗日战争初期,曾有过"朗诵诗"的自觉提倡,并出现了田间、蒲风、高兰、光未然等朗诵诗人,但始终未形成群众运动。真正成为新诗发展的一个潮流,是40年代这一次。朗诵运动随着学生运动的推进而日益发展,效果也越来越显著,就"开始向公众要求它的地位",朱先生的文章就是这样为其定性与定位的。朱先生指出,所谓"朗诵诗"其最鲜明的特色就是"政治性"与"群众性"。朗诵诗不仅以政治教育与宣传为其基本任务与内容,而且"进一步要求行动或者工作",具有极其强烈的现场鼓动性,它总是出现在政治斗争的第一线,像在这次四月风暴里所显示的那样,成为实际政治行动的有机组成部分。人们这样回忆当年朗诵者的神态:他们在晚会上"手挽着手,冲向台口,大声狂呼,好像走向刑场一样"[40],朗诵即是战斗,这是确乎如此的。朗诵诗同时"是群众的诗,是集体的诗"。首先,朗诵诗"写作者虽然是个人,可是他的出发点是群众,他只是群众的代言人"。这也是一种"我们"体的诗歌:即使有时也用第一人称"我",但也是指"大我"(或者说"小我"已经融入"大我",与之合二为一)。一首题为《死和爱》的集体朗诵诗曾在学生运动中广泛流传,据说"在各种会议上,在校园内、宿舍里,它像革命歌曲一样,一人启口,就有很多人跟上来"㊶。它的魅力就在于真切地传达了一种"集体感":"我们,饥饿的行列!/我们,愤怒的行列!/我们,中国学生的行列!/我们,中国人的行列!/紧挽着手,/高喊着口号,/我们争生存、争自由、争和平、争民主/在中国的首都——南京的街头!""警察,你们来!/宪兵,你们来!/特务,你们来!/水龙,向我们喷射吧!/木棍,向我们殴打吧!/马队,向我们践踏吧!/我们是饥饿而且徒手,/我们是贫血而且消瘦,/我们除了我们的真理别无依靠,/我们除了我们的同学别无亲人,/我们除了爱和死没有别的路可走。"㊷据说学生们在朗诵到最后五句时,常常是台上台下泣不成声。这就说到了朗诵诗"群众性"的另一面:它不仅要"传达出大家的憎恨、喜爱、需要和愿望",而且"得在群众当中朗诵出来","它表达这些情感,不是在平静的回忆之中,而是在紧张的集中的现场","脱离了那氛围,朗诵诗就不成其为诗"。㊸这就是说,朗诵诗是在群体的"倾听"中实现自身的:"单是看写出来的诗,会觉得咄咄逼人,野气,火气,教训气;可是走近群众中去听,听上几回就会不觉得这些了。"㊹"我们"体的朗诵诗中固有的"气"(野气,火气,教训气)。当接受者是一个单独的个体时,也许会感到一种"咄咄逼人"的威压,但一旦成为群体接受者中的一员,就只会在彼此的感染中受到“群体意志与力量”的鼓舞。这样,朗诵诗的最终效果也就如同前述群众歌曲与活报剧一样,成为广场上的处于革命激情中的群体“力”的引发与表现。有趣的是,当朗诵诗在广场上获得一种“群体性”与“行动性”的品格,并且与歌、舞、剧结合起来时,它就重现了诗的原始(起源)形态的某些特征。恰好在这一年5月,朱光潜先生写了一篇题为《诗的格律》的文章,谈到“原始群众以实际生活行动去欣赏诗歌的意味。所以诗不但和乐舞打成一片,也和团体生活打成一片”,“在原始时代,一般民众同时是诗的创造者与欣赏者”。[45]以此对照前述朗诵诗的实践与理论,是颇耐寻味的。历史当然不会简单地重复,朗诵诗的强烈的意识形态性同样表明其时代特征也是十分鲜明的。

而且这种群众性的朗诵诗运动也深刻地影响了这一时期专业诗人的创作。一些回忆文章谈到了在学生的集会及文艺晚会上,也经常朗读诗人的诗作;其中有艾青的《火把》[46],以及绿原的诗(《复仇的哲学》《你是谁?》《咦,美国!》《终点,又是一个起点》等)[47],马凡陀(袁水拍)的山歌[48]等。而绿原与马凡陀正是1948年(及前后年代)国统区影响最大的诗人[49]。报刊上发表了不少评论文章,也引起了激烈的争论。人们在总结绿原的艺术经验时,明确提出了“政治抒情诗”的概念。这首先是“诗与政治结合”[50],“像马雅可夫斯基所说的‘不但要参加革命,而且要用革命的方式去参加’,绿原这个以反抗的笔投出的锋利的标枪,便是参加革命方式的第一枪”[51];这也是“诗与人民(群众)的结合”,“诗人就是人民的一分子”,同时又是“人民的代言者”[52],“这也可以说是我们的新英雄主义”[53];这同时是新的抒情方式与风格的探索:“正视了血肉淋漓的现实,开始了突进”[54],“突破诗创作上迂缓,柔弱,纤巧的风气,呈现出宏大的气魄和庄严的斗争”[55]。绿原在自己的诗里也确实是这样呼喊着的:“不要再埋在痛苦的蚕茧里做一颗软弱的蛹,/咬破你的皮肤似的墙壁,钻出来——/出来飞翔!”[56]“让你们的/诗的木材给/热辣辣的/政治的斧头/劈开吧,/剥开吧,/砍开吧。”[57]“这一次,该有行动了,/这一次,该用血和汗液代替墨水和唾沫了。”[58]这样的呼唤得到广场上的群众共鸣是不难想象的。评论家们把马凡陀山歌称作“政治讽刺诗”,也是强调其诗与政治的结合;诗人借用民间歌谣的形式则被看作是“诗与人民结合”的自觉努力。[59]尽管这一时期对两位诗人都有尖锐的批判[60],但这里初步确立的“诗与政治、人民(群众)结合”的原则,对建国后中国诗歌的影响则是深远的;50、60、70年代在中国诗坛上占主导地位的“政治抒情诗”与40年代绿原的“政治抒情诗”及“朗诵诗”的内在联系也是明显的。

评论家亦门曾指出,绿原那样的“火海一样的其势熊熊的政治诗”是“二十世纪最优秀的,最欢乐也极惨痛的诗”[61],这里对包括朗诵诗在内的政治诗的“最欢乐也极惨痛”的特征的揭示,与前述群众歌曲、活报剧的节日般的“欢乐”效果的分析,是能够显示40年代末中国文学在某一侧面的特点的:当文学艺术日益与趋向高潮的“革命”(这场革命即将推翻国民党的统治)紧密结合起来,它就成为一种广场文学(艺术),作为“革命盛大节日”的一个有机组成部分。正如前文所反复论证的那样,这是一种政治的文学(艺术),群众的、行动的文学(艺术),同时也是充满浪漫主义与英雄主义的气息的狂欢的文学(艺术)。——当然,从另一角度看,它也未尝不是生命挣扎的一种表现形式,亦门强调"欢乐"与"惨痛"并存就含有这样的意思。但在以后的发展中,却越变越单纯:纯化为单一的、因而不免苍白的"欢乐"。待到"史无前例"的那场"革命"降临时,又有了再一次的"狂欢节"的演出[62],但这一次欢乐的激情唤起的是人性的恶的方面,信仰的崇高实现为施虐的疯狂,这正是"革命"的信从者们所料想不及的。——不过这都是后话。

在 1948 年,人们所面临的是如何接受革命风暴的洗礼。特别是我们正在回顾的 4、5、6 月校园学潮,对长期孤守在书斋里的教授(知识分子)无疑形成了巨大的冲击。大多数教授、讲师(助教更不用说)此时自身也存在着生存的危机,更深切感受着民族生存的危机。正是这双重危机感,以及保护学生的职业道德,使他们中的大多数很快就站在学生这一边。在"四月风暴"里,教师们以罢教声援罢课,并与学生一起保卫校园。"反美扶日"运动中,教授们更是站在斗争的前列。6 月 4 日司徒雷登发表威胁学生的谈话,6 月 9 日上海各校教授及文化界人士就联名发表公开信予以驳斥。6 月 19 日吴晗、朱自清等北平 88 位教授又发表声明,盛赞学生的正义行动是"保持中国学生的尊严和声誉,中国的国格",并严正宣布,拒绝接受美国救济粮,一致退还配购证。[63]

最能显示知识分子和学生大团结的,是 6 月 26 日在上海交通大学召开的"公断会"。所谓"公断会"是因为上海市市长吴国桢公开指责学生"假爱国之名,图卖国之实",并向交通大学学生自治会提出质询;交大学生自治会遂邀请社会各界人士进行公断。前清翰林陈叔通在会上首先发言,断定:"反美扶日是举国上下,人同此心,心同此理,是百是而无一非。"著名教授、交大老校长马寅初和张絅伯在痛斥吴国桢之后,高呼:"要坐牢,我们和交大的学生一起去!"交大元老唐文治、张元济因年事已高,未能亲临,也在报上发表公开信,指出:对学生只能"导之以德,齐之以礼","未闻与青年学生进行神经战而善治天下者"。据说这些著名知识分子的表态使蒋介石都大为震惊[64]。

但爱国学生运动却使坚守自由主义信念的教授(知识分子)陷入困境,并促成了他们的内部分化。

正如有的学者所指出的那样:"自由主义所持的是在合法秩序下的渐进变革立场,它必须在'社会正义的主持者'与'合法秩序的维护者'之间保持适度的张力。"[65]而现在,学生运动提出"反饥饿,反迫害",其正义性是无可怀疑的;但其对现存秩序与社会稳定的破坏也是无可回避的事实。对与中国共产党持相同态度、根本不承认国民党政权及其法律的合法性的激进知识分子,学生运动的这两个方面是统一的,他们可以毫不犹豫地站在学生一边。但在承认现有秩序的合法性的前提下要求进行不断改革的自由主义知识分子却因此而面临着两难选择。支持学生运动,就必须在一定程度上放弃"维护秩序、理性、渐进"的自由主义原则;坚持维护现有秩序,就必然站在学生运动的对立面。最后大多数自由主义知识分子选择了前者,并因此而受到了国民党政权的迫害;选择后者的少数自由主义教授很快就被大多数青年学生(与知识分子)所抛弃。胡适与朱光潜即是其中的代表。作为北京大学的校长,在学生与政府发生冲突的一开始,胡适即对学生代表申明:"一、学生不是有特殊身份的;

二、学校不是有治外法权的地方；三、从事革命工作的同学应自行负责"，他因此不同意"非法逮捕"的说法。[66]在"四月风暴"中，胡适为代表的校方，一面竭力劝阻军警进入学校，一面又要求军警所追捕的学生领袖自行投案，以自负其责。他显然要扮演"合法秩序的维护者"的角色，他也同时失去了多数学生与教师。朱光潜在学潮初始时也写了一篇文章，大谈群众是"掩护怯懦而滋养怯懦"，"在群众庇护之下，个别分子极容易暴露人类野蛮根性中的狠毒凶残"，"如今群众只借怨恨做联结线，大家沉醉在怨恨里发泄怨恨而礼赞怨恨。这怨恨终于要烧毁社会，也终于要烧毁怨恨者自身"，他因此而"祷祝卷在潮流中的人们趁早觉醒"。[67]这显然更有用自由主义的观点来引导学生的意图，自然要遭到反驳。于是，《大众文艺丛刊》第 2 辑发表了荃麟的《朱光潜的怯懦与凶残》。文章首先揭露了国民党政府动用大批武装军警血腥镇压徒手工人、学生，"这正是反动派在没落的恐惧中所表现出最大的怯懦与凶残"；而朱光潜"不仅企图以墨迹来掩盖这些血的罪行，而且反过来想把'怯懦'与'凶残'这类字样，加在群众的头上"。文章也为群众运动做了辩护，指出："现在的群众运动，是有组织的人民斗争"，"革命不是斯文的揖让，而是以牙还牙，以眼还眼的斗争"，从"伟大群众运动所培养出来的，正是法兰西的近代文明和中国民族的新文化"。两种对立的革命观、群众观在斗争激烈的 1948 年自然是不能相容的；身为国民党监察委员的朱光潜为革命者与正在投身于学潮中的大多数学生所拒绝，是必然的。

"反美扶日"运动的兴起，使中国的自由主义知识分子面临着更为严峻的选择。

1948年初,在中国知识分子中曾进行过一场论争。首先是胡适在1月21日写给时为武汉大学校长的周鲠生先生的一封信里,提出了"国际形势里的两个问题":一是针对周氏在此之前所写的一篇文章(《历史要重演吗?》)所表示的忧虑,强调英、美等"西方民主国家""并没有武装德国人或日本人的嫌疑",因而并不构成对中国民族生存、发展的威胁;二是明确提出战后的苏联"已变成了一个很可怕的侵略势力","苏联近年对中国的行为实在不能不叫人害怕而忧虑"。[68]胡适的意见引起了激烈的争论,郭沫若等都写了反驳文章。争论的焦点与实质是:美、苏两大国究竟谁构成对中国独立、生存与发展的威胁?这首先是一个牵动民族感情的敏感问题,同时又纠缠着意识形态选择与对国、共两党的态度,在知识分子中引起分歧是自然的。胡适及相当一部分自由主义知识分子提出"反苏"的主要理由是,苏联通过雅尔塔秘密协定与后来和国民党政府签订的《中苏条约》,取得了中东、南满两路的共管权,大连、旅顺的租借权,并迫使中国政府承认外蒙古的独立,损害了中国的主权。这件事在1946年就引发过全国范围的反苏大游行,傅斯年、储安平等著名的自由主义知识分子曾发表声明表示抗议。[69]此时胡适重提这件事,也仍然能激发人们的民族感情,就连郭沫若在反驳胡适时,也并不否认"很多比较开明的朋友都为此事不平,心里实在鲠下了一件难过的东西"[70]。后来在60年代毛泽东反对苏联干涉中国内政、并因为意识形态的分歧而提出反对苏联修正主义,比较容易地就得到了知识分子的支持,这应该是一个"远因"。但在1948年,大多数中国老百姓及知识分子更为强烈地感受到的却是美国的威胁。据重庆《民主报》统计,从1945年8月到1946

年7月一年间，中国人民被美军吉普车轧死的就有一千多人，妇女被强奸的竟达三百多人。[71]1946年12月两个美国士兵强奸北大女学生沈崇一案更是激起了全国学生的公愤。在美国的扶持下，日本军国主义的复活，日本轻工业品向中国的倾销，引起了中国知识分子的极大忧虑与警惕：他们对二次大战被侵略的历史仍然记忆犹新。美国政府始终坚持"支持蒋介石政府打内战"的对华政策[72]，这也就在实际上把自己置于和大多数中国人民相对立的地位。1948年6月，美国驻华大使司徒雷登在北京之行之后，给国务卿的一个报告中承认：中国大学生与知识分子中的反美情绪"比我原先所想象的强烈得多"，中国共产党人"无法制造目前普遍盛行的情绪"：它根植于人们"对国民党政府腐败无能的不满"。报告还承认苏联的思想"影响之深出我们料想之外"，不满现实的青年"不怕共产主义"。[73]在得出了"现时的国民党领导已再也不能充当美国努力阻止中国共产党扩展的有效工具了"的结论以后，司徒雷登把希望转向"中国人民的本性"，据说"中国人是个人主义者"，"他们对美国有一种本能的善意和信任，而对俄国则有一种本能的恐惧和憎恶"。[74]说整个"中国人"如何如何，自然是一种一厢情愿的夸大；但如果仅限于自由主义知识分子，司徒雷登说的确是事实。中国的自由主义知识分子面对日益高涨的反对美国的民族主义热潮，本来就已经十分被动，现在美国当局把希望转向他们，其处境就更加尴尬。许多自由主义教授因此而转向反美，坚持亲美立场的也都陷入孤立。

但一些自由主义教授仍想做最后的挣扎，他们成立了"中国社会经济研究会"，并于1948年5月创办了《新路》周刊，宣称要在"一个天下不归于杨,则归于墨的社会里",表明"一个公民"对国家、社会重要问题的看法。他们提出了31条"初步主张",其中心仍是强调"政治民主"与"经济平等",主张通过民主选举解决国内政治危机,"政权的转移,应视选举结果而定"。[75]在《发刊词》中,他们强调:"我们自己不敢说是看到了真理的全面,因而并不摆出包办真理的面孔",希望进行高水平的讨论,"以理论应对理论,以事实反驳事实,以科学方法攻击盲从偏见":他们显然是在自觉地提倡一种理性的,宽容、多元的自由主义的话语方式,以与时尚的二元对立模式相对抗。为此特地开辟了一个"辩论"专栏:"把一个问题的正反两面,一齐都排列出来,让读者可以根据两方面的意见,下他自己的结论。这是与宣传处于对立的工作,因为宣传是只替一方面说话的。"[76]刊物先后"辩论"的题目有:"苏联是否民主?"(第1卷第3期)、"用和平方法能否实现社会主义?"(第1卷第6期)、"社会主义经济是否需要计划?"(第1卷第16期)等,题目本身与辩论的无结论都反映了中国自由主义知识分子在(社会主义的)新时代到来之前的种种矛盾与犹豫。[77]但在那个必须做出"非此即彼"的决断的时代,这样的迟疑不决也是不容许的,"中国社会经济研究会"与《新路》一问世,就受到了左、右两方面的夹击。据有关报道,在中共领导下的香港《华声报》于3月15、16连续两日开辟"'社会经济研究会'批判"专栏,又于4月3日召开座谈会,予以"正面打击",形成了声势浩大的"追击中间路线"的运动。其中最为激烈的仍是郭沫若,他断言:"今天所谓'自由主义'的实质,就是'反苏反共',既要'反苏反共'就一定'亲美拥国'。"[78]而国民党政府则因为《新路》发表文章同情学生运动,批评“币制改革”，对其横加“言论反动，诋毁政府，同情匪军，袒护匪谍”等罪名，予以“警告”，[79]以致最后勒令停刊。当局的态度也十分鲜明：“今日之事，必须敌我分明。凡是属共匪或倾向共匪之人，无论他有什么官职和身份，应当站在共匪的阵营那边去。”[80]在黑白分明的极端话语占绝对优势的1948年，自由主义者的怀疑、模糊、相对的灰色话语似乎已无容身之地。

在批判《新路》时，再一次涉及萧乾。他被指为《新路》的主编，自应负主要责任。[81]萧乾1946年3月怀着投身于战后中国的文化建设的热忱，从伦敦赶回中国，做着20年后(1966年)的中国将成为“财富均等”“以人民利益为至上”的“盛世”的“玫瑰好梦”，[82]是一个不可救药的乐观主义者。他不了解中国的“国情”，只一味鼓吹自己民主、宽容的理想，却陷入了中国复杂的政治、思想、文化，以至人事的网络之中。在一阵惶惑之后，他想起了还在欧洲采访时听到的关于苏联“肃反”的事，以及战后匈牙利红衣大主教敏岑蒂被迫害事件、捷克外交部部长玛萨里克自杀事件，隐隐感到自己的命运与这些受害者有某些相似之处；他于是决定以《拟丁·玛萨里克遗书》的形式对郭沫若等“左”派大人物对自己的攻击做出回答。他借着已成为亡灵的玛萨里克之口，谈到自己关于“从美国新政以后，人类生活的社会主义化已成为定局”的信念，中国以及世界“可以来一场不流血的革命”的“痴想”；谈到在无情的现实面前“一个政治哲学的碰壁，一个和平理想的破碎”：不得不承认“和衷共济走不通”的事实。但他依然要坚持自己的哪怕是不合时宜的理想，而“委托时间来仲裁”。他这样写道：“现在整个民族是在拭目抉择中。对于左右我愿同时进一句逆耳忠言。纵使发泄了一时的私怨,恐怖性的谣言攻势,即便成功了,还是得不偿失的。因为那顶多造成的是狰狞可怕,作用是让人存了戒心。为了对自己忠实,为了争一点人的骨气,被攻击的人也不会抹头就跑的。你们代表的不是科学精神吗?你们不是站在正义那面吗?还有比那个更有力更服人的武器吗?今日在做'左翼人'或'右翼人'之外,有些'做人'的原则,从长远说,还值得保存。"[83]——尽管如此,萧乾前述"财富均等""以人民利益为至上"的"盛世"理想,仍然决定了他在一定的条件下,与左翼合作的另一种可能性。

可以说经过4、5、6三个月较量,学生运动在校园内外,都得到了绝大多数人的同情与支持。学生与教授(包括相当部分的自由主义教授)达到了一种共识:面对国民党政府对全体人民变本加厉的经济剥夺与政治压迫,面对西方帝国主义国家对民族独立自由的威胁,必须结束国民党一党专政的统治,重建一个人民民主的新政权新国家,也就是说,在今天的中国,首先"要争取全中国人民的集体自由,然后个人的自由才有保障"[84]。当国民党政府于1948年8月在北平、南京、上海等地各校进行大搜捕时,几乎整个学校——不只是进步的或中间派的教授,甚至连冯友兰这样的曾经与国民党有过种种关系的教授,以至学校当局,都以各种方式来掩护学生。8月18、19两日,国民党"特刑庭"连续给清华大学发来两份"拘提名单",要求学校把所列学生交给他们审判。梅贻琦校长让人把学校回复"特刑庭"的公函制成大字布告向全校公布——这是一篇不可多得的妙文,特抄录如下:"昨接贵庭卅七年八月十八日发庭审第二十六号公函,以奉行政院令签发、拘提本校学生×××等六人,检附名单一份,嘱将该生等交案以凭讯办等由,附名单一纸,准此。经查，×××一名，本校并无此人，×××一名，已于上学期退学离校，×××……三名，均于上月毕业离校，至×××一名，因暑假期内未在校中，相应函复查照。复查昨日（十九日）由贵庭送交本校传票十三张，计被传学生×××等二十六名，嘱为送达等由，查其中×××……等六人已毕业留校，×××一名业已休学，×××……三名本校并无此人，至其余×××等十六人因值暑假，各生行止不定。兹准贵庭按名传讯，当经依次派员前往该×××等十六人宿舍内代送贵庭传票，惟均不在，未能送达，除已布告各该生返校后即行领票到案外，相应函复，并希查照为荷。”[85]据说，同学们看了，都哑然失笑。

注释：

① 北京大学历史系《北京大学学生运动史》编写小组：《北京大学学生运动史》（修订本），第269—271页，北京出版社，1988。

② “五二〇”运动，1947年5月20日南京学生举行“反饥饿、反内战、反迫害”游行，遭国民党军警镇压。

③ 当时北大一般职员薪水最高的是500万元、最低的380万元，校警每月才138万元、最低的115万元。按当时物价，一天买2斤棒子面，一月就得140多万元，引自《北京大学学生运动史》，第268页。

④ 参看《北京大学学生运动史》，第263—285页；《解放战争时期上海学生运动史》，第149—157页，上海翻译出版公司，1991。

⑤ 参看陈良：《风暴之歌》，见《解放战争时期上海学生运动史》，第453页；陈良等：《发挥音乐的战斗作用》，见《战斗到黎明》，第442页，上海翻译出版公司，1991；于勤：《上海：1949年大崩溃》（上卷），第353—357页，解放军出版社，1993。

⑥ 韦克甫等：《光辉的一页——中华工商专科学校的学生运动》，见《解放

战争时期上海学生运动》,第335页。

⑦ 傅家驹:《回荡在心中的一支歌》,见《火红的青春》,第527—528页,上海外语教育出版社,1994。

⑧ 此歌系当时流行歌曲,基本曲调一致,歌词则根据演唱的现场情况随时变动。

⑨ 陈良:《风暴之歌》,见《解放战争时期上海学生运动史》,第452页。

⑩ 佘健行:《暨南大学学运片断》,见《解放战争时期上海学生运动史》,第329—330页。

⑪ 《解放战争时期上海学生运动史》,第151、153页。

⑫ 《北京大学学生运动史》,第281页。

⑬ 这是狱中的同学根据当时的流行歌曲《跌倒算什么》的曲调重新填的词。

⑭ 姚芳藩:《"八二六"斗争凯歌》,见《解放战争时期的上海学生运动》,第481—482页。

⑮ 如上海实验戏剧学校的学生曾应邀到漕河泾附近郊区农民集会上表演,当唱到"国民党打内战,钱不够,发钞票。5万元!10万元!哎——哟,物价天天涨!"时,农民反应非常强烈。见《艰难斗争忆当年》,收《战斗到黎明》,第464—465页。

⑯ 此文也收入《清华大学史料选编》(四),第494—495页,清华大学出版社,1994。

⑰ 见前书,第495—517页。

⑱ 《北京大学学生运动史》,第256—260页。

⑲ 俯为:《在江湾的田野上前进》,见《解放战争时期的上海学生运动》,第310、317页。

⑳ 同注⑩,第329页。

㉑ 钱树柏:《"五二〇"时期的金陵大学》,见中共南京市委党史资料征集编研委员会办公室、南京市档案局编:《南京党史资料》(内部发行)总

17 辑,第 29、43 页。

㉒ 附表:1946—1948 年北平、上海、南京学生运动中的文艺活动

1946 年 1 月 13 日　上海各界一万余人在玉佛寺公祭昆明“一二·一”惨案于冉等烈士,全场合唱《安息吧,死难的同学》《自由公理在哪里》等歌曲(上海圣约翰大学钱春海、任策谱曲,成幼殊、朱良配词)。(据《解放战争时期上海学生运动史》,第 446 页)

1946 年 3 月 8 日　上海学生和各界妇女纪念三八妇女节,二万余人举行游行,高唱《姐妹进行曲》(上海音专陈良谱曲、金沙配词)。(据前书,第 447 页)

1946 年春　上海学生大规模助学运动期间,上海音专和新音乐会举办多次筹募助学金的音乐会,演唱冼星海《黄河大合唱》、贺绿汀《游击队之歌》《嘉陵江上》、黄自《抗敌歌》《旗正飘飘》等。(据前书,第 447 页)

1946 年 6 月 16 日　上海学生在天蟾舞台举行尊师庆功联欢会,与会者在音专学生陈良指挥下,齐唱《反对内战要和平》(根据《打倒列强》曲调填词)。(据前书,第 447—448 页)

1946 年 6 月 23 日　上海学生和各界人士五万余人在北站欢送上海人民和平请愿团,在百货业职工军乐队伴奏下,全体高唱《反对内战要和平》及“枪口对外,齐步前进”,“维护中华民族,永作自由人”的《救国军歌》。(据前书,第 448 页)

1946 年秋　西南联大迁回北平后北平歌咏团(前身是星海合唱团)、北平演剧二队和联大高声唱歌咏队在西山联欢,《黄水谣》《茶馆小调》等歌曲响彻山谷。(据《北京大学学生运动史》)

1946 年 10 月 4 日　在上海天蟾舞台举行的李公朴、闻一多追悼会上,上海音专和剧校的同学演出悼念先烈的大合唱(田汉、安娥作词)。(据《战斗到黎明》,第 451 页)

1946 年 10 月 19 日　在纪念鲁迅逝世十周年大会上,由从延安来

的李丽莲、欧阳山尊表演《兄妹开荒》,解放区的秧歌舞迅速在上海各大中学校流传。(据《解放战争时期上海学生运动史》,第449页)

1946年11月1日　复员后第一个联大校庆日,在北大四院礼堂由联大剧艺社演出两个后方小喜剧《禁止小便》《未婚夫妻》(陈白尘作)。以后又分别成立了清华剧艺社和北大剧艺社。(据《清华大学史料选编》,第4册,第508页)

1946年12月30日　北平学生在东单广场举行反美抗暴群众大会,北大新诗社一位女同学朗诵《给受难者》,还演出了控诉美军暴行的活报剧。(据《北京大学学生运动史》,第230—231页)

1947年1月1日　上海一万多大、中院校学生举行抗暴大游行,高唱《赶不走那美帝心不甘》(无名氏词曲)、《大家起来赶走美国兵啦》(复旦大学司徒汉填词)、《起来,把美军赶出去》(音专学生张月词曲)。(据《解放战争时期上海学生运动史》,第450页)

1947年5月4日　南京中央大学在校礼堂举行文艺晚会,邀请南京剧专"文艺研究会"演出活报剧《万元大钞》、诗朗诵《火把》(艾青作)及小戏《铁饭碗》。(据《南京党史资料》第17辑,第53—54页)

1947年5月4日　北大剧艺社在北大三院礼堂演出活报剧《开锣以前》。(据北平学生戏剧团体联合会编:《独幕剧选》,1948年8月出版)

同日,北大新诗社在国会街四院礼堂举办《为五四而歌》朗诵会,由原西南联大高声唱合唱团和原北平星海合唱团部分成员组成的沙滩合唱团和大一合唱团同台演出了全部《黄河大合唱》。(据《北京大学学生运动史》,第237页)

同日,清华大学"大家唱"合唱团演出《民主大合唱》。(据《清华大学史料选编》,第4辑,第501页)

当晚,北大学生在民主广场举办营火晚会,随着锣鼓声,几百人的秧歌队扭进了广场。(据《北京大学学生运动史》,第237页)

1947年5月5日至7日　北大剧艺社和大一剧团举办戏剧晚会，在三院宿舍临时搭起的舞台上，演出了《一袋米》《一个女人和一条狗》（袁牧之作）、《凯旋》等剧。（据《北京大学学生运动史》，第238页）

1947年5月15日　南京学生举行反饥饿大游行，在行政院大门和影壁上画漫画，题为“民脂民膏”，并演出活报剧《内战内行》《社会贤达》，齐唱《你是个坏东西》。（据《南京党史资料》第1辑，第74页）

1947年5月19日　上海七千余学生举行反饥饿反内战游行，沿街演出活报剧《你这个坏东西》，张贴《向炮口要饭吃》等漫画，并唱《大家起来要求吃饱饭哪》《团结就是力量》（根据美国南北战争时期的一首战斗歌曲《约翰·布朗的身躯》改词）等歌曲。（据《解放战争时期上海学生运动史》，第323、451—462页）

1947年5月20日　宁、沪、苏、杭学生在南京举行反饥饿、反内战游行，在军警围困中高唱《团结就是力量》《前进，中国的青年》等歌曲。（据《解放战争时期上海学生运动史》，第452页；《南京党史资料》，第1辑，第79—83页）当晚，上海学生代表返沪后，音专学生连夜赶写反映南京血案的歌曲，到各校教歌，有《珠江路上的血没有白流》《铁流进行曲》等。（据《战斗到黎明》，第437页）

同日　北平学生反饥饿反内战大游行中，北大剧艺社演出《凯旋》《反内战》等独幕剧，在宣传卡车上，宣传队员演唱《告市民》《告同胞》等歌曲，并朗诵《反内战》《一粒子弹一粒米》等诗歌。（据《北京大学学生运动史》，第243—244页）

1947年5月22日　南京剧专学生黄德恩创作朗诵诗《死和爱》，在学生中广泛流传，并在各种学生集合上公开朗诵。（据《南京党史资料》，第17辑，第59页；诗收《南京党史资料》第1辑）

1947年5月23日　上海四十多所大中学校举行总罢课，音专学生到各校教歌与演出，有活报剧《万元大钞》（杨与石作）、表演唱《王大娘补缸》《朱大嫂送鸡蛋》、独唱《老天爷》《老母亲刺瞎亲子目》等。

（据《战斗到黎明》，第437页）

1947年5月26日　上海交通大学学生自发公审两名特务学生，几千学生高唱《你这个坏东西》，歌咏队员也指着特务唱新编的《狗仔小调》（音专学生朱镜清作曲、刘诗嵘作词）。（据《解放战争时期的上海学生运动史》，第452页）

同日晚　复旦大学举行五月文艺晚会，各歌咏团体联合演出了《学生运动大联唱》，其中一首讽刺歌曲《古怪歌》引起强烈反响。（据前书，第452—453页）

1947年5月30日　南京国立音乐院学生举行“红五月”晚会，同学们演出了烈士何彬的遗作《奴隶恋歌》，在弦乐队伴奏下，以四部合诵形式朗诵了高尔基的《海燕》，并演唱了《茶馆小调》《古怪歌》及自己创作的《拿饭来吃》《反动派坏东西》等歌曲。剧专同学并演出了独幕剧《面包》。（据《南京党史资料》，第17辑，第68页）

1947年5月　北大剧艺社集体创作独幕活报剧《夜歌》在民主广场及清华、北大四院等地多次演出。（据北平学生剧联编：《独幕剧选》）

1947年6月2日　在北大民主广场命名大会上，清华大学“大家唱”合唱团高唱《光明赞》。（据《北京大学学生运动史》，第248页）

1947年暑期　在上海学联组织的助学运动中，上海剧校学生编排了《大走钢丝》《马凡陀山歌》等朗诵、快板及填上新词的《梨膏糖小调》等节目在街头演出。（据《战斗到黎明》，第461页）

1947年暑期　上海市校福利会组织各市校同学在浦东大楼举行大型文艺演出，有活报剧《他在哪里》《测字先生》、歌表演《道场》《王大娘补缸》等。（据《火红的青春》，第212页）

1947年暑期　清华、北大、燕京三校剧团为募集助学金，联合公演《升官图》（陈白尘作），连续在三校演出了12天15场。

1947年11月6日　5000名北京学生在北大民主广场召开于子三

(浙江大学学生自治会主席,10 月 29 日被国民党残杀于狱中)追悼大会,同学们激昂地唱着《独裁政府要垮台! 要垮台》等歌曲,并演出活报剧。(据《北京大学学生运动史》,第 263 页)

1947 年冬　上海中华基督教青年会少年民主共和实验国在青年会礼堂举行青年联欢晚会,除表演民歌外,还演唱了《你这个坏东西》、《茶馆小调》等革命歌曲。(据《火红的青春》,第 545 页)

1947 年 12 月 31 日　上海剧校学生应邀到同济大学演出活报剧《天下为此公》,全场轰动。上海市政府因此而追捕剧中扮演蒋介石的演员。(据《火红的青春》,第 463—464 页)这一时期上海剧专学生还辅导复旦大学缪司社戏剧组排演话剧《夜店》《万世师表》,并到街道、农村进行轻骑队式的演出。(据上书,第 464—465 页)

1948 年 1 月 1 日　上海中正学校(宋美龄为名誉校长,蒋介石为名誉董事长)举行全校尊师联欢会,会上演出了讽刺蒋介石的活报剧《他在哪里》。(据《火红的青春》,第 473—474 页)

1948 年 1 月 17 日　上海学生抗议九龙暴行大游行中,高唱《九龙对唱》(上海音专学生刘福安、张利娟词曲)。(据《解放战争时期上海学生运动史》,第 453 页)

1948 年 1 月 29 日　上海学生声援同济大学反迫害斗争游行,在体育馆组织演出,女师学生表演了大合唱即被军警赶出。(据《战斗到黎明》,第 260 页)

1948 年 2 月　为勤工助学,上海实验戏校学生演出了根据果戈理《钦差大臣》改编的《狂欢之夜》和两个独幕剧。(据《战斗到黎明》,第 460 页)

1948 年 3 月 19 日　暨南大学学生在一院礼堂举行师生员工联欢晚会,演出活报剧《茶馆小调》,合唱《团结颂》《光明颂》《山那边呀好地方》。(据《解放战争时期上海学生运动史》,第 329—330 页)

1948 年 3 月 28 日　北大民主广场举办平津各校营火晚会,万余

人齐唱《光明颂》。(据《北京大学学生运动史》,第 265 页)

1948 年 3 月 29 日　上海学生为纪念黄花岗七十二烈士在女师举行文娱晚会,演出《抽丁》《告状》《算命》《张开熙(蒋介石)竞选》等活报剧。(据《战斗到黎明》,第 260 页)

1948 年 4 月 1 日　在反美扶日宣传中,复旦大学"缪司社""旦声合唱团""音乐欣赏会"联合演出《黄河大合唱》。(据《解放战争时期上海学生运动史》,第 310 页)

1948 年 4 月 3 日　为反饥饿反迫害北京学生总罢课,并用漫画、民谣、广播等形式进行街头突击宣传。(据《北京大学学生运动史》,第 267 页)

1948 年 4 月 5 日　一批特务涌进北大民主广场,民主墙上标语、文告被撕毁,红楼地下室"大地歌咏团"的衣物也被抢劫一空。(据《北京大学学生运动史》,第 267 页)

1948 年 4 月　上海漫画工学团举行"漫画月展",在大中学校、工商企业巡回展出。(据《上海革命文化大事记》)

1948 年春　清华剧艺社在反饥饿反迫害运动中创作、排演独幕剧《控诉》。(据北平学生剧联编:《独幕剧选》)

1948 年 5 月 4 日　南京大、中学校学生近万人在中央大学广场举行营火晚会,剧专学生演出活报剧《民主商店》及表演唱《王大娘进国大》。(据《南京党史资料》,第 17 辑,第 82 页)

同日　上海 120 所大、中学校万余学生在交大民主广场举行营火晚会,表演《从五四到五四》诗歌大联唱(罗宗熔、杨与石编朗诵词)。(据《战斗到黎明》,第 442 页)

同日　清华"大家唱"歌咏队演出全部《黄河大合唱》。〔据《清华大学史料选编(四)》,第 501 页〕又,在"五四纪念周"中,清华剧艺社演出了《新原野》(据曹禺作《原野》改编),北大剧艺社演出了《记者生涯》(即苏联作家西蒙诺夫所作《俄罗斯问题》)。在此之前,清华剧艺社曾演过《清明前后》（茅盾作），燕大海燕剧团也演过《重庆二十四小时》（沈浮作）、《家》（曹禺作）、《夜店》（师陀据高尔基同名剧改写）与《风雪夜归人》（吴祖光作）等名剧（具体演出时间不详）。（据胡风：《置身在民主的斗争里》，文收北平学生剧联编：《独幕剧选》）

1948 年 5 月 20 日　上海漫画工学团在交通大学举办第二次《漫画月展》，后又转到其他大专院校巡回展出。（据《上海文化史大事记》）

1948 年 5 月 22 日　上海各校学生在交大民主广场举行纪念“五二〇”一周年和上海市学联成立一周年大会，中华工商学校学生四十余人表演大型集体朗诵《怒吼吧，中国!》，全场近两万人合唱《你是灯塔》。（据《解放战争时期上海学生运动史》，第 335 页）

1948 年 5 月 28 日　圣约翰大学学生会举办以反对美国扶植日本为主旨的“民族展览会”，展品有木刻、漫画、照片等。（同上）

1948 年 5 月 30 日　上海法学院十多个学生社团举办“时事漫画展览”，遭上海市政府镇压。（同上）

1948 年 6 月 5 日　上海五千多大、中学生冲破军警围堵，高唱“反美扶日”歌曲，举行示威游行。特务闯进美术专科学校将学生准备游行的漫画、标语全部撕毁。南洋女中学生杭冠华参加游行后写出了朗诵诗:《“六・五”这个血腥的日子》。（据《解放战争时期上海学生运动史》，第 154—155 页;《战斗到黎明》，第 71—73 页）

1948 年 6 月 9 日　北平学生“反美扶日”大游行，在街头表演活报剧，引起市民强烈反应。（据《北京大学学生运动史》，第 281 页）

1948 年暑期　在上海全市助学运动庆功会上，进德女中学生陈明珠、林惠芳表演“凤阳花鼓”，受到热烈欢迎。（据《解放战争时期上海学生运动史》，第 430 页）

1948 年 8 月 17—20 日　为纪念“五七”血案（本年 5 月 7 日国民党军警开枪镇压请愿的东北流亡学生，造成惨案），北平剧联社创作、演

出独幕剧《大江日夜流》。(据北平剧联社编:《独幕剧选》)

1948年9月4日　上海"八二六"被捕学生在提篮桥监狱中举行"文娱晚会",各牢房轮番齐唱《坐牢算什么》《团结就是力量》《山那边呀好地方》等歌曲。(据《解放战争时期上海学生运动史》,第481页)

1948年9月17日　中秋夜,被捕学生举行第4次"文娱晚会"。由上海音专学生张利娟表演女高音独唱,大夏大学学生朱杏桃、朱萍影演出《青春舞曲》,并齐唱《"九一八"小调》。(据《解放战争时期上海学生运动史》,第481—482页)

㉓ 列宁:《欧仁·鲍狄埃》,见《列宁论文学与艺术》,第334页,人民文学出版社,1983。

㉔ 何其芳:《从成都到延安》,载《文艺阵地》第2卷第3期,1938年11月16日出版。可参考拙作《丰富的痛苦》,第274—276页,时代文艺出版社,1993。

㉕ 吴伯箫:《歌声》,收《北极星》,人民文学出版社,1978。

㉖ 《解放战争时期上海学生运动史》,第65—66页。可参看陈良:《风暴之歌——解放战争时期的歌咏活动》,同前书,第446—447页,第449页。

㉗ 这里还有一例:在《大众文艺丛刊》第3辑"论文艺统一战线"中发表的《不屈的人们——申新九厂罢工斗争日记》一文里,谈到了在中共地下党领导的罢工中"唱歌"所起的作用:"粗纱车间先唱起,马上所有车间都唱起来了。真奇怪,一唱起歌,人就格外兴奋,大家脸孔都唱红了。"

㉘ 转引自《解放战争时期上海学生运动史》,第127页。

㉙ 同前书,第454页。

㉚ 傅家驹:《回荡在心中的一支歌》,见《火红的青春》,第527、528页。

㉛ 被歌声唤起的激情在另一种情况下,也会转化为施虐的疯狂,如"文化大革命"中,红卫兵就是高唱着"造反歌"去"横扫牛鬼蛇神"的。

㉜ 参看拙作《大小舞台之间——曹禺戏剧新论》,第43、133—134、162—163、253、286、318—319页,浙江文艺出版社,1994。

㉝ 曹禺:《编剧术》,见《曹禺研究资料》(上册),第43—55页,海峡文艺出版社,1985。

㉞ 在北京大学图书馆我们找到一本"赠送本":北平学生戏剧团体联合会编:《独幕剧选》,1948年内部出版,收有:《开锣以前》(北大剧艺社创作)、《夜歌》(北大剧艺社)、《控诉》(清华剧艺社)、《大江日夜流》(燕大海燕剧团)、《第四十一》(燕大海燕剧团)等剧。

㉟ 《置身在民主的斗争里》,见前书,第4页。

㊱ 在广场上演出的除学生自己的创作外,也还有专业作家的剧作,演出最多的是陈白尘的《升官图》等喜剧。这一时期剧作家创作的讽刺喜剧还有吴祖光的《捉鬼传》(1947年开明书店出版)、宋之的的《群魔》(见1948年光华书店出版的《人与兽》戏剧集)等。对广场演出的"娱乐性"在当时也有人提出批评。一位署名"俞坚"的学生就曾在《蚂蚁小集》第4辑上指责北大五四晚会演出的马凡陀山歌诗表演,是"将沉重的憎恨化为表面的痛快,甚至轻松,原有的勇猛的战斗力量大大地削弱了"。

㊲ 郭沫若:《新缪司九神礼赞》(1947年2月5日作),见《郭沫若全集》(文学编),第20卷,第218页,人民文学出版社,1984。

㊳ 沈从文:《谈朗诵诗》,见《沈从文文集》,第11卷,第249—255页,三联书店香港分店,1984。

㊴ 朱自清:《论朗诵诗》,见《朱自清全集》,第3辑,第253—262页,江苏教育出版社,1988年。

㊵ 周西:《关于剧专学运的一些回顾》,见《南京党史资料》,第17辑,第59页。

㊶ 同上,第54页。

㊷ 黄德恩:《死和爱》,原载《五二〇血案画册·拿饭来吃》,现收《南京党史资料》,第1辑,第90—93页。

㊸ 同注㊴,第256页。

㊹ 同注㊴,第257页。

㊺ 朱光潜:《诗的格律》,原载天津《民国日报》1948年5月11日,见《朱光潜文集》,第9卷,第422页,安徽教育出版社,1993。

㊻ 例如在1947年中央大学举行的"五四"文艺晚会上,南京剧专学生陈奇等五人集体朗诵艾青的《火把》,"朗诵运用气声、轻轻的呼喊声、狂喜和大声的呼号声等表达了广大革命青年的斗争激情,这个节目取得了很好的艺术效果。"(《南京党史资料》,第17辑,第54页)

㊼ 胡风在1947年7月写给绿原的信中,曾谈到"就我所知道,《复仇》《谁》《美国》《起点》等在各处被朗诵,《复仇》在北大且做过化装朗诵。昨夜在一个青年们(内有工人,店员等)的小集会上,《谁》被朗诵得非常有力动人"。转引自绿原:《胡风与我》,见《我与胡风》,第518页,宁夏人民出版社,1993。

㊽ 前述《蚂蚁小集》第4辑上的文章这样描述在学生集会上朗诵马凡陀山歌的情景:"朗诵员头戴一顶拿破仑帽,穿一身大小不合身的洋服,从幕后踱着方步走出来,取下拿破仑帽向台下有趣地鞠了一个躬,朗诵开始了。用的是上海话,声音很尖,还做着种种的滑稽姿势,使得大家前仰后倒地大笑了。"

㊾ 李瑛在《论绿原的道路》中说:"时代前进着,诗前进着,艾青、田间、马凡陀,但是诗歌探险队勇敢的队手,而在更年轻的一群里,我们尤喜爱绿原。"原载《诗号角》1948年第4期,收《绿原研究资料》,第193页,河南大学出版社,1991。又,《诗创造》第2年第2辑上一篇题为《人民喜闻乐见的诗》(作者:庄稼)的"报告"中,提到一个材料:"当相辉学院的学生,在(重庆)北碚图书馆看到《中国作家》第1期《你是谁》一诗后,争相抄录的不下二三十人。"

㊿ 铁马:《诗的步伐》,原载《文萃》第8期(1946年11月28日出版),见《绿原研究资料》,第167页,河南大学出版社,1991。

51 李瑛:《论绿原的道路》,见《绿原研究资料》,第193页。

52 铁马:《诗的步伐》,见《绿原研究资料》,第167页;方亮:《片感——关于〈又是一个起点〉》,见《绿原研究资料》,第 209 页。

㊼ 亦门:《绿原片论》,见《绿原研究资料》,第 176 页。

㊽ 路翎:《关于绿原》,原载《荒鸡》文艺丛书之一(1947),见《绿原研究资料》,第 165 页。

㊾ 同注㊿,第 167 页。

56 绿原:《你是谁》,见《人之诗》,第 149 页,人民文学出版社,1983。

57 绿原:《诗人们》,见《人之诗续编》,第 120 页,人民文学出版社,1984。

58 同注56,第 154 页。

59 同注㊿,第 168 页。

60 如铁马在《诗的步伐》一文中说:"绿原是在思想内容上首先表现诗与人民结合,而语言形式上还有很大的知识分子气,马凡陀是在形式作风上首先表现诗与人民结合,而思想内容上还有疏略的地方",见《绿原研究资料》,第 168 页。

61 同注53,第 180 页。

62 "文化革命"中有许多各式各样的宣传队的文艺演出,流行的文艺形式仍以群众歌曲、诗朗诵、舞蹈为主,漫画也时有所见,后来则发展为"大唱革命样板戏",这种演出所要煽起的是信仰的盲从与破坏性的造反行动。从世界历史上看,"狂欢节"也常常表现为施虐的狂暴(参看帕特里奇著:《狂欢史》,上海人民出版社,1992)。

63 当时由于物价飞涨,国民党政府给教师发了一种配购证,凭证可以买到低价的美国救济面粉。

64 《解放战争时期的上海学生运动史》,第 156—157 页。

65 参看许纪霖、陈达凯:《中国现代化史》,第 593 页,上海三联书店,1995。

66 见曹伯言等:《胡适年谱》,第 677 页,安徽教育出版社,1986。

67 朱光潜:《谈群众培养怯懦与凶残》,见《朱光潜全集》,第 9 卷,第 355—357 页。

68 胡适:《国际形势里的两个问题——给周鲠生先生的一封信》,本文曾作为郭沫若:《驳胡适〈国际形势里的两个问题〉》的附录收《郭沫若全集》(文学编),第20卷,第360—365页,人民文学出版社,1992。

㊾ 傅斯年等:《我们对雅尔塔秘密协定的抗议》(1946年2月24日),收《中国现代史资料选辑》,第6册,第64—66页,中国人民大学出版社1989。

㊿ 郭沫若:《驳胡适〈国际形势里的两个问题〉》,收《郭沫若全集》(文学编),第10卷,第350页,人民文学出版社,1992。

71 转引自《北京大学学生运动史》,第224页。

72 直到1948年3月31日司徒雷登致国务卿的信中仍然强调:“如果我们能够继续并在可能的情况下扩大我们现在的支持,那么,局势可能不是完全不能挽救的。”见《中国现代史资料选辑》,第6册,第105页。又据1948年3月15日中国人民解放军公布《美帝援蒋初步统计》:“战后贷款及物质两项合计四十六万四千零四十九万八千二百二十三美元。”见《中国现代史资料选辑》,第6册(补编),第131页,中国人民大学出版社,1993。

73 见1948年6月30日司徒雷登致国务卿书,收《中国现代史资料选辑》,第6册,第112页。

74 1948年10月16、10月26日司徒雷登致国务卿书,收《中国现代史资料选辑》,第6册(补编),第143、146页。

75 见《新路》创刊号(1948年5月15日)。

76 同上。

77 例如,《新路》第1卷第3期有一个“苏联是否民主”的辩论。正方的观点是:不能以英美式的民主制度作为衡量标准;苏联共产党若要达到革命成功的目的,绝对不能允许革命力量的分散,不能让分散力量的反革命力量存在,更不能让推翻革命的阴谋发展。反方的观点是:苏联党和民众之间没有建立一种民主的关系;不能用理智的办法来解决意见的分歧,少数的意见每每为多数所压迫;苏联政府是唯一的雇主,谁反对政府谁就不必想吃饭，好些人为了自己和家庭经济的顾虑，不敢对政府做不利的批评。

⑱ 见胡光：《自由主义运动的批判在香港》，原载《国讯》第 456 期，收《中国现代史资料选辑》，第 6 册（补编），第 411—417 页。据文章介绍，当时人们断定"中国社会经济研究会"是一个"反动"组织的主要依据是："它的发起人里面有邵力子、朱光潜、段锡朋、童冠贤、孙越崎、钱昌照等政府和国民党的人物，虽然整个的说起来以大学教授的成分较多"；"它的经济来源是'某豪门'和资源委员会各厂的拨助，更加证明了这个团体将为什么人服务"；"这个团体的出现不前不后，恰巧在政府军事上失利的时候以及司徒雷登向中国的'自由分子'呼吁和鼓励之后，所以它的作用是很清楚的"；"'三十三条主张'不过是个幌子，为了便于'吸引'和'欺骗'自由主义者乃至一般知识分子。"（第 411 页）这里所说邵、孙、钱诸人与中共都有秘密联系；"经济来源"则是"事出有因，查无实据"；后两条都是一种分析，不足为据。据萧乾回忆，1955 年"肃反"运动中他所在的单位中共党组织给他的结论中说："《新路》是 1948 年北平高级民主人士创办的一个刊物，后为国民党所查禁。"（见《未带地图的旅人——萧乾回忆录》，第 298 页，香港香江出版公司，1988）看来这一结论比较符合实际。

⑲ 《新路》第 2 卷第 1 期（1948 年 11 月 13 日）：《本刊对于严重警告的答复》。

⑳ 《中央日报》1948 年 11 月 10 日社论：《论当前军事形势》；转引自《新路》第 2 卷第 5 期《自由主义者的悲哀》一文。

㉑ 郭沫若在发表于 1948 年 3 月 15 日的《华商报》上的《提防政治扒手》一文中，言之凿凿地说："我们已经明确地知道 TV 宋出了二百六十亿，政学系的宣传机关派出了开路先锋萧乾。萧乾被派去作《新路》的主编，这和得了大量美金外汇到香港来进行宣传攻势，是有密切联系的。"〔收复旦学报（社科版）编辑部：《迎接新中国》，第 41 页〕但事实上《新路》

的主编是吴景超教授，萧乾只是在《社会经济学会》成立会上被推为《新路》《国际政治》专栏与《文艺》专栏的主持人，而且他后来并没有就任，只是给该刊陆续写了一些文章，如《联合国：美国的牺牲品》（第1卷第5期），《吴尔夫与女权主义》（第1卷第20期）等。

㉜ 塔塔木林（萧乾）：《红长毛谈》之四：《二十年后之南京》；之三：《神游大西南》；之二：《玫瑰好梦》。此书于1948年8月由上海"观察社"出版。"作梦"大概是40年代末的一个时尚，章乃器曾写有《我想写一篇小说——二十年一梦》，胡愈之也以"梦想未来中国"为题材写了《少年航空兵》一书。

㉝ 萧乾：《拟丁·玛萨里克遗书》，原载《观察》第4卷第7期（1948年4月16日出版）。

㉞ 见胡光：《自由主义运动的批判在香港》，文收《中国现代史资料选辑》第6册（补编），第415页，中国人民大学出版社，1993。

㉟ 转引自黄延复：《前清华大学校长梅贻琦先生》，文收《梅贻琦先生纪念集》，第424—428页，吉林文史出版社。

四、诗人的分化

——1948 年 6、7 月

叶圣陶 1948 年 7 月日记(摘抄)

4 日(星期日) 4 时 3 刻,至虹光看电影。片系去年苏联体育节运动大会之记录。注重集体运动,男女皆健壮欢快,一如以前所见者。

9 日(星期五) 傍晚,杂志社聚餐于我店。为近来航空费增加,周刊之多需航寄者不胜负荷,联合十余家以停刊表示抗议。减至原价殆不能办到,杂志界亦无非欲唤起社会之注意耳。谈次诸人均言政府于军事、政治、经济皆无办法,一切措施,唯以人民为敌,垮台殆不远矣。

16 日(星期五) 傍晚,同人共往国际戏院,观沈浮、阳翰笙所作《万家灯火》。写上海人生活,多取现实,唯于实况而外,别无耐人寻味处。

19 日(星期一) 今日发行大钞四种,最大者为关金二十五万,等于法币五百万元。通货膨胀至此,社会秩序无法不乱矣。

23 日(星期五) 近听钱雁秋之《西厢》。《西厢》之编制颇不恶,唱词雅驯,平仄不误,不知出于谁手。

27 日(星期二) 归家食西瓜,前购一担,至此而毕。以前一夏恒购三四担,今不能矣。

28 日(星期三) 上午有私立小学两教师来谈教师生活困苦情形,极大多数乃不如女佣;若遇疾病意外,更难对付。余亦无善言以慰之。

30 日(星期五) 店中新定办法,积存版税书之版税分十二月付清,现时新出之初重版书,其版税皆一次付清。此版税办法之新规,系属创例,故记之。今日余得上月份之款一亿六千余万,似颇巨。然据统计者言,一亿之实际价值,等于战前之二十元耳。

1948 年 6 月,上海星群出版社继出版、发行《诗创造》丛刊之后,又以森林出版社的名义,推出了一个新的《中国新诗》丛刊,在"代序"《我们呼唤》里,宣称"面对着""严峻的考验":"到处是迷人眼睛使人流浪费的眼泪的烟幕,到处是浮嚣的泡沫与轰轰然的罪恶的毒雾;到处是市侩式的'天真'与空洞无物,近于无知的可怜的乐观;到处是念经的偶像与顶着骷髅的圣人,到处是无聊的卑怯的迎合与大言不惭的纸花似的骄傲;到处是苍白贫血的理论与低劣的趣味主义,到处是虚浮无力的贫乏;到处有阉割过的雄鸡在啼着不成腔的高调。"同期《中国新诗》封底又刊登了一则《诗创造》的广告,宣布:"从第二年的第一辑起,我们对原有的编辑方针将有所变更,以最大的篇幅来刊登强烈地反映现实的明快、朴素、健康、有力的作品,我们要和人民的痛苦与欢乐呼吸在一起,并使诗的艺术性和社会性紧密地配合起来，有一个更高的统一和发展。”这一“代序”与“广告”，当时在蒋统区的诗作者与诗爱好者中是颇引人注目的，但随着时间的流逝，就逐渐被忘却，到世纪末人们重新关注这一段历史时，又引起了研究兴趣，人们不免要这样想（与问）：《中国新诗》与《诗创造》这两个刊物它们中间存在着怎样的关系？《中国新诗》“代序”中所说的种种“考验”针对着什么？《诗创造》广告中强调要变更“原有的编辑方针”指的又是什么？这一切，在1948年诗歌的发展上，以至整个新诗史上有什么意义？——我们的考察就由此开始吧。

这要从1947年说起。这一年，同时出版了几个诗歌（或与诗歌有关的）刊物。一是2月15日出版的《新诗歌》（沙鸥、李凌、薛汕合编）。它继承了30年代中国诗歌会《新诗歌》的传统，提倡革命现实主义的战斗诗歌，坚持“诗歌大众化”的方向；其主要作者除穆木天、王亚平、柳倩、任钧等中国诗歌会的老将，也还有臧克家、徐迟、吕剑、袁鹰、苏金伞等新、老诗人。[①]据薛汕在《新文学史料》1988年第1期上回忆，《新诗歌》是由中共上海青年工作委员会领导的，出至第6辑因编辑人员被国民党军警追捕而停刊，又在中共华南分局文化工作委员会领导之下，于1948年2月在香港恢复出版（第7—12辑），与稍后从广州迁往香港的《中国诗坛》（黄宁婴主编），一起成为香港诗歌中心的主要阵地（据说《新诗歌》“内容偏重于叙事诗，方言诗，且诗、歌、谣并重”，《中国诗坛》则“偏重于政治讽刺诗”）。[②]七月派诗人在《希望》于1946年停刊以后，没有一个中心阵地，但一些不同程度上受到胡风影响的年轻人在1947年4月创办了《泥土》[③]，在此前后又有《呼吸》《蚂蚁小集》的出刊[④]。经胡风的介绍，七月派诗人经常在这些刊物上发表作品与诗歌评论,人们也就习惯于把它们看作是所谓“七月派”的阵地。《诗创造》则创刊于1947年7月。在此之前,诗人曹辛之(杭约赫)、林宏与郝天航等即于1946年集资成立了星群出版社,后因私人关系得到臧克家的支持,以“诗创造社”的名义创办了《诗创造》诗刊,杭约赫、林宏等为编辑。应该说《诗创造》的作者队伍是相当广泛的:除七月派诗人因一直对臧克家持严厉的批评态度而基本上采取不合作态度外[5],大多数国统区的诗人都在刊物上发表过诗作或译作、评论,因此《诗创造》与《新诗歌》的一部分作者是重叠的,如任钧、臧云远、徐迟、苏金伞等。但其核心作者则基本上由两部分人组成,一些是与臧克家交往较多,或受其影响的青年诗人[6]。他们有的本人就是中共党员,有的则在政治思想上接受了中国共产党的影响,因而在政治倾向与文艺观念上都和《新诗歌》相接近,主张革命现实主义与诗歌的大众化。另一部分诗人则通过曹辛之个人直接、间接的关系而成为《诗创造》的作者[7],他们大都是40年代中、后期的大学生,不同程度上受到西方现代派诗人的影响,在诗歌观念与追求上都不同于前一类诗人[8]。如果说《新诗歌》或《呼吸》《蚂蚁小集》是有着共同政治与文学信念的诗人的集合体,那么联结《诗创造》诗人的仅是“对诗艺术的追求”本身及“诗友”们之间的情谊[9]。这样,当《新诗歌》与《呼吸》《蚂蚁小集》等都表现出鲜明的派别性(也因此具有一定程度的排他性)时,《诗创造》却从一开始就显示了“兼容并蓄”的特色。在创刊号《编余小记》里,编者即明确宣告——

今天,在这个逆流的日子里,对于和平民主的实现,已

> 经是每一个人——不分派别，不分阶级——迫切需要争取的。因此，我们认为，在诗的创作上，只要大的目标一致，不论它所表现的是知识分子的感情或劳苦大众的感情，我们都一样重视。不论它是抒写社会生活，大众疾苦，战争残象，暴露黑暗，歌颂光明；或是仅仅抒写一己的爱恋，悒郁，梦幻，憧憬……只要能写出作者的真实情感，都不失为好作品。同时，今天是一个理想的社会，每一个诗人都有他的不同的生活习惯，生活态度，对现实问题的看法，也有着程度上的差异，能够放弃自己的阶级立场，个人的哀怨喜乐，去为广大的劳动大众写作，像某些诗人写他的山歌，写他的方言诗，极力想使自己的作品能成为老百姓所喜闻乐见的，这种种的尝试都是可喜的进步；但是像商籁诗，玄学派的诗，及那一些高级形式的艺术成果，我们也该一样对其珍爱。当然我们也需要批评，容许各人提出自己的意见来讨论。抄鲁迅的一句话："标新立异也不可怕。"读者是最公正的裁判者，在这些砂粒里让他们自己来觅取各人所需要的纯金吧。

人们还注意到创刊号封面的设计：在集鲁迅的墨迹竖排"诗创造"三个字的周围，选用了四块方形的漫画，是复制苏联画家 U. Ganf 的"作家种种相"，其中有"古典主义者"，也有"新现实主义者"：这大概也是一种"兼容"吧。

"兼容并蓄"这本是"五四"的传统，但在这个非此即彼、黑白分明的时代，却显得特别的不合时宜。当时即有人在赞扬《新诗歌》旗帜鲜明，"成为代表人民求解放的强烈的革命呼声、战斗号角”时,同时批评《诗创造》的“不及”。[10]人们只习惯于对事物(包括文学艺术)进行一元(而不是多元)评价,《诗创造》遭到种种责难几乎是不可避免的。

首先发难的是《泥土》中的年轻人:1947年7月25日出版的《泥土》第3辑上发表了一篇署名“初犊”的文章,题目就颇为吓人:《文艺骗子沈从文和他的集团》。据说是因为沈从文在天津《益世报》“文学周刊”上发表文章,强调“诗必须是诗,征服读者不在强迫,而近于自然皈依”,并讥讽一些人并无创作“业绩”却“迫切要他人认可他们是‘大诗人’或‘人民诗人’”。[11]接着被认为深受沈从文影响的袁可嘉又在天津《大公报》“星期文艺”上著文批评“拜伦式浪漫气息的作祟”。[12]这些都被看作是对近十年新诗革命传统的一次“集团”式的否定。反击的目标首先是沈从文,说他是“有意无意将灵魂和艺术出卖给统治阶级,制造大批的谎话和毒药去麻痹和毒害他人的精神的文艺骗子”。同时当作靶子的还有被称为沈从文“喽罗”的青年诗人,点名的有袁可嘉、郑敏等人,说他们“玩弄玄虚的技巧”,“在现实面前低头,无力,慵惰,因而寻找‘冷静地忍受着死亡’的奴才式的顺从态度”,最后号召要“扫除这些壅路的粪便,剪断这些死亡主义和颓废主义的毒花”。敏感而又火气十足的年轻人又把怒火烧向经常发表袁可嘉、郑敏作品的《诗创造》,指责其“公然打着‘只要大的目标一致’的旗帜,行进其市侩主义的真实感情”。[13]——这也是“我们”体:同样是以政治评断代替文艺上不同意见的诘难,同样是真理在握的审判式的语调,只不过又多了一些着意选用的粗暴、肮脏的词语:这大概也是一种时代风尚。

《诗创造》这方面没有立即做出反应。相反,在8月出版的第2辑上发表了本刊作者许洁泯的文章《勇于面对现实》,提醒"诗人应该认清现实,看明读者——我们今天什么东西都在斗争,都在从旧的走向新的,从未死的废墟上建立方生。而作为艺术的重要的一环的诗艺术是被课以神圣的战斗任务的",因此,生活在今天的现实中,"我们与其读一百首意境朦胧的东西,还不如聆一篇感人肺腑的叫喊,我们与其读一些温室中的低徊情调,不如呼吸在粗粝的山歌上扬眉吐气"。编者在《编余小记》里,特意表示:许文"特别强调诗的政治内容,这种看法我们虽然不能完全赞同,新诗距离决定性的结论尚远,它之前的路决不止仅仅一条:但是也不失为一个很好的意见",并借此再度重申:"大家提出各自对待艺术的主张来,大家写下最能表现自己真实情感的诗篇来,不问他们挥摇的是什么风格的旗帜,也不问他们使用的是什么形式的武器(只要不怀带伤蔑的暗箭),我们都愿意他们在这里集合。"

10月出版的《诗创造》第4辑又发表了一篇据说与臧克家关系十分密切的本刊作者劳辛[14]的文章:《诗的粗犷美短论》,强调"这时代有着粗犷美的性格,所以我们要求那些能与时代脉搏底节拍符合的作品,像田间、臧克家这一类的诗";文章还点名批评了袁可嘉的诗,"无论其气质和表现的手法都是与今天的战斗的时代精神不统一的"。——可以看出,在受到外部的批判、指责的同时,《诗创造》的编者也承受着来自内部一部分诗人越来越大的压力。这自然是意味着本来就存在的分歧的加深。此时编者(大概主要是曹辛之)却仍然希望通过正常的学术讨论、文艺批评来处理彼此的分歧,并继续保持刊物的包容性——这确实是煞费苦心了。

到11月出版的第5辑里,编者终于对"北平出版"的刊物(当时谁都知道是指《泥土》,而今天的研究者却经过了几番查询)做出了回应。在一一引述了对方加予的种种"帽子"以后,不无感慨地这样写道:"大家在争取民主,在这民主运动中(它应该不是仅属于某一阶层或某个集团的运动吧),我们起码也该让一个写诗的人有他抒发自己感情的'民主'","为我们《诗创造》写诗的作者们和编者一样是生活在这个窒息的地方,黑色的翅膀时时都在我们旁边闪动着。还能够呐喊、能够呼号的,我们当向他们学习;在挣扎苦痛之余发出一点'呻吟',或有时为了烦恼和忧患发出一点'低唱',这也是很自然的事。编者固希求着'鼓声'和'号角',但得不着时让读者来听听这'呻吟'和'低唱',我们想,这也不致就会把读者带入地狱吧。"人们不难从这字里行间体味到编者内心的沉重与无奈。这篇《编余小记》最后还谈到了一个严峻的事实:"最近物价的狂涨,印刷排工不时地增加,尤其是纸张已经涨至百万元左右一令了,比出版第1辑的成本要高出三倍吧。"这都道尽了那个时代一个诚实的诗人在政治、经济的挤压,"左"、右、内、外的夹击中挣扎的苦况。——在以后的几期里,也都时时发出这样的为诗的生存而挣扎的声音:"有些带刺激性的作品,虽内容充实,技巧也佳,也只有忍痛割爱。假如读者为此而责备我们,我们只有请求体谅。在我们本身,压抑住自己的情感,也是一种莫大的苦楚。"(第6辑《编余小记》)"今天的诗坛也如文坛,派系门户之间的明争暗斗,愈演愈烈。我们矢志要超越这种小集团小宗派的作风和态度,虽为普通的读者所支持,但遭遇到某些论者的吆喝和鞭挞也已经不只一次。最近听说又有位批评家竟从半世纪以前的西欧找来了一顶‘唯美派’的帽子硬要装到我们的头上来，以利招降或清剿，这是颇出于意外的。”（第11辑《编余小记》）这已经是到了难以为继的地步了。

就在外部的压力越来越大的时候，《诗创造》的内部却在集聚着一股力量，而且这相互凝结的运动就发生在被攻击为“颓废派”“唯美派”的那一部分青年诗人中间。如前所述，这些青年诗人原本是两部分人，南方的杭约赫（曹辛之）、唐祈、唐湜、陈敬容，因友谊与共同的诗艺追求而合作，形成了唐湜所说的“四人核心”⑮，后来又加入了辛笛；北方的穆旦、郑敏、袁可嘉、杜运燮，原是西南联大的同学，闻一多、冯至、朱光潜、沈从文的学生。闻一多在40年代中期编选了一本对中国新诗发展做历史总结的《现代诗选》⑯，穆旦、杜运燮等的诗均入选，而穆旦一人即有八首，居徐志摩、艾青之后，颇为时人所注目。尽管彼此之间也存在着某些差异⑰，但“发动一个与西方现代派不同的中国式的现代主义诗歌运动”⑱的共同追求却把还不曾谋面的这些年轻诗人联结成一个整体。开始也许还带有某种自发性，只是各自在南方的《诗创造》（以及在此之前的昆明《文聚》，上海《文艺复兴》《文汇报·笔会副刊》）、北方的《文学杂志》《大公报·星期文艺副刊》、天津《益世报·文学周刊》等报刊上发表带有现代派色彩的试验性的诗歌创作，并逐渐出现自觉的理论提倡：北方的袁可嘉在1946—1948年间，连续发表文章探讨“新诗现代化”，南方的唐湜也陆续写下了他的颇有影响的对“现代派色彩十分浓郁之作”的评论⑲。最后形成了南北合作：1948年2月《诗创造》第8辑发表唐湜文章，第一次将穆旦、杜运燮等称为“一群自觉的现代主义者”，与他所说的“不自觉地走向了诗的现代化道路”的“绿原他们”一起构成了“诗的新生代”。[20]继这篇带宣言性的力作之后,1948 年 4 月《诗创造》推出“翻译专号”,系统介绍了罗塞蒂、里尔克、艾略特等西方现代派诗人的理论,接着又推出“诗论专号”,再一次提出“诗的现代性”问题和建立“综合”的现代新诗的理想(默弓即陈敬容:《真诚的声音》),打出了“新诗戏剧化”的理论旗帜(袁可嘉:《新诗戏剧化》),并对在不同程度上体现了上述追求的穆旦、郑敏、杜运燮、陈敬容、唐祈等诗人的创作实绩做了全面的检阅与总结(默弓:《真诚的声音》,唐湜:《严肃的星辰们》)。这样,一个从理论到创作实践都日趋成熟的新的诗歌流派已经呼之欲出。

这在《诗创造》内部首先引起了强烈的反响。那些早已对这些反叛的青年诗人的“诗试验”一再表示不满的信奉革命现实主义的诗人们,自是觉得难以与之共存于一个阵地(刊物),一些政治意识并不十分强烈、却习惯于现实主义创作的诗人,也对他们的现代主义诗歌理论与试验持保留态度。[21]另一方面,对雄心勃勃要推动新的诗歌运动的,后来称作“九叶派”的诗人们来说,兼收并蓄的《诗创造》在一定程度上也成为一种限制:他们需要更鲜明地打出自己的旗帜。

这样,《诗创造》诗人的分裂终于不可避免:1948 年 6、7 月,《诗创造》改由林宏、康定、沈明、田地等主持;在辛笛(时为上海金城银行信托部主任)贷款支持下,另办《中国新诗》,由方敬、辛笛、杭约赫、陈敬容、唐湜、唐祈任编委。[22]于是,就出现了我们在本章开头所说的《诗创造》“变更编辑方针”的广告与《中国新诗》的“代序”。改组后的《诗创造》第 2 年第 1 辑于 1948 年 7 月出版,形式与内容确实都有了“变更”:封面装饰画改成了一个举着火炬与琴弦的和平女神；在作为“一年总结”的头条文章里，检讨“兼容并蓄”的编辑方针实际是“对于新的好的风格的形成的损害，而且表现了自己阵营内的混乱和作战步调的不一致”，表示“今后我们将以一个战斗意志，一个作战目标来统一”：“以最大的篇幅刊登强烈地反映现实的作品，和人民的痛苦和欢乐呼吸在一起”；“提倡深入浅出，使一般读者都能接受的用语和形式”；“对于艺术的要求是：明快，朴素，健康，有力”；为此，必须“突破自己”，“摆脱知识分子的习性和生活”——也许最后一点，才是最重要的“点题”：多种的，因而不免是不协调的声音，最终“归结”为“知识分子改造”的时代主题这一个绝对一致的声音——那个时代的许多问题都是这样作“结”的。

我们并不满足于这样的历史回顾与复述，还想进一步探讨：40年代末中国诗人的这一次分裂，以后在文学史上被称为“中国新诗”派（或“九叶集”派）诗人与《诗创造》中的革命现实主义诗人及七月派诗人的争论的实质是什么？是不是如这一时期有人所说的那样，是“革命现实主义”与“颓废主义”“唯美主义”的分歧呢？

或许可以从分析《中国新诗》创刊号上的一首诗开始。这是杜运燮的《闪电》：“你的救世情绪太激烈，/郁积的语言太丰满，/而且想在一秒钟内讲完”，“所以你便匆促，显得痛苦：/更令我们常常感到惭愧：/不能完全领略你的诗行呵”！“雷霆，暴风雨跟着你来，/但我们常常来不及准备，/事后才对你的预言讴歌”，“这就使你更愤慨，更激烈，/想在刹那间点破万载的黑暗：/雨季到了，你讲得更多。”——唐湜说杜运燮这首“突出了当时政治战斗的象征诗，是他极有分量的代表作之一”。[23]它相当真切地反映了"中国新诗"派诗人对革命、革命者、革命话语(或许还有革命现实主义的诗歌话语)的复杂感情与心态。他们对之向往、钦慕,竭力理解,又努力追随;却时时敏感到其"太激烈"的"救世情绪"与"太丰满"的"语言"对自己(知识者的个体生命与精神自由)的压迫,既无法排除内心深处对那"想在刹那间点破万载的黑暗"的激进、乐观的深刻怀疑,又为自己落伍("来不及准备"、跟不上形势)而"感到惭愧",于是这首诗就有了对"你"("闪电")与"我们"的双重肯定与双重"微讽"。这真诚的声音令人感动又发人深思:看看我们可以从中引发出什么吧。

它至少说明40年代末的中国现代主义诗人们,生活在"从旧的走向新的,从未死的废墟上建立方生"(这是前引的《诗创造》里的一句话)的时代,他们对"革命"并不持逃避与反对的态度:毋宁说他们是寄希望于革命的;他们所要提倡的"现代主义话语"与"革命话语"之间,并不处于绝对对立的地位:二者确有相通之处。因此,"中国新诗"派的诗人们并不反对"诗与政治的结合","诗与社会人生、时代的结合",以及"诗与人民的结合":对这40年代的三大时代诗歌观念,他们有天生的亲和感。他们的理论家袁可嘉在宣布其所发动的中国式的现代主义诗歌"改革行动"的"理论原则"时,说得十分清楚:"绝对肯定诗与政治的平行密切联系","绝对肯定诗应包含,应解释,应反映的人生现实性"[24];在另一篇文章里,他又表示了对"理想的人民文学"("由人民自己来写"的,"属于人民"的,"为人民而写"的)的无限神往[25]。并且他的理解也是相当深刻的。例如,他这样论述现代诗歌与现代政治的关系:"现代人生与现代政治如此变态地密切相关,今日诗作者如果还有摆脱任何政治生活影响的意念,则他不仅自陷于池鱼离水的虚幻祈求,及遭到一旦实现后必随之而来的窒息的威胁,且实无异于缩小自己的感性半径,减少生活的意义,降低生活的价值;因此这一自我限制的欲望不唯影响他作品的价值,而且更严重地损害个别生命的可贵意义。”[26]因此,“中国新诗”派的诗人们反对“趣味主义”与“为艺术而艺术”[27]是必定的;他们自身的创作,包括代表作,如穆旦的《赞美》、唐祈的《时间与旗》、杭约赫的《火烧的城》、袁可嘉的《上海》《南京》等等,都是有很强的政治性、时代性与现实性的。

如果说30年代的现代诗派(以及后期新月派)都是对革命的“普遍的幻灭”的产物[28],如杜衡在《〈望舒草〉序》里所说,诗人低吟着“我是比天风更轻更轻,是你永远追随不到的”这样的句子,确实是以“诗”作为逃离现实及内心矛盾的避风港;那么,40年代的中国现代主义诗人却正是以“直面现实、人生、自我(的矛盾)”为其主要追求与特征的。因此将“中国新诗”派视为“颓废主义”与“唯美主义”者,实在是可悲的历史误会。

当然,40年代末的“中国新诗”派所提倡的“现代主义话语”与同时期所风行的“革命话语(包括‘革命现实主义’的诗歌话语)”之间的距离、分歧也是深刻的,我们同样不必(也不应)回避。

“中国新诗”派的诗人们赞同“诗与政治、现实、时代、人民的结合”,但却反对将其绝对化与唯一化。因此,他们“绝对否定”诗与政治之间“有任何从属关系”,不赞成“诗是政治的武器或宣传的工具”的主张;[29]反对将“人民的文学”(“此时此地的人民是指被压迫,被统治的人民”)作为“决定一切文学的唯一标准",从而否定不直接反映"人民"生活与"人民"的政治意识的作品;[30]他们希望"在现实与艺术间求得平衡,不让艺术逃避现实,也不让现实扼死艺术","在反映现实之余还享有独立的艺术生命",保留"广阔、自由"的想象空间。[31]由此引申出两个重要命题。一是要破除"对于诗的迷信",列举出的"迷信"有:"相信诗是真理的代言人","革命的武器","能引致直接行动";"迷信感情","对于民间语言,日常语言,及'散文化'的无选择的,无条件的崇拜"等等。论者指出,夸大诗的功能,将具有一定合理性的某种诗歌观念推向极端,都是"远离诗作为一种文字艺术的本质",歪曲与取消了诗。[32]而"诗与民主"命题的提出,也许是更为重要的。在"中国新诗"派的诗人们看来,诗的现代化的本质与前提即是诗的民主化。他们指出,正是"近代科学废弃了'唯一'的观念",拒绝了"绝对论"与独断论,[33]"从不同中求得和谐"才是现代民主文化的"特质"。如果根本就不承认(不允许)"殊异"的存在,"而是一个清一式的某因素(如政治)或某阶层的独裁局面","所得到的显然不是'协调'而是'单调',这样的文化形态(或意识形态)也只是变相的极权而非民主"。[34]诗人满怀忧虑与困惑地这样写道:"目前许多论者一方面要求政治上的现代化,民主化,一方面在文学上坚持原始化,不民主化,这是我所不能了解的。"[35]——或许敏感的诗人已经预感到了什么?

如果说以上命题的提出,带有普遍性;那么,当"中国新诗"派的诗人进一步提出他们的"诗的现代性"的主张时,就具有更大的特殊性,打上了他们这一流派的鲜明印记。但也正是在这个层面上,显示出作为"现代主义的诗歌"流派、"中国诗歌"派与同时期的革命现实主义与七月派的诗人们的深刻分歧。——这一方面的分歧并不具有“是”与“非”的意义。这应该是不言而喻的吧。

“综合”是“中国新诗”派诗歌观念中的一个基本概念。诗人们这样明白表示,他们所提倡的诗的“新倾向纯粹出自内发的心理需求,最后必是现实、象征、玄学的综合传统”[36];“现代化的诗是辩证的(作曲线行进),包含的(包含可能融入诗中的种种经验),戏剧的(从矛盾到和谐),复杂的(因此有时就是晦涩的),创造的(‘诗是象征的行为’),有机的,现代的”。[37]

这里至少提出了两个问题。首先是诗的观念。袁可嘉这样说:“现代诗人重新发现诗是经验的传达而非单纯的热情的宣泄”;[38]沈从文则说:“诗应当是一种情绪和思想的综合,一种出于思想情绪重铸重范原则的表现”,“征服读者不在强迫,而近于自然皈依”,“真正的现代诗人得博大一些,才有机会从一个思想家出发”,“创造组织出一种新的情绪哲学系统”。[39]从这样的诗歌观出发,“中国新诗”派的理论家尖锐地批评了“迷信感情”的“浪漫派”与“人民派”——据说前者迷恋于感情的柔与细,后者则陶醉于粗、厉的情绪;[40]他们把“浸淫”于“虚伪、肤浅、幼稚的感情,没有经过周密的思索和感觉而表达为诗文”,称作“文学的感伤”,并视为“最富蚀害力”的倾向。[41]前文所引《中国新诗》“代序”中所说的“浮嚣的泡沫”“市侩式的天真”“可怜的乐观”“不成腔的高调”等等,也都是针对着“感伤”的倾向的。——熟悉新诗史的朋友很容易因此而联想起20年代新月派诗人对“感伤主义”的批评,他们反对的是诗歌中感情的过分泛滥,因此提出了“节制”的美学原则,基本属于浪漫主义诗歌内部的论争,新月派诗人又把“感伤主义”称作“伪浪漫主义”,大概不是偶然的。[42]而这一次则是“现代主义”与“浪漫主义”之争,目的是要打破“情感”对诗国的绝对统治,达到“知性与感性的融合”。因此,“中国新诗”派的理论主张与艺术试验在七月派诗人那里引起特别强烈的反响,是不难理解的。七月派可以说是这一时期最具浪漫主义、理想主义与英雄主义色彩的一个诗歌流派。其主要理论家阿垅在他这一时期很有影响的诗论《人和诗》里,回答“什么是诗”时,批评了“抒情的放逐”论,尤其尖锐批判了现代派诗人所提倡的“智慧的诗”和“诗是感觉底”的主张,认为前者是提倡“神秘而颓废地谈玄”,“不过是超现实主义,‘逃避主义’,‘世纪末’,空想家,和反动派罢了”,后者则会导致“印象派和直觉说”。他对“诗”所下的定义是:“它所要有的,是典型环境中的典型情绪”,显然仍是以“情绪(情感)”作为诗的基本。[43]前述《泥土》上“初犊”的文章在反驳沈从文的批评时,针锋相对地提出:“一种偌大的雄厚的充满生命力的战斗意志的歌声,必然会具有强迫性,而且是巨大的强迫性”,这也是强调(与肯定)诗的强大的感性力量对读者的压迫(强制灌输)作用。这里,两个流派之间的不同追求是十分明显的。但如果仔细研究七月派的诗论与创作实践仍不难发现,他们同样反对“琐碎”地描摹“生活现象本身”[44],“虚伪、肤浅、幼稚的感情”抒发至少也是他们主观上所不取的。如路翎评论绿原的诗所说,他们是要“突进”到生活的底蕴[45],在主、客体相生、相克的搏斗中,创造出包含着个别对象、又比个别对象深广的、更强烈地反映了历史内容的(甚至比现实更高的)艺术形象(小说)与“情绪”(诗歌),后者就是阿垅所说的“典型环境中的典型情绪”。即以阿垅自己所作《纤夫》来说，诗人通过纤夫形象的描绘，传达出了“一团大风暴的大意志力”和“一寸一寸”“强进”的坚韧的民族精神，全诗显然具有象征意义，并因而取得了一种思辨的力量。“中国新诗”派的评论家唐湜正是根据七月派诗歌里的这种象征性与思辨性，在《诗创造》上著文说“绿原他们的果敢的进取”，“不自觉地走向了诗的现代化的道路”，与“穆旦、杜运燮们”的诗一起并列为“诗的新生代”的两个“浪峰”。[46]唐湜从“中国新诗”派与七月诗派的不同（对立）中看到了相通的一面，这是颇具眼光的。可惜当时七月派诗人未能摆脱对“现代主义”的成见[47]，在激烈的论争中，唐湜的卓见也未能引起大多数“中国新诗”派的作者的重视。唐湜当年所期待的两大派“合流”，直到40年后的80年代才得以实现[48]：历史前进的道路就是这样的曲折。

应该说，在40年代末，“中国新诗”派与七月派的对立还是主要的：不仅表现为前述诗歌观念上的不同，更是思维方式与相应的抒情方式的差异。对此，“中国新诗”派的理论家们也有过明确的表述。他们认为，“现代文化的日趋复杂，现代人生的日趋丰富，直线的运动显然已不足应付各个奇异的现代世界”，由此而产生了抒情方式的变化：“放弃原来的直线倾泻而采取曲线的戏剧性的发展。”[49]所谓“戏剧性”即是“每一刹那的人生经验都包含不同的矛盾的因素”，诗的表现也是在“不同的张力”中求得“螺旋形的”辩证运动。[50]唐湜在《穆旦论》（连载于《中国新诗》第3、4辑）中也说穆旦“也许是中国诗人里最少绝对意识（而中国大多数诗人却都是肤浅的绝对主义者）又最多辩证观念的一个”，“它的思想与诗的意象里也最多生命辩证的对立”，在他的诗里,“自我分裂与它的克服——一个永无终结的过程,带着那么丰富的痛苦”。这里有一首当时曾成为两派争论焦点的穆旦的诗:《时感》——

我们希望我们能有一个希望,/然后再受辱,痛苦,挣扎,死亡,

因为在我们明亮的血里奔流着勇敢,/可是在勇敢的中心:茫然,

我们希望我们能有一个希望,/它说:我们并不美丽,但我们不再欺骗,

因为我们看见那么多死去人的眼睛,/在我们的绝望里闪着泪的火焰,

当多年的苦难为沉默的死结束,/我们期望的只是一句诺言,

然而只有空虚,我们才知道我们仍旧不过是,/幸福到来前人类的祖先,

还要在这无名的黑暗里开辟起点,/而在这起点却积压着多年的耻辱;

冷刺着死人的骨头,就要毁灭我们一生,/我们只希望有一个希望当做报复。

袁可嘉在《新诗现代化》一文中引述了这首诗,并且评论说:“作为主题的‘绝望里期待希望,希望中见出绝望’的两支相反相成的思想主流在每一节里交互环锁,层层渗透;而且几乎是毫无例外地每一节有二句表示‘希望’,另二句则是‘绝望’的反向反击,因此‘希望’就越发迫切,‘绝望’也更显真实,而这一控

诉的沉痛、委婉也始得全盘流露，具有压倒的强烈程度。”[51]穆旦的诗和袁可嘉的分析引起了异乎寻常的强烈反应，前述《泥土》的年轻人愤怒地写道：“那‘空虚’、‘茫然’一类的僵死的概念只能麻痹活人的精神状态”，“诗人所要的却是‘我们只希望有一个希望当做报复’，这里面不但没有一点真实的人生的活的气息，而那‘希望’也微弱得连死人的喘息和呻吟都不如了。”——在这位火气十足的《泥土》的年轻人眼里，“希望”（“生”）与“绝望”（“死”）的对立只具有绝对的意义，一个“希望”与“绝望”纠缠为一体的分裂的自我对于他是不可思议的。在他单纯的信仰中，对“希望”（理想、未来、信念，等等）的任何质疑都是一种背叛：这才是他感到怒不可遏的真正原因。

在1948年这个历史转折时期，这类单纯的直线思维与表达，和往返质疑的曲线思维与表达[52]之间的矛盾冲突，自然不只是美学意义上的分歧，它更表现为两种对立的历史观，并由此而决定人们的现实选择。正像唐湜在前引《诗的新生代》一文中所说的那样，绿原和他的朋友是“旧中国”最后一代唐·吉诃德，他们怀着对于“明天”单纯而绝对的信仰，“一把抓起自己掷进这个世界”[53]，以“英雄的生命”“昂首奔向未来”[54]。作为最后一代中国的哈姆雷特，穆旦和他的朋友无疑充满了对“明天”的憧憬——在《中国新诗》“代序”里，他们这样描绘所面对的“严肃的时辰”：“几千万年来在地下郁郁地生长的火焰冲出传统的泥层了，它在大笑着，咀嚼着一个世界，也为这一个世界吐出圣洁的光焰”；但在向“明天”欢呼的同一瞬间，他们又忧虑着“明天”的“美丽”会“把我们欺骗”[55]，他们更敏锐而清醒地看到（预见到）：“那改变明天的已为今天所改变”[56]，那日益“接近”

的“未来”,不仅会给我们带来“希望”,更会“给我们失望”,而且要“给我们死”[57]。——这一切充满怀疑主义精神(如穆旦所说,它是直接来自鲁迅的[58])的思考是超前的:当时大多数中国知识分子都不同程度地沾染了唐·吉诃德气,甚至“中国新诗派”的诗人也不例外;哈姆雷特气正是要被那个时代改造与摒弃的。这也是一个可悲的“超前”:七月派的诗人自然要为他们的单纯与绝对付出带血的代价,“中国新诗派”的诗人却因“超前”被强制遗忘,长期承受着他们自己选择的“丰富的痛苦”。但历史并没有忘记他们,即使是他们还在受难时,绿原做出了重要贡献的“政治抒情诗”却在中国诗坛上占据着主导地位(尽管谁也不承认他这位先驱者);而当更年轻的中国诗人——后来被称作“今天派”(或“朦胧诗派”)的那一代人,要走出曾给他们以深刻影响的政治抒情诗的单纯模式,开始对中国现实和诗的命运进行自己独立而复杂、辩证的思考时,他们就“发现”了穆旦。而“中国新诗派”与七月派中的幸存者们又在40年后的80年代,以残疾之躯焕发出一个诗的青春期。

但我们仍要回到1948年的现实中来:这年10月《诗创造》出到1949年第4辑,《中国新诗》第5辑刚刚付印,就同时遭到查禁:这个事实或许能够说明40年代的诗人们尽管在诗学、诗艺上有着不同追求,但却存在着也许是更为深刻的一致:它们都是时代的艺术,并因此共同付出了代价。

注释:

① 《新诗歌》也曾发表过后来成为“中国新诗”派诗人的穆旦的诗。

② 参看犁青:《从“南来作家”到“香港作家”》,载《新文学史料》1996年第

1 期。关于《中国诗坛》的情况参看黄宁婴:《〈中国诗坛〉杂忆》,载《新文学史料》1980 年第 2 期。

③ 据朱谷怀回忆:《泥土》原是北师大的部分文艺青年自己办的小刊物,出了三期觉得力量不够,遂请时为北大文艺社负责人之一的朱谷怀拉几个社员和他们一起合作。朱谷怀原来与胡风有联系,又通过他请求胡风支持。胡风介绍了一些后来被称为胡风派的年轻人为之写稿,有阿垅、路翎、冀汸、化铁等人,外界也就把《泥土》视为七月派的阵地。见朱谷怀:《往事历历在眼前》,文收《我与胡风》,第 642 页,宁夏人民出版社,1993。

④ 《呼吸》创刊于 1946 年 11 月,由胡风的友人方然主编。《蚂蚁小集》则创刊于 1948 年,由路翎等主持。

⑤ 例如在七月派主要诗歌理论家阿垅写于这一时期的论文集《人和诗》中(1949 年上海书报杂志联合发行所发行),多次严厉批评臧克家,说他"自命不凡,既脱离现实,又神经大发"(第 49 页),"并非是一个天才,而只是一个无聊人物"(第 56 页),"诗既写得枯燥无味,人也暴露出来妄想狂和寒伧相的。力在哪里?美在哪里?"(第 79 页),"(诗)在艺术上失败了,政治上也没有胜利"(第 87 页),"一切是自作多情而卖弄风流的"(第 90 页)。在阿垅的诗论中,还点名尖锐批评了朱光潜(第 5、16 页)、郑敏(第 18—22 页)、宗白华(第 70 页)、卞之琳(第 82 页)、杭约赫(第 91 页)、杜运燮(第 100 页)、唐湜(第 106、115 页)、唐祈(第 111—114 页)。

⑥ 臧克家在《长夜深深终有明》(载《新文学史料》1982 年第 2 期)里,谈到与自己联系密切,以至成为至交的有曹辛之(曾写过《臧克家论》)、劳辛、黎先曜等,劳辛系中共党员。他们都是《诗创造》的主要作者。另一位重要作者青勃也深受臧克家的影响。参看李铁城:《青勃评传》,原载《新文学史料》1992 年第 4 期。

⑦ 据唐湜回忆,他是在 1946 年春到上海时,在臧克家家中与曹辛之(杭约

赫)、陈敬容相识的,以后又加入了唐祈,成为《诗创造》的四人核心。见《九叶在闪光》,载《新文学史料》1989 年第 4 期。据袁可嘉回忆,是陈敬容写信和他联系,约北方几位年轻诗人(穆旦、郑敏、杜运燮、马逢华等)为《诗创造》写稿,见《自传:七十年来的脚印》,载《新文学史料》1993 年第 3 期。

⑧ 如唐湜在《我的诗艺探索历程》(载《新文学史料》1994 年第 2 期)回忆,他于 1943 年春进入战时浙江大学外文系学习,开始迷恋于浪漫主义诗国,后来在学习中接触到一些欧美现代诗作与诗论,"就由雪莱、济慈飞跃到了里尔克与艾略特们的世界"。其他"中国新诗"派的诗人都经历了类似的过程。

⑨ 参看《诗创造》创刊号《编余小记》。

⑩ 戈阳:《诗人书简》,转引自犁青:《从"南来作家"到"香港作家"》,《新文学史料》1986 年第 1 期。

⑪ 沈从文:《新废邮存底》,载 1947 年 3 月 22 日《益世报》"文学周刊"第 33 期。收《沈从文文集》,第 12 卷,第 51 页,花城出版社、三联书店(香港分店),1984。

⑫ 袁可嘉原文载 1947 年 3 月 20 日《大公报》"星期文艺"副刊,题为"新诗现代化——新传统的寻求",收入《论新诗现代化》(三联书店,1988)时,这段话已删去。

⑬ 转引自《诗创造》第 5 期《编余小记》。

⑭ 同注⑥。

⑮ 见唐湜:《九叶在闪光》,载《新文学史料》1989 年第 4 期。

⑯ 《现代诗选》系未定稿,在闻一多先生逝世后编入《闻一多全集》,由开明书店于 1948 年出版。

⑰ 90 年代唐湜在《九叶在闪光》一文中,有过这样的分析:"他们四人(指穆旦、郑敏、杜运燮、袁可嘉)受西方现代派的熏染较深,抽象的哲理思维与理性的机智火花较多,常有多层次的心理探索;而我们五人(按:指

唐湜、唐祈、陈敬容、辛笛、杭约赫)则是在五四以来新诗的艺术传统中成长的,接受了较多现实主义精神,较多感性的形象思维,也较多中国风格;可我们也从西方现代派的艺术构思与创作手法里吸取了不少艺术营养,大大加深并丰富了自己的现实主义。"

⑱ 见袁可嘉:《自传:七十年来的脚印》,载《新文学史料》1993 年 3 期。

⑲ 同注⑮。

⑳ 唐湜:《诗的新生代》,载《诗创造》第 8 期。

㉑ 曾在《诗创造》上发表过诗作的诗人刘岚山在 90 年代的回忆中还谈到:"对于《中国新诗》,在当时,我是不满意的,甚至是反对的,其理由,一是不直接反映现实,二是和国内群众失却联系。现在看来,这当然是我的眼光短浅、心胸狭窄的反映。但我也不认为这是历史性的错误。"见刘岚山:《人生片断》,载《新文学史料》1991 年第 2 期。

㉒ 在谈到分裂过程时,唐湜在《九叶在闪光》一文中,提到"就为我们的诗的流派风格与这些有现代观点的评论,臧克家先生要'收回'这个由他领衔发起的诗刊"的事件。臧克家本人在前述《长夜漫漫终有明》中只简单地说及"我们创办了《诗创造》这个小小的诗刊","大约出了一年左右,曹辛之又创办了《中国新诗》,《诗创造》由林宏同志接编了",未说起自己的态度与作用。又,曹辛之在《诗创造》第 10 期《编余小记》里曾声明:"鄙人因别与友人编刊《中国新诗》,关于《诗创造》的编辑技术与经理方面仍竭尽绵力继续襄助。"又,方敬虽列名为《中国新诗》编委,并未参加具体编务工作。

㉓ 同注⑮。

㉔ 袁可嘉:《新诗现代化》,见《论新诗现代化》,第 4、5 页,三联书店,1988。

㉕ 袁可嘉:《"人的文学"与"人民的文学"》,收《论新诗现代化》,第 123 页。

㉖ 同注㉔,第 5 页。并参看《中国新诗》创刊号"代序":《我们呼唤》。

㉗ 卞之琳:《〈戴望舒诗集〉序》。

㉘ 同注㉗。

㉙ 同注㉔,第4、5页。

㉚ 同注㉘,第122、118页。

㉛ 袁可嘉:《诗的新方向》,收《论新诗现代化》,第219、220页。

㉜ 《对于诗的迷信》,同前书,第57—68页。

㉝ 《批评与民主》,同前书,第168、171页。

㉞ 《诗与民主》,同前书,第41—42、43、47页。

㉟ 同注㉝,第43页。

㊱ 同注㉝,第7页。

㊲ 同注㉝,第43页。

㊳ 同注㉝,第47页。

㊴ 沈从文:《新废邮存底》十七、二十六,《沈从文文集》,第12卷,第51、76页,花城出版社、三联书店,1984。沈从文在后一封信中特别点到他所接触到的年轻人中的穆旦、郑敏、袁可嘉、李瑛等,认为希望正在这些“活泼青春的心和手”。在另一封信里他还谈到“需要一群胆大、心细、热忱、勇敢的少壮,从个广泛一些工作态度上来试验来探索”(第80页)。《泥土》的年轻人把沈从文看作是穆旦、郑敏、袁可嘉的“后台”,并没有看错。

㊵ 同㉛,第60页。

㊶ 参看袁可嘉:《漫谈感伤》《论现代诗中的感伤性》,见《论新诗现代化》,第211、53页。

㊷ 参看钱理群等:《中国现代文学三十年》,第165页,上海文艺出版社,1991。

㊸ 阿垅:《人和诗》,第7—8页,上海书报杂志联合发行所,1949年6月。

㊹ 胡风:《略论战争以来的诗》,见《胡风评论集》(中),第54页,人民文学出版社,1984。

㊺ 路翎:《关于绿原》,见《绿原研究资料》,第165页,河南大学出版社,

1991 年版。

㊻ 唐湜:《诗的新生代》,同上书,第 190 页。

㊼ 阿垅当时还写过《“现代派”片论》,对现代派诗论与诗作做了尖锐的批判。胡风在《民族形式问题》里也肯定了将“所谓象征主义、印象派、未来派、颓废派、文艺至上派等等新形式的作品”一律斥为“反动文艺”的说法,见《胡风评论集》中册,第 236 页。

㊽ 唐湜在 90 年代写的《九叶在闪光》里谈到这样一件事:“就在 1980 年前后,我第一次去绿原家拜访他,他说:‘现在不必再提七月派了,七月派已成为历史名词。’他最近就译了许多里尔克的诗,拿他在狱中学到的精湛德语,与我四十年代末狂热地读着里尔克,也从英译本转译了一些在报刊上发表一样。”

㊾ 同注㉝,第 47 页。

㊿ 袁可嘉:《诗与民主》《谈戏剧主义》,收《论新诗现代化》,第 58 页,第 37、38 页。

51 同注㉔,第 8—9 页。

52 阿垅在《人与诗》里还提供了一例。他抄录了杜运燮的《盲人》:

> “只有我能欣赏人类的脚步,/那无止境的,如时间一般的匆促,
> 问他们往那儿走,说就在前面,/而没有地方不听见脚步在踌躇。
> “成为盲人或竟是一种幸福;/在空虚与黑暗中行走不觉恐怖;
> 只有我,没有什么可以诱惑我,/量得出这空虚世界的尺度。
> “黑暗!这世界只有一个面目。/竟然也有人为‘黑暗’而痛哭!
> 只有我能赏识手杖的智慧/一步步为我敲出一片片乐土。
> 只有我永远生活在他的恩惠里:/黑暗是我的光明是我的路。”

断言:“这是矫情的赞美和感恩,病态的幸运心和优越感,‘无物之阵’和无病呻吟的艺术品。‘只有我’的世界观和世界感。”又抄录了绿原的《哑者》:

"没有音符/而是野性的/原始的呼号/他要说话

"颜色/他憎恶/声音/他没有/哑子是不能说话的么

"呵/亲爱的兄弟/为什么我如此熟悉你呢/是不是因为我和你一般是/忍受着一切损害和侮辱

被不平的命运/扼住呼吸的哑者啊"

并做了如下比较:"在《盲人》,杜运燮虽然也好像是以第一人称说话的,但是对于那种盲人,他的那种若有其事的同情,其实,不过是从另外一个星球来看这个世界的旁观。但是,在哑者,绿原却是这一群残废者'亲爱的兄弟',他不但熟悉他们,不但同病相怜,而且他自己还是一个当事人,它和他们有着一种共同的'不幸的命运'。绿原是为了言论自由,于是有了要求,有了激情。杜运燮呢?他却是一种'明眼人'似的,为了安慰盲人,即为了愚弄盲人;它的要求,那到底是什么?——一切'盲目'!"这里,两种思维方式、表达方式的差异与隔膜是十分明显的。

㊸ 见《诗的新生代》。

㊹ 绿原:《生命在歌唱》,见《人之诗》,第 68 页,人民文学出版社,1983。

㊺ 穆旦:《先导》,见《穆旦诗选》,第 90 页,人民文学出版社,1986。

㊻ 穆旦:《裂纹》,同前书,第 72 页。

㊼ 穆旦:《出发》,同前书,第 62 页。

㊽ 穆旦:《五月》,同前书,第 29 页。

五、批判萧军

——1948 年 8 月(一)

叶圣陶 1948 年 8 月日记(摘抄)

8 日(星期日)　看英文詹森所作《苏联游记》。是书为冯仲足所译。书中言苏联建国将三十年,以其制度不同,已产生一种新人。此观点殊为扼要。书凡三百余页,将徐徐看之。

11 日(星期三)　晨早起,与墨步行至车站……七时开行,九时到苏。……出站即登预雇之大木船,舱极宽敞。……十二时开宴,菜多而精。所谓船菜名手,本不多,今以生计艰困,堪此享受者趋没落,若辈早已歇手。默庵设法觅得三人,使临时复员一天,及成此局。据谓此调恐将成《广陵散》矣。余饮黄酒约半斤。小舟群集,兜售荷花藕莲蓬。各买之。

13 日(星期五)　晨,彬然在晒台上相呼,言顷见报载,佩弦于昨日上午十一时后逝世矣。呜呼,三日来唯惧传此消息,而今果然,默然无言。

16日(星期一)　叔湘书来,云“倒下去的一个个倒下去了,没有倒下的只有勉力多作一些事”。并主张佩弦所编《高级国文读本》一二两册出版逾万册以后,酌提授价百分之二,赠佩弦家属。友情皆可感。

20日(星期五)　报载政府自今日起改革币制,此是大事。其法为发行金圆券,收回法币。金圆一元抵法币三百万元,其总发行额为二十亿元。最大之金圆券为一百元,合法币三亿元。余不明其究竟,直觉的想,此是极度之通货膨胀耳。……以余绝对外行观之,此殆百无一是,竭泽而渔,益苦人民,谋国者岂宜若是耶!

25日(星期三)　下午,观新出版黄裳之《旧戏新谈》。我店系购其现成纸版,颇有错字,兼为校对。此书于旧剧甚为内行,而议论编剧与剧中人物,时有妙绪,余深赏之。

31日(星期二)　夜间以疲甚早睡,然竟夕未成好眠。余于疲劳时辄觉后脑作胀,或可称木强之感,虽不甚痛楚,而至不舒。劳甚则此感沿背脊而下,至于尾闾。于是必不成好睡。不知由医家释之,此是何因也。

1948年8月,东北军事战场处于大决战前的相对沉寂状态,文坛上却出人意料地掀起一场大论战:《八月的乡村》的作者萧军个人主编的《文化报》与中共东北局宣传部领导的《生活报》之间,为8月15日《文化报》一篇社论,展开激烈论争。在唇枪舌剑、交锋正激之时,《生活报》的报头画上出现了一只“铁拳”——从此,这只“铁拳”就不断地出现在新中国的每一次思想文化批判运动中,成为一种象征物。但在当时,它的猛然出现,却使人悚然。萧军当即问道:你们是不是“欲使萧军及《文

化报》""身为奤粉"？……①

即使是40年后的今天，读者与研究者也会为这场"论争"（无论如何这只是场文字、口舌之争）从一开始就充满如此浓厚的火药味而感到惊奇：这究竟是怎么一回事？

"事情"得从延安时期说起——或者就从收在《萧军纪念集》里的一张照片说起吧。那是1938年3月21日萧军第一次来到延安时拍的；不知为什么，每回看到这张照片，我都要想起同时期作家芦焚笔下的那条"汉子"，他"拄着行杖，走下山来"，"那装束一看便知道是涉过千山万水的老行脚。但所带行李却万般轻简，肩际仅斜挂了尺把长的一个小包，其中不过是些薄衣单袜，另有一双半旧的鞋"，"那锁在眉宇间的，也许不妨说是淡淡的哀愁，但也许竟是跋涉的疲倦。瞧那双眼睛，那纯黑的眼睛，定住时能自己发光，若是一霎，简直是在打闪"。②这是那从历史的深处一路走来，怀着物质的，更是精神的追求，在中国这块土地上永远跋涉着的"流浪汉"。萧军正是其中的一员。③他来延安，是为寻找精神的歇憩地。他果然找到了自己的精神弟兄：那一天，他在陕北公学的操场上，和毛泽东与陈云、李富春、成仿吾等中共领导人一起会餐。在尘土飞扬的大风中，轮流共喝一个大碗里的酒，开怀畅饮，高谈阔论，放声大笑。那股"大风起兮云飞扬"的豪气回荡胸间，使萧军终生难忘。④萧军对中国共产党和毛泽东始终怀有一种特殊的感情，与他这一"最初印象"恐有关系。毛泽东也曾写信给萧军说："你是极坦白豪爽的人，我觉得和你谈得来。"毛泽东与延安时期的中国共产党人，作为旧中国的反叛者，在某种意义上，那种不息的追求与豪放不拘的气质，和萧军确有相通之处。萧军来到延安，自然有一种亲切感。但和其他知识分子不同,他找到了延安,却并不以延安为生命与精神的最后“归宿”;对于真正的流浪汉,精神“圣地”永远只在“远方”(“彼岸”“别处”),如同鲁迅《过客》里那“声音”总在“前面”呼唤着人们一样。在他们看来,任何现实生活中的绝对的、凝固化的“圣地”都是虚幻的,他们有一种近乎本能的警惕。这样,1938 年萧军来到了延安,不久就离开了;1940 年又因为不堪忍受国民党专制统治,再度踏上延安的土地。在萧军这都是十分自然的。此番重来,开始时仍沉醉于延安自由的空气里。于是,延安人每天早晨都可以听到从兰家坪山脚下传来的歌声,那是萧军和另一位画家张汀,一个男中音,一个男高音,在一起合唱:“同志们向太阳向自由,向着那光明的路;你看那黑暗已消灭,万丈光芒在前头……”⑤那舒展自如的歌声里仿佛有只自由的精灵在飞翔。萧军甚至兴致勃勃地把自己打扮起来,亲自设计、定做了一件俄国式的衬衣(“鲁巴式克”),紫堇色的,绣上白色的花边,胸前还扎上绿树枝的图案,真是漂亮极了。⑥这一切都使得萧军在当时的延安显得很特别。这种特别其实是孕育着危险的,萧军却毫无知觉,继续无忌地使着他的野性子。

以后成为胡风分子的刘雪苇至今也还记着一件事:一天,他从张闻天那里出来,见警卫连的战士在和萧军吵架。近前一看,萧军正在甩大衣,要打架了。问起来,原来是萧军认为当他路过时,有战士在山上讽刺他,而且不止一次了,这回他要找那个战士“决斗”。刘雪苇认为这件事表明萧军没有“不屑与大老粗斗”的知识分子的优越感,留恋于“血气之勇”。⑦这或许是有道理的吧,但在强调与工农相结合的延安,却是够“出格”的。但萧军却要求入党了,并且与当时的中央党校副校长彭真有过一次意义重大、意味深长的谈话。彭真问他:“党的原则是少数服从多数,下级服从上级,地方服从中央,领导你的人工作能力不一定比你强,你能做到具体服从吗?”萧军一口回绝:“不能!我认为不对我就反对!更不能服从,照办!谁要是命令我、支使我,我立刻就会产生一种生理上的反感,这是我的弱点!难以克服的弱点!看来我还是留在党外吧!省得给党找麻烦!”⑧这里所展现的是集权的、秩序的、规范的要求,与“流浪汉”个体独立的、反叛的、自由的天性之间的冲突,它几乎决定并预示了萧军今后的命运。萧军也逐渐发现了他与延安的某些不和谐之处,并再次产生了“离去”的念头,后在毛泽东的劝说下又留了下来。⑨萧军还写了《论同志之“爱”与“耐”》,作为“意见”交给毛泽东,其中心意思是呼吁同志间的“说服,教育与理解”,并强调要“随时随地和丑恶与不义”,包括革命队伍内、外及自己心里的“撒旦”作战。此文经毛泽东审阅删改后发表于 1942 年 4 月 8 日延安《解放日报》上⑩;但 12 年后却成了“再批判”的靶子。毛泽东对萧军其人其文前后态度的不同,其实是更深刻地反映了他自身的内在矛盾的。作为一个反叛者、一个精神探索者,毛泽东显然是欣赏萧军的;但当毛泽东建立了新的社会秩序,并要求维护这种秩序时,就很难再容忍萧军这样的永远的反叛者。萧军在延安时期发生的种种冲突,其根本原因,恐怕也就在这里。最初的冲突,是由“王实味事件”引起的。“王实味事件”是毛泽东亲自过问的,被认为是由谁(“党”还是王实味这样的“知识分子”)“挂帅”的原则问题⑪,自有一种特殊严重性。萧军本与此事无关,他是偶然跟着别人去参加批判王实味大会,看到会场上多数人围攻王实味一个人,就当场喊了起来,在会后路上仍无顾忌地批评对王实味的批判是"往脑袋上扣屎盆子"。这番话被汇报上去,就成了萧军"破坏批判大会"的罪名。[12]萧军立刻写了说明真相、表明态度的《备忘录》,上交毛泽东,还拿到有两千多人参加的"鲁迅逝世六周年纪念大会"上宣读。这就犯了"众怒",据说丁玲、周扬、陈学昭等党内外七名作家轮番上阵,与萧军展开了一场大舌战。大会主席吴玉章站起来劝解说:"萧军同志是我党的好朋友,他今天发了这么大的火,一定是我们有什么方式方法上不对头,大家以团结为重,彼此多作自我批评吧!"萧军听了大为感动,当即表示:"我先检讨,百分之九十九都是我的错,行不行?你们是不是也该考虑一下你们的百分之一……"话未说完就被丁玲顶了回去:"我们一点也没错,你是百分之百的错!告诉你萧军,我们共产党的朋友遍天下,丢掉你一个萧军,不过九牛一毛……"萧军拍案大怒,说:"那好吧,你们既然朋友遍天下,我这个'毛'绝不依附你那个'牛';你那'牛'也别来沾我这个'毛',从今后咱们就他妈的拉、蛋、倒!"喊完即拂袖而去。[13]到1943年,萧军因与所住中央组织部招待所所长的一次冲突,真的丢掉"国家干部"的身份,到延安乡下当了农民,过起不受管束的老百姓的生活来。后来毛泽东派自己的秘书胡乔木去看望萧军,他才又回到了延安。[14]这样,经过整风,延安的大多数知识分子(包括作家)都在不同程度上开始(或完成)了"皈依"过程;而萧军则依然故我:还是个精神流浪汉、不驯的野马。

抗战胜利了,欣喜若狂、不知所以的萧军随大军回到东北老家,也算是"衣锦荣归"吧。他在哈尔滨一地连续做了50天群众性演讲,一天一场、两场以至三场,受到了异乎寻常的欢迎。又在中共东北局宣传部资助下,创办了鲁迅出版社及《文化报》,自任主编[15],报纸很快在群众中引起强烈反响,发行量迅速达到每月七八千份。对这一切,萧军是满意的,甚至有些陶醉,却不想危险已经向他逼近。也有好心的朋友曾提醒过他:在群众中影响太大,并非一件好事,要知道,“你虽然也是延安来的,但你不是个共产党员啊!”[16]一语道破了实质:这是一个“党领导一切”的时代,任何独立于党之外的个人在群众中的威信,在当时都会被看作是向党“夺权”:领导群众之权。前述毛泽东所说的“谁挂帅”,讲的就是这个原则问题:萧军与王实味所犯的是同一个大忌。何况萧军无论在演讲与报纸发表的文章中,都是在宣传他自己那一套:“不论一个国家,一个民族,以至作为一个‘人’,全应有它的自尊心,不能够容忍任何外力加以侮辱和玷污”,“我没有权利把自己的思想、观点、认识以至主张强加于人”等等,[17]这都是典型的“五四”时期的启蒙主义话语。在这个需要树立“革命话语”的权威的时代,轻则是“不合时宜”,说严重点就是在争夺话语领导权。但天真的,理想主义、个人主义者的萧军自然不会懂得(想到)这一切,但他却要为这“不懂”付出代价。

1947年夏,哈尔滨又有一份报纸创刊了,名叫《生活报》。和《文化报》一般大小,也是五日刊,但报头是红色的,而且是用纯白报纸印刷的,与《生活报》灰不灰、黄不黄的纸张形成了鲜明对比。在当时萧军的感觉中,竟然有“孔雀与乌鸦相比之势”。同时得知这家报纸是由中共东北局宣传部主办,以宣传部副部长刘芝明为领导,主编则是30年代“国防文学”派的剧作家宋之的。《生活报》创刊号即在第一版的版心用醒目的黑色边框推出题为《今古王通》的短文,借着说隋末的一个"妄人",来警告"借他人名望以帮衬自己,以吓唬读者","迷惑""群众"的"今之王通":其矛头所指是再清楚不过的,这是一次出示"黄牌",也是萧军朋友所说的"反夺权"的信号。但对政治一窍不通的萧军却仍然读"不懂"向他传来的明白无误的信息,还是以他所熟悉的"五四"个性主义与自由主义的思维去理解与处理他与《生活报》的冲突,仅仅看作是宋之的等个别人对他个人的攻击,并立即进行反驳,希望通过正常的争论来明辨是非;而根本意识不到宋之的们所代表的是中共一级党组织的意志,要求他的是无条件的服从与自我改造,而不是争辩,和同时期的胡风犯了同一性质的"历史性错误"。[18]

萧军既不听招呼(尽管是由于不懂),接着来的便是无情的公开揭露与打击:1948 年 8 月 26 日,《生活报》发表社论,题目是《斥〈文化报〉的谬论》,抓住《文化报》纪念"八一五"日本投降三周年社论中的一句话("各色帝国主义,——首先是美帝国主义……"),同期发表的一篇文章(《来而不往非理也》,文章涉及俄国侨民与当地中国居民的冲突),以及萧军写于 1945 年抗战胜利时的旧体诗中"萁豆之煎"一语,给《文化报》及其主编萧军戴上"挑拨中苏民族仇恨"、反对"人民的解放战争"的帽子,指责萧军自居"救世主","故意的遗忘""共产党是人民的救星这一基本真理"。由此开始,《生活报》连续发表八篇社论,组织作家与读者大写批判文章,对萧军及《文化报》进行了有组织、有领导、有计划的大规模的声讨。但萧军仍不觉悟,还是坚持"这不是党的意旨,我与某某人不能完,将来到中央见了毛主席,谁是谁非一定能弄清楚”[19],进而以他无所顾忌的惯常态度,痛加反击,什么“‘帽子满天飞’主义,随便锻炼人罪的主义,这全是封建社会、过去伪满、以及国民党反动派的得意手法”呀,“欲使所有的人民钳舌闭口、俯首吞声,企图造成一‘无声的哈尔滨或解放区’”等等。[20]在他的批判者们看来,这自然都是在与整个党对抗。于是有了最后的“摊牌”:1949年5月,先由东北文艺协会做出《关于萧军及其〈文化报〉所犯错误的结论》,最后是中共中央东北局发布《关于萧军问题的决定》,给萧军做出了“用言论来诽谤人民政府,诬蔑土地改革,反对人民解放战争,挑拨中苏友谊”的组织结论,并警告说:“如果萧军坚持他的错误,那么他的荒谬言论,就将成为封建阶级和帝国主义势力在被中国人民所推翻以后所必然找到的反革命政治工具”,从而“完全自绝于人民的文化行列”,这里的意思也是再清楚不过的了。根据中共东北局的决定,从1949年6月开始,在全东北地区党内外,各机关、学校、单位,大张旗鼓地开展了长达三个月的“对于萧军反动思想和其他类似的反动思想的批判”,其指向已不是萧军一人,成了建国后无间断的全民性大批判运动的先声。

这次大规模批判的具体组织者、时为东北局宣传部副部长的刘芝明写有《关于萧军及其〈文化报〉所犯错误的批评》的长篇大论,算是理论上的“总结”;后来与前述两个《决定》《生活报》的批判文章,并以“萧军在《文化报》放出的毒草”作为“附录”,合编成《萧军思想批判》一书(作家出版社1958年版)。今人重读争论双方的文章,可以明显地看到两种不同“话语”的对峙,萧军所坚持的“五四”启蒙主义的话语受到了严厉的批判。例如,萧军曾这样告诫年轻人:遇到人生的曲折,“一点不要呻吟,更不要诉苦,至于希望别人的同情,这乃是弱者的行为,我们,应该做一个强者",这本是典型的"五四"个性主义话语;批判者们却认为这是在宣扬"极端个人主义"(或谓"个人英雄主义"),与一切依靠"集体(阶级,人民,共产党)""个人利益无条件地服从人民的利益"的"集体主义"相对抗。[21]萧军在《文化报》上发表一篇《偷花者》的短文,批判"损人不利己的人心",这显然是在发挥"五四"改造国民性的思想;批判者则说他"专心搜索太阳中的黑点,加以扩大、丑化",是"对解放区的人民的诬蔑和攻击"。[22]萧军对"五四"人道主义精神的坚持,在批判者的笔下,成了"(宣扬)小资产阶级的超阶级观点,反对阶级与阶级斗争学说"。[23]至于萧军对"五四"爱国救亡主题的继承与发挥,更是被批判者视为鼓吹"狭隘的民族主义"也即"资产阶级的民族主义","反对无产阶级的国际主义,反对社会主义国家的团结",[24]如此等等。这里展开的正是一场"话语权力"的争夺战,批判者严厉指责萧军"向革命阵营中散布反动思想,企图涣散与破坏我们的统一意志,混乱我们的思想战线,削弱我们精神上理论上的统一与集中"[25],说的也是这个意思。其结果是争论的一方利用自己掌握的政治经济权力,根本剥夺了对方的话语权,以维护"精神理论"上的绝对"统一与集中",树立"革命话语"的不容置疑的权威:这样的结局与解决方式,影响是深远的。

人们在回顾这场争论时,还会注意到中共中央东北局《决定》中的一段话:"当被帝国主义封建主义所压迫的时候,萧军曾经反对这种统治;但当真正建立了新的统治,这种统治服从于人民的利益,而并不服从于萧军之流的个人利益的时候,萧军就转而反对人民的统治了。"[26]判决萧军"反对人民的统治",显然不符合事实;但所提出的问题却是实质性的,即知识分子与"新的统治(政权)"的关系。这在1948年是一个亟待回答的现实政治问题,无论是知识分子自身,还是新政权这一方,都是如此。这也是这场争论的要害所在。我们由此而注意到了萧军与批判者的一场论战:先是《生活报》在批判萧军对苏联的态度时提出:"我们必须无条件的拥护苏联,信仰苏联,尊重苏联";萧军则反驳说:"我们——中国人——拥护苏联是'有条件'的":"一、苏联是社会主义国家","二、苏联是世界上首先以平等、真正的友谊……对待被压迫民族——首先是中华民族——的国家";"只有在这两大前提条件下,中国人民,世界人民,中国共产党,世界共产党,才能'无条件'拥护它,信仰它,尊重它……除此以外就没有别的。"㉗这里所说,自然不只是对苏联而已。它表明了萧军这样的知识分子的一个基本立场与原则:他们对一切——国家,政党,政权,学说……——的拥护、信仰、尊重都是"有条件"而非"无条件"的。具体地说,萧军对中国共产党及其领导下的新政权,无疑是拥护、信仰、尊重的,因此批判者把他视为"反党、反人民、反新中国"的政治上的反对派,会引起他如此强烈的反感。但他的拥护、信仰、尊重又是有条件的:第一,这是因为他认定了"中国共产党的基本政策和方针、所信仰的主义"是"正确"的,"那些真正的好的共产党员"的行为、作风、精神使他没有任何"怀疑":这是他独立观察、思考,自觉选择的结果,即使在受到批判以后,他也因信仰的一致,对中国共产党继续持支持的态度。第二,他在"拥护、信仰、尊重"的同时,仍然"不满"于"党内个别的恶劣现象和个别不好的人",他要保留独立批评(以至批判)的权利。他在无端遭到批判以后,更要坚持的,也正是这样的权利。在他看来,“拥护”与“批评(批判)”并不对立,而是相辅相成,缺一不可。第三,如果拥护对象本身发生了质变,从而失去了拥护的前提,他要保留自己的必要时反对的权利。[28]萧军的这一立场与态度是一贯的;而延安时期的中共及其领导是容忍了萧军的这一“既拥护又保持独立批判权利”的选择,因而尽管时时发生冲突,仍然与其保持良好的合作关系。但现在面临新政权的建立,要求思想、理论与精神、意志,政治与组织上的高度集中和统一,萧军这类知识分子依然要保持“独立性”(尽管对萧军而言是拥护前提下的独立性),就难以再接受与容忍了。因此,批判萧军所发出的“警告”不仅是针对萧军个人而已,这应该是不言而喻的。

如果从以后的“发展”来看这一次批判,它在很多方面都是开了“先例”的。

比如,这次批判第一次涉及新政权下的言论自由问题。对此,前述东北文艺协会《关于萧军及其〈文化报〉所犯错误的结论》中,有一个结论:“我们认为,所谓言论自由与批评自由,是有一定的历史内容和阶级立场的,因此,在人民民主的新中国,凡发表对人民有益无害的言论和批评,都应当有自由,如果某种言论和所谓‘批评’直接反对人民的根本利益,有如萧军所发表的反动言论,则不应有自由。”[29]这又是一个“我们”体的权威判决,以后就成了无需讨论的前提。其实这一前提恰恰颇为可疑,甚至是危险的。因为它以“是否有利于人民的根本利益”作为“言论自由”的尺度,这是一个非法律的、带有浓重意识形态性质的标准,对它的解释具有极大的弹性与主观性,任何掌权者都可以根据这一标准所蕴含的“我说你有罪(违反了人民根本利益）你就有罪”的逻辑，剥夺任何异己者的言论自由。萧军的批判者刘芝明自己在20年后的“文化大革命”中，也就是被这同一逻辑推向了审判台：这样的批判者难逃被批判者的命运的悲剧，在共和国的历史中恐怕也不是个别的。

东北局《决定》中最后一条是：“停止对萧军文学活动的物质方面的帮助。”对于萧军，这一条才是真正“致命”的：正像萧军夫人王德芬后来在《萧军简历年表》里所描述的那样，“纸张来源停止了，银行贷款取消了，《文化报》各个分销处不准代办了，各学校单位不许订阅了”。在“各种行政手段”的干预下，不仅《文化报》被迫停刊，连萧军自己也只得老老实实地按组织“安排”到抚顺煤矿去“改造思想”。[30]这正是意味着中国知识分子命运的一个根本性的变化：在国家管制一切的体制下，离开了执政者的物质支持，知识分子是什么事也不能做的。面对强大的、无所不至的行政手段，几乎不可能有任何独立的选择。在这一意义上，萧军个人主持的《文化报》的停刊，是一个象征：从此，作为“自由职业者”的知识分子已不复存在，所有的知识者都成了国家的雇员，他们的精神劳动也被完全纳入了国家计划的轨道——这种情况直到改革开放后的八九十年代才有了新的变化。

对萧军的批判，开创了一种“大批判”思维与“大批判”文体，刘芝明的长篇“总结”即是一个代表。所谓“大批判”思维是指这样一个思维路线：先判定被批判者有罪（或者仅根据有限的材料，上纲上线，定下某个罪名），然后再四处搜集罪证，就像那怀疑邻居是小偷的古人一样，被批判者的一言一行在批判者的眼里，都是“别有用心”，从字里行间去搜寻罪恶动机。于是，或“张冠李戴”(把萧军小说中的人物的思想,甚至是作者批判的思想,当作作者本人在“放毒”),或“掐头去尾”(如萧军在《新年献辞》一文中列举了许多错误倾向,表示“无论党、政、军、民有犯之者均在……反对之列”,批判者将“有犯之者”这一限制词删去,就变成对整个“党、政、军、民”的全盘否定与诬蔑了),或“移花接木”,甚至“偷梁换柱”(如《文化报》曾发表过一篇《丑角杂谈》,文中有一句:“在丑角当权时,有血有肉的人,都成了被随便凌辱的‘尸丑’”,这本是泛指一种社会现象,批判者却把“在丑角当权时”一语改装成“共产党净让那些‘丑角当权’”,然后作为作者的观点大加讨伐),如此等等。[31]这类大批判文章,表面上充满“革命义愤”,其实是罗织罪名而无所不用其极,影响是恶劣的。

东北文艺协会的《结论》中的一段话也颇引人注目:“既然中国的进步文艺界还是以革命的小资产阶级知识分子居多数”,“中国的反革命势力也就不能不在某种程度上反映于进步文艺界中的某些不稳定的分子”,据说这是“阶级斗争中的一种现象”,[32]大概也就是后来经常说的“新动向”吧。对“革命的小资产阶级知识分子”的特别警惕,及对“进步文艺界”某些人的不信任感,这都是不祥的预告。在一定的意义上,本书第二章所述南方(香港)对胡风的批判与此时北方发动萧军批判,是互相配合的。萧军的命运正在等待着胡风。

萧军本人对这场毫无思想准备的大批判的反应,自然是人们所关注的。东北局的《决定》曾谈到萧军“开始做了某种承认错误的表示”,但又说“这种表示还只是口头上的避重就轻的”。[33]据说萧军曾拒绝在东北局的组织结论上签名盖章。[34]在八九十年代，对萧军当年的种种表现，有许多具体而生动的回忆或追述。据说刘芝明在准备写那篇批判长文时，需要萧军过去的作品当靶子，萧军便主动提供。刘写好了文章给萧看。问："觉得怎么样?"萧军摇头笑了："不怎么样!""为什么?""若是我批判萧军，就不这么写。你把萧军比作狼、虫、虎、豹，还有什么老鹰、狮子等凶兽，但凶兽毕竟不是巴儿狗！你还记得吧，鲁迅说过，自己的血肉宁愿喂鹰喂虎，也不给巴儿狗吃，养肥了癞皮狗乱钻乱叫，可有多么讨厌!"以后批判声势越来越大，萧军又对刘芝明说："你要能批得我少吃一碗饭，少睡一个钟头觉，我都佩服你!"刘说："你跟共产党耍什么硬骨头!"萧军反问道："那么共产党净需要缺钙质的软骨头吗?"萧军离开沈阳去北京时还对刘芝明说："咱俩的账没完！不过今天不跟你算了。二十年后咱俩再算。你的报纸白纸黑字，油墨印的，擦不掉，抹不去，我的也一样，二十年后再看!"[35]还有人回忆说，萧军的老友曾预言，萧军受批判后只有三条路，一是自杀，二是得精神病，三是再也写不出东西来。萧军偏不服气，在受了处分，去沈阳的火车上他照样呼呼大睡，鼾声如雷，后来他硬是写出了长篇小说《五月的矿山》。[36]——这些，或许都是事实，或许带有若干"野史"的成分，是一种不可靠的叙述，但即使是后者也是反映了人们的一种情绪与愿望：历史上大多数知识分子实在是太软弱了。

最后，还有一点余文。这是萧乾（他与萧军同是 1948 年文坛上最引人注目的人物）回忆的：在大批判的热潮中，香港地下党也组织了一个批判萧军的展览，邀请在港的民主人士去参观。萧乾说那是他"最早看到的'大批判专栏'"："罪证"是用红笔圈起来的一张《文化报》，周围是一些"反苏、反共、反人民"等吓人的标语,以及怒斥萧军"狡辩""抵赖"的批判文章。他一边看,一边心里在发抖:尽管他此时已经"投向人民",但仍心有余悸。这时他听见有人在小声议论:究竟是有新闻检查制度好,还是没有好。一个人说:"没个检查制度,你只要写错一个字,就能惹下滔天大祸!"而萧乾却暗暗决定:从此再也不要写社论。[37]

注释:

① 萧军:《"古潭里的声音"之四——驳〈生活报〉的胡说》,1948年9月12日作,原载《文化报》第59期,见刘芝明等:《萧军思想批判》,第273页,作家出版社,1958。

② 芦焚:《行脚人》,见《芦焚散文选集》,第63页,江苏人民出版社,1981。

③ 批评家刘西渭在《萧军论》中即称萧军为"今日流浪汉",文载1939年7、8、9、10、13、14日《大公报》(香港版)。

④ 张毓茂:《我所知道的萧军先生》,载《新文学史料》1989年第2期。

⑤ 杜矢甲:《不平凡的业余歌唱家》,见《萧军纪念集》,第41页,春风文艺出版社,1990。

⑥ 高扬:《第五次巡回座谈会风景线》,1941年4月作,原载《文艺月报》,转载于《新文学史料》1981年第3期。

⑦ 雪苇:《记萧军》,载《新文学史料》1989年第2期。此文还提到使萧军在左翼文艺界大出风头的一次决斗。那是1936年底或1937年初,编《文化新闻》的马某报道萧军、萧红从日本回来给鲁迅扫墓时的谈话,有侮辱之词,萧军要求决斗。马某的证人即是后来在"文革"时不可一世的张春桥,萧军的证人是聂绀弩,最后以摔跤代替决斗,并以萧军大获全胜而结束。

⑧ 王德芬:《萧军在延安》,载《新文学史料》1987年第4期。

⑨ 同上文。毛泽东在信中对萧军进行了一番规劝:"延安有无数的坏现

象,你对我说的,都值得注意,都应改正。但我劝你同时注意自己方面的某些毛病,不要绝对的看问题,要有耐心,要注意调理人我关系,要故意的强制的省察自己的弱点,方有出路,方能'安心立命'。否则天天不安心,痛苦甚大。你是极坦白豪爽的人,我觉得和你谈得来,故提议如上。"据说此信使萧军大为感动。

⑩ 同注⑧。

⑪ 据说毛泽东在"七大"时曾说过这样一番话:"党要统一思想才能前进,否则意见分歧。王实味称王称霸,就不能前进。42 年,王实味在延安挂帅,他出墙报,引得南门外各地的人都去看。他是'总司令',我们打了败仗,于是好好整风。"转引自黄昌勇:《生命的光华与暗影——王实味传》,载《新文学史料》1994 年第 1 期。

⑫ 萧军因此而成为抵制批判王实味的唯一的有影响的知识分子。如果没有萧军,中国的知识分子回顾这段历史时就太尴尬了。关于萧军与"王实味事件"的关系,还有一说:王实味问题发生后,李又然曾来找过萧军,请他向毛泽东说情,毛断然拒绝,并说:"这事你不要管。"见张毓茂:《我所知道的萧军先生》。

⑬ 见张毓茂:《我所知道的萧军先生》,载《新文学史料》1989 年第 2 期。王德芬:《萧军在延安》也有类似的回忆(《新文学史料》1987 年第 2 期)。侯唯功在《萧军:大写的人》一文中也提到这次会议上萧军与周扬、丁玲等的舌战及萧军的最后离去(见《萧军纪念集》,第 72 页)。陈明在《新文学史料》1994 年第 4 期上发表《一点实情》一文,提到吴玉章并未出席这次会议,因此也没有萧、丁对抗。该文强调是萧军说了"我这只笔要管两个党"这句话而引起丁玲的反驳,其中有"共产党是千军万马,背后还有全国的老百姓,你萧军只是孤家寡人"等语。

⑭ 同注⑧。

⑮ 据萧军回忆,《文化报》是在东北局副书记彭真及宣传部部长凯丰的支持下办起来的。凯丰直接拨给萧军三两半金子。后来批判萧军时,彭

真、凯丰均已调离东北。见《萧军近作》,第 239 页,四川人民出版社,1981。

⑯ 《萧军近作》,第 144—243 页。

⑰ 同上,第 233、225 页。

⑱ 王德芬编《萧军简历年表》中提出批判萧军是“东北局林彪和高岗等人的误解和恐惧”,“由东北局宣传部副部长刘芝明出面,委托宋之的创办了《生活报》”,但未说明此说的根据。文见《萧军纪念集》,第 783 页。

⑲ 秋萤:《故人故情悼萧军》,见《萧军纪念集》第 175 页。

⑳ 《“古潭里的声音”之一——驳〈生活报〉的胡说》,原载《文化报》第 56 期;《“古潭里的声音”之四——驳〈生活报〉的胡说》,原载《文化报》第 59 期。文收《萧军思想批判》,第 260 页,第 273 页。

㉑ 刘芝明:《关于萧军及其〈文化报〉所犯错误的批评》,见《萧军思想批判》,第 32—33、39 页。

㉒ 同上,第 23 页。

㉓ 同上,第 40 页。

㉔ 同上,第 45 页。

㉕ 同上,第 27 页。

㉖ 《中共中央东北局关于萧军问题的决议》,见《萧军思想批判》,第 1 页。

㉗ 《“古潭里的声音”之四》,见《萧军思想批判》,第 280 页。

㉘ 《“古潭里的声音”之二》,同上书,第 263 页。

㉙ 《东北文艺协会关于萧军及其〈文化报〉所犯错误的结论》,收前书,第 5 页。

㉚ 王德芬:《萧军简历年表》,见《萧军纪念集》,第 783—784 页。

㉛ 刘芝明:《关于萧军及其〈文化报〉所犯错误的批评》,见《萧军思想批判》,第 24—25 页,第 11—12 页,第 13 页,并对照同书第 210—212 页、第 219 页原文。

㉜ 同注㉙,第 7 页。

㉝ 同注㉖。

㉞ 同注㉚。

㉟ 张毓茂:《我所知道的萧军先生》,载《新文学史料》1989 年第 2 期。

㊱ 参看王德芬:《萧军简历年表》,王淑琴:《祭上一束洁白的芍药花》,见《萧军纪念集》,第 786、388 页。

㊲ 萧乾:《当人民的吹鼓手——文学回忆录之六》,载《新文学史料》1992 年第 2 期。

六、朱自清逝世前后

——1948 年 8 月(二)

这是一个普通的中学国文教员的永恒记忆:1948 年 8 月 13 日,走出家门,就看见一群小学生在争着抢着地看一张当天的报纸,其中一个惊慌地喊道:“老师,作《背影》的朱自清先生昨天死了!”看到孩子们那种仓皇悲戚的神情,不禁无言地流下泪来。①

在这些日子,人们频频提到朱自清的“背影”:与朱先生合作了 20 年的开明书店在挽联里写着“长向文坛瞻背影”。一位北大学生在悼文里说他仍然看见“一根手杖支持着那一个瘦矮的背影”。②小说家沈从文娓娓叙说着“终生不易消失”的瞬间印象:一个“午睡刚醒或黄昏前后镶嵌到绿荫荫窗口边憔悴清瘦的影子”,沈从文揣度、想象着:“在那个住处窗口中,佩弦先生可能会想到传道书所谓‘一切虚空’,也可能体味到庄子名言:‘大块赋我以形,劳我以生,佚我以老,息我以死。’因为从所知道的朋友说来,他实在太累了,体力到那个时候,都已消耗得差不多了。”③诗人唐湜则赋予“背影”以象征的意义,他说:“我更爱把朱先生看成这时代受难的到处给人蔑视的知识生活的代表,从他身上看出人类的受难里的更深重的知识的受难,他的

‘背影’是很长的。”④

许多人都谈到朱先生晚年“表现得十分年轻”，最有力的证明自然是1948年元旦的“扭秧歌”；⑤但也有人注意到朱自清心境的另一面，也许是隐藏得更深的一面。于是，朱先生身边的余冠英提到先生偶然写作的旧体诗里出现了这样的诗句：“圭角磨堪尽，襟怀惨不温”，“分明见出他心境的阴黯，沉重”。⑥朱自清的至交叶圣陶也谈到“他近年来很有顾影亟亟的心情”⑦。但他们都认为这种内在精神上的忧郁、沉重，“怕不是为国事”，“也不见得是为生活”，而是他因病而“常常想到死”。据说他曾谈到过这样的想法：“人生上寿百年也还嫌短，百年之内做不出多少事来。”⑧凡事认真的朱自清对待“死亡”也是如此认真：他要抢在死神降临之前，思考与探索，他自己，以及与他同类的知识分子，还能够为这个多灾多难的民族与人类做（以及不能做）什么。在这个意义上，诗人唐湜把朱自清看作是这个时代的人类的受难的知识者的代表，不失为一个深刻的观察：搅动着晚年朱自清内心的，正是在变动的大时代里他自己，以至同类知识者的命运、责任与选择。

其实，早在20年代末，也即1928年2月7日，朱自清写过一篇题为《那里走》的文章，就已经思考过这个问题。朱自清多次谈到，“五四”以后产生了不同于传统士大夫的“新知识分子”，他们是“从工业化的都市产生”的，是“比较自由”的。⑨在朱自清看来，1928年的中国正面临着由“思想的革命”向“政治革命”与“经济革命”的转折。如果前一阶段（也即人们通常说的“五四”时期）“要的是解放，有的是自由，做的是学理的研究”，新时期则是“一切权力属于（领导革命的）党”的时代，“党所要求个人的,是无条件的牺牲"。知识者于是面对着"那里走"的困惑:一面看清革命是"势所必至",一面又深知革命将"毁掉我们最好的东西——文化","促进自己的灭亡"——其实这也正是当年德国诗人海涅所面临的两难选择。在20年代末,朱自清和他的朋友最后的选择是:"躲"到"学术,文学,艺术"里去,"做些自己爱做的事业;就是将来轮着灭亡,也总算有过舒心的日子,不白活了一生"。[10]现在,20年已经过去,1948年的朱自清发现他重又面对这个恼人的"那里走"的问题,而且在这个新、旧政权交替的时刻,"躲"进象牙塔已不再可能。这时,朱自清对问题的思考又有了一个新的方向:他更多地是从知识分子自身进行反省。于是,在一篇题为《论气节》的文章里,他对"五四"以来中国知识分子的历史道路与现实处境做了这样一番总结——

> 知识阶级开头凭着集团的力量勇猛直前,打倒种种传统,那时候是敢作敢为一股气。可是这个集团并不大,在中国尤其如此,力量到底有限,而与民众打成一片又不容易,于是碰到集中的武力,甚至加上外来的压力,就抵挡不住。而且一方面广大的民众抬头要饭吃,他们也没法满足这些饥饿的民众。他们于是失去了领导的地位,逗留在这夹缝中间,渐渐感觉不自由,闹了个"四大金刚悬空八只脚"。他们只能保守着自己,这也算是节吧。[11]

与同时期一些夸大知识者作用的自由主义知识分子相比,朱自清的自我估价是冷静与客观的。他不仅看到了知识分子在拥有强大的物质力量的中外反动势力面前的软弱,更正视知识者不能满足广大民众基本生存要求的根本局限——在一篇《论吃饭》的文章里，他尖锐批评了"安贫乐道"的知识分子传统观念，充分肯定了民众"吃饭第一"的要求，[12]表明他对中国现实的理解与把握是敏锐与深刻的，并没有任何书生气。他也因此有足够的勇气直面知识分子在现实中国已经失去了"五四"时期曾经有过的"领导的地位"的事实。在破除了对知识者自我的迷信与神话以后，朱自清强烈地感受到一种被"悬空"的危机。在另一篇文章里，他又提出了"自己是世界的时代的一环，别脱了节才算真好"的警告。[13]——人们很容易要联想起哈姆雷特的那句名言："时代整个儿脱节了；啊，真糟，天生我偏要我把它重新整好！"[14]但此时朱自清这样的中国知识分子，已经失去了他们的英国精神兄弟那种重整乾坤的自信，他们更担心着被时代抛弃。这种缺乏自信的担心，某种程度上也可以看作是朱自清这样的知识分子的软弱之处；在前述那篇《那里走》里，朱先生就有过这样的反省："在性格上，我是一个因循的人，永远只能跟着而不能领着；我又是没有定见的人，只是东鳞西爪地渔猎一点儿；我是这样的爱变化，甚至说是学时髦，也是可以的，这种性格使我在许多情形里感着矛盾。"[15]朱先生的宽容在另一面也使他易受时代风尚与他人（包括自己的学生）的影响。不能简单地把这仅仅归结为"谦虚"的美德，追求"进步"的表现；恐也不纯粹是攻击者所说的"趋时"：这其实是一种"非此即彼"的直线思维所不能把握的、相当复杂的精神现象。[16]而其结果是"人民"进入了朱自清和他朋友的视野，出现了被人们着意强调的所谓朱自清的"转变"（我们还要在下文对此做详尽的分析）。以下这段话是经常被引用的："知识分子的道路有两条：一条是帮忙帮闲,向上爬的……一条是向下的。知识分子是可上可下的,所以是一个阶层,而不是一个阶级","知识分子的既得利益虽然赶不上豪门,但生活到底比农民要高","要许多知识分子每人都丢开既得利益不是容易的事,现在我们过群众生活还过不来。这也不是理性上不愿意接受;理性上是知道该接受的,但习惯上变不过来。所以我对学生说,要教育我们得慢慢地来。"[17]这里,要向"下层人民"靠拢,以寻求新的支撑点(立足点)的趋向是明显的(以知识者的境遇与农民相比的思路显然与传统的"悯农"思想有关),但也仍然充满了矛盾,表现出既想改变知识分子"自己",又害怕失去"自己"的困惑。于是又有了"调整"之说。朱先生在一篇文章里提到了在"动乱时代"三种人的选择。在作为社会的消费(浪费)的"颓废者"与"时代的领导人"的"改造者"之外,还有一种"调整者",他们"只是大时代一些小人物","谨慎的调整着种种传统和原则,忠诚的保持着那些","可以与改造者相辅为用"。[18]既"调整"又"保持",这正是这一时期朱自清先生的基本思想文化原则与选择,也许比前述"转变"之说更切合朱先生的思想实际。

朱自清始终把握住自己作为"学者"与"文化人"的这一基本立场;因此,他的所谓"调整"与"保持(坚守)",也主要体现在学术思想与文化选择上。朱先生在这一时期所写的一篇文章里,谈到他自己曾是新文学的"言志派",这可以看作是朱先生的自我历史定位。[19]或者借用周作人的一种说法,朱自清可以算是个"人生的艺术派";[20]在学术上,他是一直被视为"学院派"的一个代表的。用当前人们常用的概念,朱自清的基本文化取向是一种"精英文化"的立场。他正是从此出发,进行他的文化调整与坚守的。于是人们注意到,在《论标语口号》这篇文章里,朱自清先生一方面站在他固有的“爱平静爱自由的个人主义者”的“知识分子”立场上,批评代表集体力量的标语口号往往对“个人”构成“压力”,“足以妨碍自由”,是一种非理性的“起哄”与“叫嚣”;但他同时又“设身处地”地为之辩护:“人们要求生存,要求吃饭,怎么能单怪他们起哄或叫嚣呢?”他提醒人们,在反感于仅“用来装点门面”、毫无诚意的标语口号时,不要将“有意义可解的”、真诚地表现着一种集体意志的、作为“战斗武器”的标语口号也一概否定,“这是不公道的”。他的结论是:“我们这些知识分子现在虽然还未必能够完全接受标语口号这办法,但是标语口号有它存在的理由,我们是该去求了解的。”㉑这是一种跳出了“知识分子本位”的、更为宽容的文化态度,竭力去了解异己者的立场、处境,理解(并非认同)其“存在的理由”。

正是基于这种“理解”的立场,他指出,曾经是“五四”新文学对立面的“鸳鸯蝴蝶派的小说意在供人们茶余饭后消遣,倒是中国小说的正宗”,在过于沉重的生活中,“文学带着消遣,似乎也是应该的”。㉒他进而对文学史与现实创作中的“雅俗共赏”“通俗化”倾向进行了学理的研究与充分的肯定。㉓在《论朗诵诗》等文章里,他对具有强烈政治性、群众性、战斗性的作品,也表现出一种“理解”:他指出,坐在书斋里看,会觉得这些作品充满“野气,火气,教训气”,只是“宣传品”,而不是文学艺术;只有“参加集会,走进群众里去听,才能接受它”,承认它的“独立的地位”与价值。㉔对赵树理等解放区作家所进行的“文艺大众化”的努力,他也给予了足够的理解与肯定。㉕他强调,随着时代的发展,文学的"尺度"也会变化,"五四"新文化运动的"人道主义,个人主义"尺度正在发展为"社会主义的,民主的"尺度,"渐渐强调广度,去配合高度深度,普及同时也提高"。[26]所有这一切,都可以看作是朱自清先生的一种自觉的努力:将他(及同类知识分子)所熟悉的"五四"个性主义话语与正在发展中的集体主义的革命话语沟通,将他(及同类知识分子)借以安身立命的精英文化与在他看来颇具生命活力的平民文化沟通。或者如吴晓铃先生在悼念文章中所说,他试图摸索出一条新的道路,使"学院和民间不再保存对立式的分野"[27]。这种努力自然是反映了在中国颇有影响的学院派自由主义知识分子的重要动向,为时人所注目。冯友兰先生在朱自清先生逝世以后,曾沉重地表示:"对于中国文艺的过去与将来有一套整个看法底人,实在太少了。"[28]朱先生的以上文艺(文化)思想、立场的"调整",正是在总结"过去"的基础上,对中国文艺(文化)"将来"的发展提出某些设想。他做过这样的概括:"所谓现代的立场,按我的了解,可以说就是'雅俗共赏'的立场,也可以说是偏重俗人或常人的立场,也可以说是近于人民的立场。"[29]强调对"人民(俗人,常人)"的"偏重",自然是表现了一种时代的倾向,[30]但对"雅俗共赏"的注重,对文学"现代性"的坚持,仍然是"兼容并包"、多元发展的思路,因此,朱先生一再提醒人们,他强调"朗诵诗"、通俗化、大众化作品"应该有独立的地位",绝不是主张它们应有"独占的地位",对于任何"罢黜百家"的作风与试图,都是他所"不能够赞成"的。[31]

晚年的朱自清对文学教育也倾注了极大的精力,[32]而他的主张如杨振声先生所介绍,也是强调中、外文学艺术,新、旧文学、艺术、文学艺术研究、批评、鉴赏与创作之间的沟通的。[33]朱自清先生说过一句意味深长的话:“即使会有(罢黜百家)这一个时期,相信诗国终于不会那么狭小的。”[34]这表明,他对“将来”中国文学、艺术、学术发展道路的设想是宽阔而非狭窄、多元而非一元的,而他对“将来”历史发展的另一种可能性,不是没有思想准备的。看来20年前那个“新时代将导致文化毁灭”的阴影并没有完全从他心上拂去,只是较少涉及罢了。但也有突然显露的时候,例如在一篇题为《论不满现状》的文章里,谈到了知识分子必须走出象牙塔,与老百姓一起“打破现状”(即“造反”),接着又加上一句:“重要的是打破之后改变成什么样子?”[35]却没有做任何回答,其对“将来”(“之后”)的忧虑是不言自明的。——现在我们才多少懂得,余冠英、叶圣陶等先生所注意到的,前述朱自清先生晚年心境的沉重感,原是包含了相当丰富的精神内涵的。

朱先生对“将来”的中国文艺、学术的设想,在另一个意义上也是对自我的“将来”的一个设计:他显然期待着在这样一个相对理想的,相对宽阔、宽松的文化发展格局中“守住”自己的“岗位”。[36]但如本书前面几章所一再论及,这是一个要求建立革命话语绝对权威(即“独占”)的时代,是一个文化上“大破大立”的时代,朱自清的文化“调整”,具有明显的折中色彩,自然是不合时宜的。因此,在悼念朱先生的文章中,当有人预言“如果他活到将来,在新的社会中,将更有他的大用”[37]时,只能看作是与他同类的知识者的一个善良的愿望。但历史的戏剧性发展,却使朱自清先生的名字在新中国有了意想不到的“大用”:他成了一位“民族英雄”、一个知识分子的典范、一个高耸于云端的“历史巨人”,甚至“革命烈士”,这样令人啼笑皆非的“结局”,是怎样产生的呢?

其实在朱先生逝世以后,就已见端倪。本来,朱自清病故在文学与学术界引起震动,人们以各种方式表达自己的哀思,这都是可以预料与理解的;但悼念文章如此之多,并逐渐形成对知识分子道路的讨论,就有了不同寻常之处:这本身即构成了1948年下半年(并延续到1949年新中国成立前后)中国文化景观的一个颇具色彩的部分,也就有了专门研讨的价值。

开始是自发的悼念。正像吴组缃先生在他的追念文章中所说:“近年来心情常在焦躁沉郁之中,做人也不知不觉的格外简淡起来。因为无善可陈,话也不知从何说起,许多师和友,久已音书断绝,虽然心里总是怀念着他们。”[38]现在,朱自清先生逝世,而且是贫困交加之中的“惨死”,就给这些郁积的情感提供了一个发泄的喷口:人们真诚地哀悼着朱自清,更痛心疾首地哭诉着自己的、知识者的,以至整个时代、民族的不幸。最初的悼文都集中于对“人”的朱自清与“知识分子(学者、文人)”的朱自清的追思,人们赞扬他“蓄道德,能文章”(俞平伯),是“最有良心的好人与学者”(郑振铎),“有至情,爱真理,有风趣”,具有“最完整的人格”(李广田),“凡事平易而近人情,拙诚中有妩媚,外随和而内耿介”,近于“历史中所称许的纯粹君子”(沈从文),是“中国新文艺”的“最公正的扶持人”“一个脚踏实地的精神工作者”(冯至),“一个稳健而坚定的教育家”(李长之),哀叹他活得“太累”(沈从文),“致命”于“太认真”(余冠英),说他“不应当死”(川岛),“死不得”(闻家驷),等等。[39]透过这一声声泣血的哀哭,人们看到了一代知识者的苦苦挣扎:在这混乱的时代,身处风雨飘摇之中,他们却始终渴望着坚守住自己的精神阵地,坚守住自己的道德、情操、人格与价值。朱自清的死,使他成为这种知识群体的意志与愿望的代表。

在这些回忆中,许多人都在不同程度上谈到了朱自清晚年思想、文化选择上的某些变化。但人们同时强调:"他没有突变,他怕忽然落了空,他是一步步地变。"[40]吴晗的文章最早公布了一个事实:朱先生曾签名拒绝接受美援物资,在临终前两天,他又重申此事,郑重嘱咐夫人"千万别忘记";吴晗认为这可以视为朱先生的遗嘱,但他仍然强调朱自清"是独立的、自由的、进步的作家、学者、教授,人民的友人"。[41]有的文章里也出现了关于朱自清是一个"斗士"的说法,这也是由朱先生曾称闻一多为"诗人、学者、斗士"而引发出来的。也有文章把朱自清(以及闻一多)晚年的选择提升为"知识分子的道路"问题。[42]值得注意的是杨晦的文章,他尖锐地批评了20年代中后期与30年代"清华"时期的朱自清"退守"于"纯文学",是背离"五四"的"一股逆流";并因此而高度评价晚年朱自清向"人民立场"的"转变"。他认为,许多悼念朱先生的文章其实是在"称道"朱先生的"弱点",因此,必须强调朱先生"转变"的意义,并明确"提出知识分子的改造问题"。[43]——可以说,杨晦的文章第一次把革命话语的时代主题与阶级分析的观念、方法引入了对朱自清的悼念中。

于是,顺理成章地出现了冯雪峰的纪念文章。冯文有一个颇为特别的说明:"我得到了朱先生的逝世消息以后,就被有些沉重的悲哀的茫然之感和回忆的怅惘情绪所纷扰,几次想写一点更为私人的纪念文字都没有写成,使我觉得我们都很容易表露知识分子的软弱性,因为我越回忆就越感到怅惘的情绪。”那么,写出的这篇就是克服了知识分子的软弱性,非私人的,也即代表集体意志的了。文章以更鲜明的阶级观点,指明前期朱自清“所缺乏的”,“就是革命的阶级立场和思想”,但他终于克服了这一前进道路上的沉重包袱,“把爱从小资产阶级移向广大的工农大众”,“走向人民革命”,成为一个“民主战士”。作者的结论是:“对于知识分子,现在走向革命的道路是畅通的,在这一点上朱先生也还是个引路人。”[44]——这显然是一次将晚年朱先生的思想文化选择纳入革命话语模式的自觉努力。径直说,冯雪峰用革命话语的观念、思维,以至语言,将朱自清彻底“改造(改塑,改写)”了。如果说在冯雪峰这里,还算是个人行为,那么,当《大众文艺丛刊》第4辑以“同人”的名义,发表《敬悼朱自清先生》一文,就是一种有组织、有计划的“改造”与“引导”了。文章强调的是作为“自由主义作家”的朱自清转变的意义,把他的晚年思想概括为“有社会责任感,为大众服务,向群众学习”三点,显然也是要与革命话语“接轨”。而文章结尾将朱先生之死,归之于国民党“惨无人道的法西斯政策”的“迫害”,赞扬朱先生拒绝美援的遗言“将像炸弹一样震栗着马歇尔、司徒雷登和一切美帝国主义的反动头子”,以及“乞怜于美帝”的胡适“之流”,[45]更是将朱自清彻底地政治化,并纳入国内与国际激烈的政治斗争之中。

悼念朱自清的最后一笔,是由中共的最高领导,未来的新中国的导师、统帅、舵手毛泽东来完成的,这确乎出人意料。时间是1949年8月,正是朱自清离世一周年。时机选在美国政府公布对华政策“白皮书”,毛泽东连发数篇评论,借以讨论“(中国)

革命和内外各方面的关系”，以说服与争取对新中国持有疑虑的自由主义知识分子。[46]在这场为新中国成立做舆论准备的宣传战中，毛泽东注意到了朱自清与闻一多，挥笔写下了这样一段文字——

> 我们中国人是有骨气的。许多曾经是自由主义者或民主个人主义者的人们，在美国帝国主义者及其走狗国民党反动派面前站起来了。闻一多拍案而起，横眉怒对国民党的手枪，宁可倒下去，不愿屈服。朱自清一身重病，宁可饿死，不领美国的“救济粮”。唐朝的韩愈写过《伯夷颂》，颂的是一个对自己国家的人民不负责任、开小差逃跑、又反对武王领导的当时的人民解放战争、颇有些“民主个人主义”思想的伯夷，那是颂错了。我们应当写闻一多颂，写朱自清颂，他们表现了我们民族的英雄气概。[47]

这确实是大手笔！这是将革命话语与民族主义话语相统一（结合）的成功努力；正是通过对闻一多、朱自清的歌颂，毛泽东（及他所领导的中国共产党人）更高地举起了民族主义的大旗，并因此而争取了不少的自由主义知识分子。比起冯雪峰、邵荃麟等中共文艺理论家，毛泽东显然更高一筹，掷地有声的二百余言，就将朱自清（和闻一多）“盖棺论定”了。

但是，在“论定”之外，是不是还有一个更为丰富、远为复杂的朱自清呢？

诗人唐湜说得对：朱先生是“人类受难里最为深重的知识受难”的代表，他的“背影”是很长的。

注释:

① 李广田:《最完整的人格》,见《最完整的人格——朱自清先生哀念集》,第64页,北京出版社,1988。

② 王书衡:《朱自清先生死了》,见前书,第12页。

③ 沈从文:《不毁灭的背影》,载《新路》第1卷第16期(1948年8月28日出版)。

④ 迪文(唐湜):《〈手〉作者附记》,载《中国新诗》第4辑。

⑤ 参看沈从文:《不毁灭的背影》,吴晗:《悼朱佩弦先生》,见《最完整的人格》一书,第38页。

⑥ 余冠英:《佩弦先生的性情嗜好和他的病》,见前书,第249页。

⑦ 叶圣陶:《佩弦的死讯》,见《叶圣陶文集》,第6卷,第295页,江苏教育出版社,1989。

⑧ 同注⑥,第249页。

⑨ 《今天知识分子的任务》,见《朱自清全集》,第4卷,第538页,江苏教育出版社,1990。

⑩ 《那里走》,见《朱自清全集》,第4卷,第230—232页。

⑪ 《论气节》,见《朱自清全集》,第3卷,第154页,江苏教育出版社,1988。

⑫ 《论吃饭》,同前书,第155—159页。

⑬ 《论自己》,同前书,第400页。

⑭ 莎士比亚:《哈姆雷特》,卞之琳译,第43页,人民文学出版社,1985。

⑮ 同注⑩,第233页。

⑯ 关于朱自清先生的"宽容"的复杂意义,沈从文在《不毁灭的背影》中有过一个精辟的分析:"他也有小小弱点,即调和折中性,用到文学方面时,比如说用到鉴赏批评方面,便永远具教学上的见解,少独具肯定性。用到古典研究方面,常缺少直断议论,而无创见创获。即回到文学写作,作风亦不免容易凝固于一定的风格上,三十年少变化。但这一切又似乎和他三十年坚持文学教育有关……良好教师和文学批评家有个根

本不同点，批评家不妨处处有我，良好教师却要客观，要承认价值上的相对性，多元性。”

⑰ 同注⑨，第538—539页。

⑱ 《动乱时代》，见《朱自清全集》，第3卷，第117—118页。朱自清在文章中同时指出了“改造者”与“调整者”各自存在的“危险”：前者易“操之过急”，后者易“保守过度”。

⑲ 《文学的严肃性》，见《朱自清全集》，第4卷，第479页。

⑳ 周作人：《〈自己的园地〉序》，第6页，岳麓书社，1987。

㉑ 《论标语口号》，见《朱自清全集》，第3卷，第147—149页。

㉒ 《论严肃》，见《朱自清全集》，第3卷，第139、141页。

㉓ 《论雅俗共赏》，见《朱自清全集》，第3卷，第219—225页。

㉔ 《论朗诵诗》，见《朱自清全集》，第3卷，第257页。

㉕ 《论通俗化》，同前书，第144—145页。

㉖ 《文学的标准与尺度》，同前书，第136—137页。

㉗ 吴晓铃：《佩弦先生纪念》，见《最完整的人格》，第33页。

㉘ 冯友兰：《同念朱佩弦先生与闻一多先生》，同前书，第247页。

㉙ 《〈论雅俗共赏〉序》，见《朱自清全集》，第3卷，第218页。

㉚ 朱先生将“人民”与“俗人”“常人”并置，表明他理解的“人民文艺”与当时解放区与以后成为新中国文学主流的“工农兵文艺”仍是不同的。

㉛ 《论朗诵诗》，见《朱自清全集》，第3卷，第254、262页。冯至先生在《朱自清先生》一文中，谈到他在一次演讲中对战前象征派的诗做了攻击，会后朱先生对他说：“你说得对，只是有些过分。”（文收《最完整的人格》，第26页）

㉜ 人们注意到朱先生所做的最后一项工作是与吕叔湘、叶圣陶编写《高级国文读本》，但未必能理解这项工作的深意。而他与闻一多、徐中玉、陈望道、冯至、盛澄华等在《国文月刊》《周论》等刊物上展开的关于“中国文学系教育”的讨论，当时颇引人注目，今天却被人所忽视，其实其意义是相当大的。

㉝ 杨振声:《为追悼朱自清先生讲到中国文学系》,见《最完整的人格》,第177—185页。

㉞ 《论朗诵诗》,见《朱自清全集》,第3卷,第262页。

㉟ 《论不满现状》,见《朱自清全集》,第4卷,第515页。

㊱ 同注⑱,第117页。

㊲ 同注①,第72页。

㊳ 吴组缃:《敬悼佩弦先生》,见《最完整的人格》,第222页。

㊴ 请分别参看《最完整的人格》一书中下列文章:俞平伯:《诤友〈朱佩弦兄遗念〉》(第28页);郑振铎:《〈文艺复兴·中国文学研究号〉题辞》(第35页);李广田:《最完整的人格》(第71页);冯至:《朱自清先生》(第27页);李长之:《杂忆佩弦先生》(第115—118页);余冠英:《佩弦先生的性情嗜好和他的病》(第252页);川岛:《不应当死的又死了一个》(第194页);闻家驷:《一个死不得的人》(第14页)。另可参看沈从文:《不毁灭的背影》。

㊵ 冯至:《朱自清先生》,同前书,第26—27页。

㊶ 吴晗:《悼朱佩弦先生》,同前书,第40页。

㊷ 参看许杰:《朱佩弦先生的路》(前书第79、84页)。郭绍虞:《忆佩弦》一文称朱先生为“不必定以斗士姿态出现而不失为斗士的人”(第214页)。后来李广田先生也写有《朱自清先生的道路》(第253—260页)。

㊸ 杨晦:《追悼朱自清学长》,同前书,第207—210页。

㊹ 冯雪峰文章的原题是《损失和更重要的损失》,载《中国新诗》第4辑;后改题为《悼朱自清先生》,收《雪峰文集》第2卷,第216、217、219页,个别文字有改动,人民文学出版社,1983。

㊺ 文收《邵荃麟评论选集》上册,第568、572页,人民文学出版社,1981。

㊻ 毛泽东:《为什么要讨论白皮书》,见《毛泽东选集》袖珍本,第1388、1390页,人民出版社,1967。

㊼ 毛泽东:《别了,司徒雷登》,同前书,第1384—1385页。

七、胡风的回答

——1948 年 9 月(一)

叶圣陶 1948 年 9 月日记(摘抄)

12 日(星期日)　四时许,昌群来,谈时事,谈世界前途,昌群均有卓见。渠谓在南京可谈者寥寥,亦无聊事。学术研究,于今日为之,不啻自我麻醉。六时许饮酒,酒后复谈。

14 日(星期二)　忽介泉来访,为别十数年矣,大欢。留之小饮,畅谈六小时。渠谈锋仍健,识见老到而现实。于教授之清苦,颇感愤慨。然谓穷教授亦唯有在北平乃有意义也。渠明日即返平,仅得一晤,未免嫌其不足。

17 日(星期五)　今日为中秋,家中略有添菜,而余胃纳不佳,所进不多。高祖文来,馈酒一瓶。夜间有月,不甚明澈。

18 日(星期六)　午后,偕伯祥予同至大新公司,观敦煌画展。……最感兴趣者为"色天",全属曲线,飞舞生动。观者甚挤,不及细看。

22日(星期三)　傍晚,至《观察》社,应储安平之招。……辰伯谈北平搜捕学生情形,炯伯季龙谓于上海被拘学生,宜使少受冤屈。次及其他时事。聚餐而散。

储安平请客单印有三事,别开生面:一、客不多邀,以五六人为度。二、菜不多备,以够吃为度。三、备烟不备酒。曾参观其社友工作情形,十数人方将新出版之杂志插入封套,预备投邮。其出版日为星期六,而今日星期三已印就,定阅者于星期五即可收到。又以纸版分寄台湾北平两地,因而该两地与上海附近同样,可于星期五阅读。此君做事有效率,可佩。《观察》销数至六万份,盖为发行最多之一种周刊矣。

28日(星期二)　托守宪买西文打字机一具,值六百八十金圆。我家固无所用之,藏之而已。自改用金圆以来,人家购积物资者甚众。衣料之类,不论好坏,皆所欲购,至限制人购一件,店铺于下午四五时即收歇。而菜馆舞场之营业甚盛,苏杭两地,游人颇众,皆以花钱得暂时之乐为归。则皆改革币制之影响也。其他牵涉工商业者,余固不甚明其底细,总之一切俱僵耳。

1948年9月17日午夜3时,近三个月来一直在赶写《论现实主义的路》一书的胡风,终于写完了最后一个字。——即使在这一刻,他也没有想到今夕正是中秋之夜。他停笔默想了一会儿,又在书稿的扉页上,写下了两段题词:

谁知道哪一方面有较平坦的山坡,可以不用双翼而攀登上去么?

> 我跑到一个沼泽里面，芦苇和污泥绊住我，我跌倒了，我看见我的血在地上流成了一个湖。
>
> ——但丁：《净界》

以后，《论现实主义的路》一书初版时，胡风又选一幅墨西哥版画《背菜的人》作封面。除注明他是写在“上海蚂楼”里，胡风再没有多写一个字。

但在两个多月以后，当胡风即将离开上海去香港，为这几年所写的杂文结成《为了明天》一书写“前记”时，却谈到了这些年他时有“走在无物之阵里面”的感觉，时有要“挣脱出来”“突围出去”的冲动；但他“毫无怨言”，因为“并没有忘记种瓜得瓜，种豆得豆的古训”，如果真没遭到反感与反对，他还会觉得“空虚”。[①]文章谈到了他的“自慰式的信仰”：他甚至感受到那“明天的太阳已经火球一样地，放出万道的彩色光带高高地升到了地平线上面，连这个只能算是‘泥沼’的阴暗的角落都沐着了光照”，而他（及他的若干读者和朋友）正是要在“泥沼”里面“一颠一扑地向这就要成为今天了的明天走去”。他们想：“大海不择细流”，“明天”该是属于自己的吧。——但那“我的血在地上流成了一个湖”的意象会不会又是一个不祥的预兆呢？

这一年，胡风的心绪显得格外的焦躁。作为敏感而热情的诗人，他整个的心为日益临近的“明天”所吸引，一股大气磅礴的诗情奔突着、激荡着，几欲冲决而出——直到新中国成立，写出了《时间开始了》一组长诗，才算是得到了一次（也是唯一的一次）淋漓尽致的发泄。而此刻——生活在1948年的现实时空中，胡风却处处感到有一种他所不能把握的无形、有形的力量的纠缠，阻挡着他（及整个民族）通往“明天”之路。这自然只能唤起他的搏战的激情:他决心要“为了明天”而拼一死战,即使血流成湖也在所不惜!——1948 年中秋之夜,支配着他的,恐怕就是这样一种历史的悲壮感。

这一年年初,胡风(和他的年轻朋友们)曾有过一次巨大的欢乐:因为路翎的《财主底儿女们》下册几经曲折而终于出版。胡风早在该书上册出版时即已预言:“时间将会证明,《财主底儿女们》的出版是中国新文学史上一个重大的事件。”——胡风至死也没有改变他的这一论断,他坚持说:“即使到 55 年为止,路翎也是世界文学史上的作家”,风烛残年的胡风甚至表示,“只要给我起码的条件,我要为四个冤案用去生命”,曹雪芹、鲁迅之外就是路翎。[②]对于胡风,路翎以及他的《财主底儿女们》不仅仅是一个作家、一部作品,而是他作为一个理论家的追求,或者说是他对于“五四”新文学传统的理解、把握的一种共同实践,从而构成了他自己的文学生命的一个有机组成部分。胡风曾这样对他的朋友们说:“别人都说路翎的文艺创作,受我的文艺理论的影响,岂不知我的文艺理论,正有不少地方受路翎文艺创作的影响呢。正是从他的创作中,形成了我的一些理论观点。”[③]据路翎回忆,胡风也对他说过类似的话:“他认为,我赞成他的理论;而他,在遇到我(而我一直在努力从事创作)之后,就找到了创作实践上的依据,我也支持了他。”[④]而支持他们(胡风与路翎)共同创造的,正是“五四”新文学的传统。路翎在创作《财主底儿女们》第一稿(当时尚取名为《财主底儿子》)时,即在给胡风的信中表示支持胡风《论民族形式问题》的观点,认为:“对于五四传统和现实主义底肯定,对于民间形式底拜物情绪的批判,这是绝对需要的。”[⑤]胡风在与路翎讨论《财主底儿女们》等创作时,也多次谈到:"'五四'以来,左联以来,现实主义传统的新文学历经沧桑","是到了应该结出更多的果实来的时候了"。⑥在胡风看来,《财主底儿女们》就是这期待已久、终于结出的"果实";而对于胡风,"五四"早已成为他的生命的一个基本"情结",这样,路翎的《财主底儿女们》的出版,引起异乎寻常的强烈反应,就是不难理解的了。而胡风对《财主底儿女们》的评价,一定程度上也可以视为他对"五四"新文学传统及今天应有的发展的一种理解与追求。人们于是注意到胡风强调了《财主底儿女们》彻底的反封建的主题;强调了路翎小说体现的鲁迅所开创的现实主义文学传统,以及路翎"学习世界文学的战斗经验"的自觉性。所着意突出的正是路翎创作所体现的"五四"新文学对于传统文学所进行的变革,由此产生的文学的新质(特异性)。而在私下的谈话中,胡风则对这部极富创造性的小说的命运,表示了极大的忧虑。据路翎回忆,他最初看到这部作品时,"带着沉重的缓慢,忧愁似地沉默了一下",一两个月以后,才说道:"这是一场沉重的战争,意识形态的和文学形象的战争。"以后,他又这样解释说:这部小说提出了"美学上的新课题","提出了当代知识分子的精神内容与精神动向问题,对于一般读者以及习惯于比较简单地看事物的人们,会认为是描写复杂了",甚至是对中国民族精神的挑战。胡风警告说,我们民族过于"崇尚理智、冷静","不重视这种心理描写与内心剧烈纠葛的揭露,不重视这种狂热热情"的描写,会"说你买大饼给老虎吃,扰乱了民族精神","人是不可以做特异的行动的"。⑦胡风说这番话时,大概是想起了当年鲁迅笔下的狂人的,但他也正是从这里看到了鲁迅"改造国民性"(也即向传统大胆挑战)的精神得到了历史的传承,而感到欣慰的吧。[8]

可以说,胡风是以他所理解的"五四"话语对路翎的创作进行了一次极富时代性与现实性,也极有他个人特色的阐释。这当然不是唯一的。其实胡风早就当面对路翎表示,希望"不要弄成你的作品是我的理论的什么'体现'"[9]。而且也有胡风与路翎的共同朋友提出过不同的看法:"我读《罗大斗的一生》时觉得,它当然是现实主义的,但是是不是也带有表现主义的倾向呢?"胡风当然不同意这种分析,但他并没有否认另一种分析的可能性。[10]因此今天的研究者注意到胡风的阐释与路翎自己的分析的差异,就是格外有意义的。路翎在《饥饿的郭素娥》序言里谈到:"我也许迷惑于强悍,蒙住了古国的根本的一面,像在鲁迅先生的作品里所显现的。我只是竭力扰动,想在作品里'革'生活的'命'。事实并不如此——'郭素娥'会沉下去,暂时又转成卖淫的麻木、自私的昏倦。"研究者由此而认为,"对强悍的迷惑,对原始强力的仰仗,实际导源于对现实和人生的绝望","我们可以寻觅到支撑作者生命和写作的根本取向:悲剧性的人生理念和自蹈死地的殉道者","这是掩藏在社会批判、歌颂理想等外部形态下面的真实的路翎":路翎比之他的"友人和导师"胡风是更为悲观、绝望的。[11]研究者进而发现了路翎与鲁迅,《财主底儿女们》与《野草》的相通,"在无意识中对现实主义进行了超越"[12]。这当然也不是最终的阐释——看来,路翎和他的《财主底儿女们》也是读(阐释)不尽的。

还应该谈及的是,小说出版的当时——在1948年的中国读书界所引起的反响。1981年《读书》发表了一篇读者来稿,对路翎这位"熟悉的陌生人"致以迟来的"问候"。文章回忆说,1948

年的上海,"一部分青年沉溺于'百乐门'的舞曲,流连在徐訏、无名氏的小说情节,热衷于《晶报》、《罗宾汉》等黄色小报",但也还有相当一部分青年不甘沦落,处于"迷茫、烦恼而有所冀求"的饥渴之中,"我们读到了两本书:一部是罗曼·罗兰的《约翰·克利斯朵夫》,一部就是路翎的《财主底儿女们》。我们几乎是怀着圣徒般的虔诚,一下子拜倒在约翰·克利斯朵夫和蒋纯祖这两个光辉形象的脚下。"蒋纯祖"以其更加具体、亲切而毫不矫情的音容笑貌,唤醒我们的自觉,使我们引为知己。他那坎坷的道路、痛苦的异化过程、对于庸俗市侩主义的鄙弃和不屈于邪恶势力迫害的正直与坚毅,在那个时候,具有特别的昭示作用,使我们敢于否定自己而求取新的精神的解脱",我们几十个同学先后"走上了革命的道路,确定了我们此后一生的新起点"。[13]尽管这是事后的追忆,却也反映了路翎小说在国统区的巨大影响;但对路翎本人,却是祸、福难定:他至少因此而难逃"争夺青年"的罪名。

于是,路翎的小说被批判,就这样因为它的异质性、挑战性,因为它的影响巨大,而在 1948 年的中国成为一种不可避免的"宿命"。应该说路翎本人,以及胡风,都是有思想准备的。[14]但由权威理论家出面,在《大众文艺丛刊》上的"批判"仍引起了愤怒。胡风当然明白,批判路翎只是一个由头,矛头是对着自己来的,他也因此而感到痛苦:即使有"罪"也应一人承担,为什么总要连累这些很有才华的、急需保护的年轻人呢?他决定自己出面答辩(在此之前,路翎已在《泥土》上以"余林"的笔名写了反驳文章),有些话也可以说得更清楚些,以免发生误会。——他竭力想使自己平和些:他实在不愿意在"明天"即将来临之际,和这些“朋友”论战。但一提起笔,胡风就立刻进入“状态”,他强烈地感到自己的“异端”性,处于“四面包围”之中,——朋友们至今还记得当年那“在屋内急步走动、目光炯炯的、浑身冒火的胡风”[15],他说他“时常有一种冲锋的感情”,于是,他的湖北口音很响地在他家楼上滚动了:“冲击……我们是他们的异端,要从这开辟革命文学的道路,从荆棘中踏过去!”[16]……正像诗人绿原所说的那样,“那时濒于崩溃而趋于疯狂的国统区,真不啻一座失火的森林:济慈的夜莺和雪莱的云雀早已飞走了,也见不到布莱克的虎和里尔克的豹,只剩下‘一匹受伤的狼,当深夜在旷野中嚎叫,惨伤里夹杂着愤怒和悲哀’……”[17]

这是一次名副其实的“突围”,而且又是“四面出击”:在第一章“从实际出发”即对抗战十年文艺思想发展道路的历史回顾与现状分析中,胡风明确指出,以1942年延安整风运动为标志的“含有伟大的革命意义的思想再出发运动”,要求展开全面的思想斗争。这首先是对“半封建、半殖民地的法西斯文艺”的斗争,其在文学上的表现包括宣扬“忠君爱国的封建道德”“间谍加色情的堕落趣味”,“利用社会关系的日常生活化这个特点,完全离开了战争,鼓励那些从腐烂的社会生活产生的封建的抒情主义”和“有毒的人情主义”等等。其次是要反对“带着进步的色彩但基本上是反现实主义的文艺现象”,例如“有的对黑暗现实不满,却顾影自怜地摸抚这自己的忧郁;有的讽刺丑恶的社会,但却发出了轻松的笑声”,“最走红的是那些既不脱离战争而又迷人的、在风沙的战场上的桃色新闻”等等。在胡风看来,这都是“客观上却又客串地替法西斯文艺底政治目的服了务”。其三,必须对“现实主义自己阵营里面的两个坚强的偏向"即"主观公式主义和客观主义"展开无情的批判,"这个批判正是文艺思想斗争底主要环节",它们"在本质上"也是"反现实主义"的。如果说胡风这里仅是一种理论上的概括,在他的一些年轻朋友主持下的刊物上,这种对形形色色的"反现实主义"的"反动"文艺的批判,就进行得如火如荼,极有声势。在1946年创刊的《呼吸》里,年轻的编者即已宣告,他们所要进行的是"无情的文化批判",据说"一个军队是不但要不断地去打击他当面的敌人",而且要"清算似是而非的参谋部,清算似己而敌的战列部队、战斗人员,清算自己一次,再清算自己一次";他们并不讳言"偏激",甚至以此为豪,自认为是一群"定了方向,醉于理想,紧抱集体,热爱智慧与真理底光辉的人;偏激,不过是爱得过分,爱得认真"。他们也正是以这种认真、偏激的态度,猛烈批评了以沙汀《困兽记》为代表的"客观主义"与以臧克家《感情的野马》为代表的"所谓'革命浪漫主义'"。[18]1947年创刊的《泥土》更是展开了全方位的出击,其锋芒所及有:被称为"文艺骗子"的沈从文和他的"小喽罗"袁可嘉、郑敏"之流";被斥为"穿厌了都市底舶来底各种浓装艳服的小市民,换上乡村底土头土脑的装束"的马凡陀(袁水拍);被看作是"傀儡戏和春宫图的展览"的陈白尘的《升官图》;被视为"一条毒蛇,一只骚狐,加一只癞皮狗"的姚雪垠;以及具有"市侩主义作风"的李健吾、"才子神童"吴祖光等等。[19]也许是为了激怒对手,或者为了表示鄙视,每写一文,必着意选用大量粗俗、粗暴的骂语。比较注重理论上的驳难的是创刊于1948年的《蚂蚁小集》,先后发表了《对于大众化的理解》(冰菱即路翎作,第2期)、《略论普及与提高》(怀潮,第3期)、《论艺术与政治》(怀潮,第4期)等文,对《大众文艺丛刊》的文章进行了针锋相对的论战(路翎还以"余林"的笔名在《泥土》上发表了《论文艺创作的几个基本问题》)。《蚂蚁》还载文批评茅盾的《腐蚀》,指其"创作方法的血肉的存在上,却仍然负担着资产阶级没落文学的陈腐的包袱"[20],言辞也十分尖锐。《呼吸》《泥土》《蚂蚁》的上述文章,都引起了爆炸性的反响[21],一些文艺领导者也著文指责其不利于"统一战线"的建立,表示"断然不能容许把思想斗争引导到无原则的喧骂上去"[22],郭沫若甚至将其打入"托派的文艺"批评,宣布"应予消灭"[23]。这又反过来使那些本来就在四处"寻仇"、以"敢于承认我们是他们的敌人"自诩的年轻人[24]更加兴奋,也更加激烈。他们尤其不能容忍对方动辄指责自己在"拉宗派",但人们仍然把一些与胡风有来往的年轻作者在其他报刊上发表批评文章(例如耿庸对唐弢、曰木对巴金的言辞激烈的批评)也都看作是"胡风派"所为,这又引发出更为强烈的反应与冲突。[25]但"胡风派(小集团)"的恶谥却就此而紧紧追随着胡风和他的朋友,直到最后被"一网打尽"。胡风晚年谈到这些争论时,曾以总结经验的口气,谈到年轻人的"过激文字,往往产生了不利于团结的影响","这些过激的情绪也表露在私人的信件中,到了1955年,一起拿了出来,就成了激起群众愤怒的材料"。[26]

今天人们反观40年代末的这些"混战",确实会有很多感慨。说"混战"并非否认论战的意义(我们将在下文做详尽讨论),其中确实有许多真知灼见;但人们却注意到当年(1948年)所不可能认识的另一面:论战双方在"势不两立"的同时,存在着也许是更为根本的一致与相通。例如,将"开展无情的思想斗争”作为发展文艺的中心环节的战略选择，把“斗争”绝对化、以至神圣化的观念，将复杂的文艺问题、知识分子的道路选择问题，简化为“非此即彼”的二元对立模式（如“人民”与“反人民”“现实主义”与“反现实主义”）的直线化思维方式，以及“四面是敌”的“被围”心态，[27]对于“论战（批判）”的偏嗜，“八方出击”的迎战冲动，将“矛盾、冲突”审美化的倾向，以至对“战争”语汇（自然也连同着战争思维）、强暴的语言方式的醉心[28]等等，都是惊人的相似，并构成了形成于那个激烈搏斗的战争年代的“革命话语”的基本特征。在这个意义上，论战双方都自命为“革命作家”与“革命者”，这都是有充分理由的。他们之间的论战也就带有极大的“内部”性质，尽管最后的解决方式是“非内部”的。而对胡风来说，这样的以“斗争”为中心的革命话语是“五四”激进主义话语的一个自然发展，或者说，他所坚持并保卫的“五四”话语带有浓厚的激进主义色彩，与前述朱自清们的带有更多的自由主义色彩的“五四”话语虽也有相通之处，但差别更是明显的。[29]

而胡风和他的年轻朋友们现在所要自觉捍卫的，正是“五四”传统。胡风在《论现实主义的路》里即非常明确地把问题归结为“对于国际文艺传统（高尔基的道路）和中国革命文艺传统（鲁迅的道路）的坚持和号召”[30]；路翎在反驳《大众文艺丛刊》的“批判”时，也是尖锐地指责对方“取消了五四以来的斗争传统”[31]。而他们所急于捍卫的“五四”传统，又是有着具体的历史内容的。这首先是“反封建”的传统。针对在民族斗争中以民族解放的要求代替与取消争取社会解放的斗争的倾向，胡风强调，“并不是反帝反封建的斗争现在仅剩下了反帝，而是以反帝来规定并保证反封建”,因此,他一再提醒人们要警惕在“爱国主义”旗帜下掩盖着的封建主义的阴魂[32],这警告自然是十分重要的。而在1948年的这场论争中,“个性解放”的问题也许是更加引人注目的。争论的焦点是,在当时及以后的中国,“五四”所提出的“个性解放”问题还有没有意义与价值?胡风和他的朋友们认为,如果因为资产阶级主张个性解放,就自动放弃了这一口号,那就会导致对实际存在的封建主义的投降;因此他们提出:要“把反封建的任务从资产阶级底手中夺取过来而完成它”,更高地张扬起“人民解放,土地解放,个性解放”的旗帜。[33]在他们看来,“群众底存在,个人底觉醒,两者并非宿命地违反的敌对的”,“人必须理解自己的‘价值’,发挥自己的‘力量’,从而服从群众的利益,坚定群众的立场”;[34]“集体的英雄主义”不仅要“尊重着大众底利益,服从着集体底命令”,更要“保留了自己底能动作用,和必须掌握着自己底战斗性能”。[35]胡风和他的朋友并不反对,毋宁说是拥护“战斗的集体主义”的,他们只有一点保留:不能把其理解为个体对群体的无条件地服从与绝对的牺牲:他们敏锐地从这样的要求中嗅到了封建专制主义的气息。因此,他们提出了要与“无形的封建的中国斗争”的命题[36],并坚持:只有与“封建主义底各种各样的根须肉搏接战”,才能真正通向“明天”[37]。——“与无形的封建的中国斗争”的命题是有待展开的;在其现实的历史的充分展现之前,胡风和他的朋友即已敏锐地抓住并提出,这是令人赞叹的,而他们自己却要为这样的“超前”付出代价。

胡风和他的朋友们最为注重的自然是“五四”启蒙主义传统。胡风有过一个很好的概括:“五四”“以意识斗争为先锋的社会斗争，那基本的内容就是使人民底创造历史的解放要求从‘自在的’状态进到‘自为的’状态，也就是从一层又一层的沉重的精神奴役的创伤下面突围出来，解放出来，挣扎出来，向前发展，变成物质的力量”[38]。而现在，这样的启蒙传统却遭到了两个方面的挑战。首先是否认“精神的奴役创伤”的存在，将人民（农民）纯化（理想化）的民粹主义倾向。胡风一语道破实质：“如果封建主义没有活在人民身上，那怎么成其为封建主义呢？”[39]他指出，那种“只要‘优美的’人民而不要带着精神奴役创伤的人民”的理想，固然纯粹而美好，但“世界上没有只有阳面没有阴面的事物，抛弃了阴面，阳面也一定要成为乌有，即所谓‘观念化了的’东西”。[40]而将人民抽象化则是危险的：它容易为所谓“人民的代言人”（类似于上帝的代言人）提供机会，将“人民崇拜”变为“人民的代言人崇拜”，在“人民的统治”的名目下实行“代言人专政”。因此，胡风及其友人一再强调，一定要使人民真正成为自己“命运的主宰”，而不能“被动地”等待“人民代言人”来解放。[41]这里显然是隐含着某种忧虑的。而当有人试图将“人民”与“知识分子”对立起来，总要引起胡风们特别强烈的反应。胡风针锋相对地指出，“知识分子也是人民”，而且是“人民底先进”部分[42]，他们掌握着体现了历史要求的时代先进思想，不但是新思想的创造者，而且也是传播者。路翎因此而尖锐地指出，“抹杀”知识分子的“存在价值及前锋价值”，也就是在实质上“否认理论”（也即时代先进思想）“以及世界性的先进经验底领导”[43]，这就必然影响中国思想文化，以至整个中国社会的现代化的历史进程。他们之所以在知识分子问题上绝不让步，原因大概也正在于此。——直到晚年，胡风与绿原谈起《论现实主义的路》,他还这样说:"我不过是为知识分子多说了几句话。真不知道十多年来为什么要那样轻视知识分子,不知为什么离开'五四'精神越来越远。"[44]这"不知道为什么"里,又包含了多少历史的辛酸!

正是出于对"五四"启蒙主义的自觉坚持,胡风和他的年轻朋友在文艺上也特意强调"五四"新文艺的"新"质:它与世界进步文艺的联系,由此形成的它的"世界性";它对传统文学的变革,由此形成的它的"异质性"。在他们看来,这两个方面构成了"五四"新文学的基本立足点,必须坚持而不容有任何动摇与让步。因此,他们明确地表示反对"文化上的文艺上的农民主义",他们并不反对文艺以农民为反映与接受对象,但坚持要保持文艺本身的进步性,而不能迁就农民的落后性。[45]他们也反对将民间形式(与旧形式)美化(理想化),强调"必须如实地理解民间形式所有的本质,凡是旧有的形式,都是昨日的文化,那是因袭的东西,新的东西不可能百分之百地活在那里面,它也或多或少地限制了新生的东西的占领"。他们并不一般地反对对旧形式的利用,但警告说,如果把"利用"变成"袭用","无条件地保留"旧形式,那就等于"无条件投降",而在他们看来,"有条件的投降也是投降",都是不能允许的。[46]胡风们的这些观点也许是最容易引起争议的,但如果注意到在当时确实存在着将民间形式绝对化的倾向,比如有人在评论绿原的诗歌时,就指责他的诗老百姓"看不懂",是"走错了路",似乎"唯有走民歌才是正路";[47]而在以后这一倾向还有进一步的发展,那么,胡风及其朋友的这些意见仍是有预见性的。

今天重读当年的论战文章,仍可以强烈地感受到胡风和他的年轻伙伴在捍卫"五四"传统时，所表现出的虎虎生气和锋芒。但也不难发现，在整个论战过程中，他们（特别是胡风本人）始终存在着几个"盲点"，或者说，对论战对方明确发出的一些信号，胡风始终视而不见、听而不闻，这结果自然是悲剧性的。其实，警告早已发出，据胡风自己回忆，在1945年第一次公开批评胡风时，周恩来即已对胡风有两点相告："一是，理论问题只有毛主席的教导才是正确的；二是，要改变对党的态度。"话已经说得再明白不过，可惜胡风只注意到周对他所提出的"客观主义"一语表示"理解"（其实，这也是胡风自己一厢情愿的解释，是否真是如此也还待考证），而根本不去注意也许是更带实质性的"忠告"[48]，胡风这里所犯的"主观主义"的"错误"对于他几乎是致命的。据楼适夷回忆，邵荃麟曾告诉他，这回香港之所以发起批判，原因是"全国快要解放了，今后文艺界在党的领导下，团结一致，同心协力十分重要，可胡风还搞自己一套"[49]，可见问题还是"对党的态度"，也即是否服从党的领导；邵荃麟们正是作为党的代表来批评、引导他们的。其实，胡风的朋友中，也有人看到了这一点；据贾植芳先生回忆，他就曾这样提醒过："解放军在战场上节节胜利，党的文化界本应该配合战争加强与国民党的斗争，现在忽然办了一件好像专门是冲着胡风来的刊物，批判的火力也非常集中，这不会是几个文人的偶然冲动。"[50]但胡风却自恃"抗战八年一直跟着共产党走"，深信党始终相信自己，进而把香港方面的批判看作是纯粹个别人的宗派主义的情绪，甚至是一种误会。应该说并不是胡风一个人犯过这样的"错误"，正像后来周扬批判胡风时所说，包括胡风在内的中国知识分子总是"抽象地看党"[51]，不知道拥护党必须具体落实到尊重与服从党员个人,党的领导权威是建立在层层党组织、党员个人权威基础之上——中国的知识分子恐怕要到"反右"之后,才普遍认识到这一点,但付出的"学费"却太多、太重了。

对另一个警告的漠视,胡风也许要付出更大的代价。据何其芳说,早在1945年第一次批判胡风时,批判者即已断定,胡风问题的要害是"对毛泽东的文艺方向的抗拒"[52]。而这次《大众文艺丛刊》发动的批判,一开始即旗帜鲜明地亮出"底牌":"他们(按:即批判者所说的"主观论者",又称"胡风小集团")处处以马列主义与毛泽东文艺思想者自居",实际上是在"曲解"马列主义与毛泽东文艺思想,因此,"我们不能不予以纠正"。[53]这就挑明了这场论战的实质,是要争夺对"革命话语"的最高形态"毛泽东话语"的权威解释权。而在胡风看来,批判者只说对了一半:他确实是"以马列主义与毛泽东文艺思想者自居",因为这是他的信仰所在;至于说到"曲解",那这一说法本身即是一种"曲解",不仅是对他本人,更是对马列主义、毛泽东文艺思想的"曲解"。胡风深信,他与马列主义、毛泽东思想,以至毛泽东本人之间,有着一种天然的、血肉般的联系。这是神圣的、不容曲解与亵渎的。

那是铭刻在胡风心灵深处的永恒的记忆:1940年,正在编辑《七月》的胡风收到了一位署名"大漠"的读者寄来的一份毛泽东在陕北公大所作的关于鲁迅的演讲记录稿。正是在这次演讲中,毛泽东把鲁迅与孔子并列,赞其为"现代中国圣人",并将"鲁迅精神"概括为"政治远见""斗争精神"和"牺牲精神"。毛泽东的评价给胡风以巨大的心灵的震撼;他后来对别人说:"想不到毛主席对鲁迅有这样恳切的同志感情和这样高的评价”，“我喜出望外，解除了多年以来心头的重压，极其高兴地发表了。”[54]这就是载于《七月》第10期的《毛泽东论鲁迅》一文。文章第一次在国统区报刊上公开了中国共产党及其领袖对鲁迅的评价，这对增进中国共产党与知识分子之间的相互了解与信任，起了难以估量的作用。而一直把继承与发展鲁迅的事业视为责任与生命，并因此而不断承受各种压力的胡风，更是对毛泽东本人产生一种知己感。这种“知己感”也许还有着更深刻的内容：胡风与毛泽东之间，其实是存在着某种精神上的相通的。如前文所述，胡风对“斗争哲学”的信奉，那永不安宁的灵魂，内在的“迎战”冲动，对战争思维、语言的迷恋等等，也都是属于毛泽东的。甚至胡风一再提及他年轻时的诗句：“我从田间来”，也容易使人联想起毛泽东与土地、农民的深刻联系。因此，新中国成立后，胡风在《时间开始了》那一组长诗里，高声歌唱毛泽东是“中国大地上最无畏的战士，中国人民最亲爱的儿子”[55]时，他是唱出了自己的心声的。而在文艺思想上，胡风也因为毛泽东在《新民主主义论》等著作中对“五四”新文学运动的充分肯定（而在此之前，包括瞿秋白在内的许多中国共产党人一直是把“五四”视为“资产阶级文艺运动”而予以严厉批评的），明确以“鲁迅的方向”为新文化运动的“方向”，而对毛泽东文艺思想有一种特殊的亲切感。尽管他不同意不考虑具体时、空条件，机械搬运《在延安文艺座谈会上的讲话》，尽管他在个别问题上与《讲话》可能有不同看法，他也认为这是同志之间的正常分歧；就总体而言，胡风无疑是赞同毛泽东的《讲话》，并努力按照自己的理解，去加以阐发的。他的《论现实主义的路》以“从实际出发”开题,这本身即是表明,他是在响应毛泽东在《讲话》中提出的原则:“我们讨论问题,应当从实际出发,不是从定义出发”。在他看来,他的批判者正是违背了毛泽东的“从实际出发”的原则,从而在根本上背离毛泽东思想(包括文艺思想)的。在这样的“捍卫”心态下,胡风对说他“曲解”毛泽东文艺思想的指责,置之不理,甚至不屑一顾,是可以想见的。

这样,就出现了一个看似奇特、却发人深思的现象:论战双方——不论是批判者还是被批判的胡风(及其朋友),都不无真诚地相信并坚持自己是在“捍卫”毛泽东文艺思想与路线,他们各自按照自己的理解,对毛泽东文艺思想做出了不同的阐释,而都以己方为“正确”,指对方为“曲解”。问题是谁的阐释更符合毛泽东的本意?我们不妨看一个实例。“知识分子的改造”是毛泽东思想(包括文艺思想)的一个核心命题,论战双方自然都表示支持,但却做出了不同的解释。胡风强调这种“改造”的必要性来自他所说的知识分子的“两重人格”,即知识分子一方面具有“革命性”,但同时又有“游离性”的一面,“这种游离性使得他们底思想立场停留在概念里面或飘浮在现实表面”,因此,必须通过“和人民底内容深刻地结合,把握它,把它变成自己的东西,同时使思想要求(按:也即前述知识分子的‘革命性’要求)经过人民性底内容的考验以后,成为更是人民的也更是自己的东西,使思想要求和人民底内容对立而又统一地形成血肉的‘感性的活动’”。[56]显然,在胡风的理解里,知识分子的“改造”既要从人民中吸取,又要保持、发展“自己”,即使是“人民底内容”也最终要变成“自己的东西(感性活动)”。因此,“他一方面要求作家深入人民,同时又警告作家不要被人民的海洋所淹没”。[57]而《大众文艺丛刊》的批判者对“改造”的理解就要明快得多;邵荃麟在《论主观》一文中直截了当地说,所谓“思想改造”就是“一种意识上的阶级斗争”,“小资产阶级意识必须向无产阶级‘无条件的’投降”,“摧毁其原来阶级的思想感情,进而取得无产阶级与人民大众的思想感情”,“它不是对等的斗争,而是从一个阶级走向另一个阶级的过程”。[58]

经过这几十年的“改造”实践,今天我们来看当年的这两种阐释,大概无须论证,即可断定:符合(或接近)毛泽东本意的,是批判者(邵荃麟们),而绝非胡风和他的朋友们。这就意味着,胡风们当年所批判(反对)的不仅仅是几个批判者,而是批判者所基本正确把握了的毛泽东的思想与路线。在这一点上,当年的批判者是不幸而言中了的:胡风和他的朋友们实质上是在与毛泽东本人“对抗”。但他们却少说了一点:这种“对抗”不仅是不自觉的,而且对抗者在主观上还是真诚地要拥护(甚至捍卫)毛泽东的。这种从“支持(拥护)”出发的“对抗”,不仅充分显示了本书所要着重讨论的“共和国文化”的复杂性,而且本身即具有极大的悲剧性。胡风(及其友人)就这样在违背自己主观意愿的情况下,以这么一种特殊的方式(心态、语言,等等),扮演了一个公开在理论上与毛泽东相对抗的知识分子的角色。而且,也同样不以他们的主观意志为转移,由于胡风本人的巨大的人格力量,他对周围的年轻人所形成的凝聚力,使得他们的这种对抗,不同于在此之前的王实味、萧军等人,多少具有了某种“集团”的性质,也就具有了更大的危险性。这都导致了最后的结局:由毛泽东本人,以那样一种方式来“解决”胡风问题。当胡风和他的年轻友人终于发现自己是在与谁对抗时(恐怕有的人至死也没能正视这一点),一切都已经晚了。

但1948年仍在胡风和他的年轻的朋友中留下了几乎是最后一个美好的记忆:这年10月,胡风夫妇和路翎夫妇曾专程到杭州,与聚集在方然主持的安徽中学的冀汸、罗洛、朱怀谷等人一起畅游西湖。随后赶到的,还有刚刚出狱的贾植芳和他的夫人。他们在苏堤、白堤上散步,在三潭印月饮茶。岳王坟、秋瑾墓、灵隐寺都留下了他们的足迹。在灵隐寺的大佛像前,他们曾合影留念。照片上一个个是那样的英俊、年轻、洒脱……

注释:

① 《〈为了明天〉前记》,见《胡风杂文集》,第282—283页、285—286页,三联书店,1987。

② 牛汉:《重逢》,见《我与胡风》,第626、627页,宁夏人民出版社,1993。

③ 李离:《五十年代初期的胡风》,见《我与胡风》,第803页。

④ 路翎:《一起共患难的友人与导师——我与胡风》,见《我和胡风》,第481页。

⑤ 《致胡风》(1941年2月27日),见《胡风路翎文学书简》,第9页,安徽文艺出版社,1994。在这封信里,路翎还谈到了一个问题:"中国底民族战争是资产阶级的,它的本质是不是正在改变或是将要改变呢?在这一变质过程里,是不是对五四传统底蜕变呢?(这就是:在民族战争这一范围内的变化,它底变质是否将突破民族战争这一形态?)"

⑥ 同注④,第483、482页。

⑦ 同注④,第478—480页。

⑧ 路翎小说的"异质性"与"挑战性"是十分突出的。在胡风与路翎的谈话与通信中,还谈到这样一些问题:"文句上的毛病,那起源是由于对熟悉的字句的暧昧的反感:常常觉得它们不适合国情。"(《胡风路翎文学

书简》,第 68 页)"叙述底摒弃等等,则生根于近来的某些倾向里:以为要尊重读者底想象力,以为作者不需多说话,以为作者要宽大,使读者自己去明白那些未显露的内容,等等。现在想了一想,觉得这也是偏颇的;精神深邃高远的人当不会意识这些问题"(同上,第 68—69 页),等等。

⑨ 同注④,第 481 页。

⑩ 耿庸:《枝蔓丛丛的回忆》,见《我与胡风》,第 594 页。

⑪ 路翎在给胡风的信中经常这样谈到自己:"我底魂魄,是在夜里漂流而踌躇的。做这好梦与噩梦"(《胡风路翎文学书简》,第 85 页);"我底内心状态有些险恶"(同上书,第 88 页);"对于身边的一切,我是憎恶而且嘲弄的","在这个可怜的时代,能杀才能生,我又怀着一个下着大的赌注的辛辣的思想"(同上书,第 120 页);"我总提防着会有坏的事情要到来,因此常常不安"(同前书,第 105 页);"我底童年是在压抑、神经质、对世界不可解的爱和憎恨里度过的,匆匆地度过的。我在心理和生理上都很早熟,悲哀是那么不可解地压着我底少年时代,压着我底恋爱"(同前书,第 9 页)。胡风则一再说自己是"一个在对于他人的信任里面自欺自的理想主义者"(同前书,第 34 页),甚至欣赏"带有宗教的气息"的"理想主义"(同前书,第 61 页)。

⑫ 于威:《殉道者的精神苦役》(手稿)。

⑬ 野艾:《对一个熟悉的陌生人的问候——向路翎致敬》,原载《读书》1981 年第 2 期,见《路翎研究资料》,第 144 页,北京十月文艺出版社,1993。

⑭ 路翎多次对胡风谈到他与"别人"的不同,认为他的写法,"教条家不会愿意这样的——我准备挨打",见《胡风路翎文学书简》,第 62 页。

⑮ 同注②,第 627 页。

⑯ 同注④,第 492—493 页。

⑰ 绿原:《胡风和我》,见《我与胡风》,第 518 页。

⑱ 《本期小结》,载《呼吸》创刊号。

⑲ 参看初犊:《文艺骗子沈从文和他的集团》(《泥土》第3辑);吉文:《马凡陀山歌》(《泥土》第4辑);杜吉仇:《堕落的戏,堕落的人》(《泥土》第4辑);阿垅:《从"飞蝶"说到姚雪垠的歇斯底里》(《泥土》第4辑)。

⑳ 嘉木:《评茅盾的〈腐蚀〉兼论其创作道路》,载《蚂蚁小集》第5辑。

㉑ 《泥土》第5辑的《编后记》里谈到第4辑的批判文章发表后引起的种种反响:"首先是马彦祥主编的《新民报》的'天桥'上,一连登了五、六天骂街的文字,编者还跳了出来,说那两位作者心理变态,完全不懂戏剧。……旋即就看到了臧克家主编的《诗创造》里面的'怀着伤蔑的暗箭'的《后记》,不久就有了陈白尘劝《泥土》改请叶青题字的建议,同时著名的吹捧批评家许杰便大叫'批评的混乱'。那位惯于倚老卖老的才子、流氓、玄学家三位一体的无条件反映论者,还下结论说《泥土》是托派刊物。"

㉒ 邵荃麟:《论主观问题》,见《荃麟评论选集》(上),第208页,人民文学出版社,1981。

㉓ 郭沫若:《一年来中国文艺运动及其趋向》,见《迎接新中国》,复旦大学学报(社科版)编辑部编(内部发行),第10页。

㉔ 《蚂蚁小集之一·许多都城震动了》,《前记》。

㉕ 据说耿庸等文章发表后引起强烈反响,郭沫若写了《想起了砍樱桃树的故事》企图平息冲突,另一位与胡风有联系的青年冀汸又写信给郭沫若"轰他一通",引起了郭沫若极大不快。参看耿庸:《枝蔓丛丛的回忆》,见《我与胡风》,第599页。

㉖ 《胡风回忆录》,第392页,人民文学出版社,1993。

㉗ 毛泽东有个著名的论断:"'围剿'和'反围剿'是中国内战的主要形式"(《中国革命战争的战略问题》),长期处于被"围剿"的状态,使中国的革命者很容易产生一种"被围"心态。

㉘ 据路翎回忆,胡风曾指着他家门口的平原说:"这门前的平原有点像战

场。现在民主意识深一步进一步地前进,但还没形成很大的阵势。我常盼望现实主义的文学在中国发生作用,参加这场斗争,希望在对国民党文艺和各种黄色灰色书刊已形成的一定的阵势之外,再形成扩大深入的阵势。"见《我与胡风》,第486页。

㉙ 有趣的是,《大众文艺丛刊》的批判者一面批评胡风和他的朋友四面出击,不利于统一战线的扩大,但他们自己又步胡风们的后尘,继续批判沈从文、臧克家、姚雪垠等人。

㉚ 胡风:《论现实主义的路》,见《胡风评论集》(下),第285页,人民文学出版社,1985。

㉛ 余林(路翎):《论文艺创作的几个基本问题》,载《泥土》第6辑(1948年7月)。

㉜ 同注㉚,第273、283、292页。

㉝ 怀潮:《论艺术与政治》,载《蚂蚁小集》第4辑。

㉞ 同注㉝。

㉟ 阿垅:《〈预言〉片论》,收《人·诗·现实》,第277页,三联书店,1986。

㊱ 同注㉛。

㊲ 同注㉚,第361页。

㊳ 同注㉚,第349页。

㊴ 同上。

㊵ 同注㉚,第353页。

㊶ 同注㉟,第286—287页。

㊷ 同注㉚,第322页。

㊸ 同注㉛。

㊹ 同注⑰,第536页。

㊺ 胡风:《论民族形式问题》,见《胡风评论集》(中),第254页,人民文学出版社,1984。

㊻ 怀潮:《略论普及与提高》,载《蚂蚁小集》第3辑。

㊼ 《内战窒息了新文学的发展,回顾歉收的一年间——一个文艺工作者的座谈会》,见《绿原研究资料》,第 186 页,河南大学出版社,1991。参看洁泯:《为人民的方向》,见同书,第 174 页。

㊽ 同注㉖,第 327 页。

㊾ 楼适夷:《记胡风》,见《我与胡风》,第 7—8 页。

㊿ 贾植芳:《在复杂的世界里》,载《新文学史料》1992 年第 1 期。

51 转引自戴光中:《胡风传》,第 283 页,第 159—160 页,宁夏人民出版社,1994。

52 何其芳:《〈关于现实主义〉序》。

53 同注㉒,第 207—208 页。

54 同注51,第 159—160 页。

55 《胡风诗全编》,第 95 页,浙江文艺出版社,1992。

56 同注㉚,第 324 页。

57 同注㉒,第 231 页。

58 同注㉒,第 231、229 页。

八、“新的小说的诞生”

——1948 年 9 月(二)

1948 年 9 月,丁玲的《太阳照在桑乾河上》由光华书店(新华书店东北总分店)在哈尔滨出版,丁玲把第一本书送给了正在哈尔滨工业大学学习的、她和胡也频的儿子蒋祖林,并亲自在扉页上写下“给麟儿　丁玲”几个字。蒋祖林捧着这本黑绸封面直排烫金书名的书,不知道有多么高兴。母亲在河北阜平县抬头湾那间小农舍里伏案写作的情景,那些写在伪蒙政府留下的拍纸簿、记账簿(那都是自己和小妹祖慧从张家口一座空房子里捡来的)上的母亲一行行熟悉的字体都一一浮现在眼前,禁不住轻声说道:“妈妈! 祝贺你!”丁玲没有回答,眼睛里噙满了泪水。①

这对于丁玲本人,甚至整个新文学的发展,都是一个重要的时刻。——借用胡风对路翎《财主底儿女们》的评价,《太阳照在桑乾河上》(以及周立波的《暴风骤雨》等长篇小说)的出版,也应该视为新文学史上的一个“重大的事件”。早在 30 年代,当丁玲在《北斗》月刊上发表了短篇小说《水》时,权威的马克思主义批评家冯雪峰即已断言,一种“新的小说的萌芽”已经出现;他并且把这类小说的“新”质概括为:“作者取用了重大的巨大的现时的题材";"作者对于阶级斗争的正确的坚决的理解";"作者有了新的描写方法"。[②]现在,又经过了十数年的实践,特别是在毛泽东的《在延安文艺座谈会上的讲话》发表前后,敌后根据地(1948 年这时已称之为"解放区")的作家的长期努力,终于迎来了长篇小说的"丰收"。丁玲的《太阳照在桑乾河上》、周立波的《暴风骤雨》等的出版,正是标志着冯雪峰当年所预告的"新的小说"已经从"萌芽"走向成熟。后来冯雪峰在论述"《太阳照在桑乾河上》在我们文学发展上的意义"时,又将其称之为"我们社会主义现实主义的最初的比较显著的一个胜利"。[③]把冯雪峰的前后评价联系起来,我们可以说,所谓"新的小说"实质上就是"社会主义现实主义小说的新模式",现在在丁玲、周立波等解放区作家的新作里,得到了相对完整的体现。随着这种新模式逐渐成为小说(以至整个文学创作)的主导性模式,我们的文学也就进入了一个所谓"社会主义现实主义文学"的新时代。在这个意义上,丁玲的《太阳照在桑乾河上》及周立波的《暴风骤雨》的出版,是确实具有一种"划时代"的意义的。

对于丁玲本人来说,《太阳照在桑乾河上》不仅标志着她的创作进入了一个新的阶段,而且几乎决定了她的命运:后半生的一切荣辱毁誉,都与这"一本书"有关,甚至还因此有了所谓的"一本书主义"。尽管这都是"后话",但这本书从诞生伊始,即已是多灾多难,确也是事实。据有关传记材料介绍,丁玲于 1946 年 11 月开始创作,到 1947 年 8 月底,写出了最初设想的基本内容,又投身实际土改工作与学习,曾将誊抄件交与时为华北地区文艺界负责人的周扬征求意见,却不得回音,又听到了一位

"党政要人"在一次公开讲话中对反映土改的作品的指责(详见下文)。于是,从1948年4月底开始,重做修改、补充,于6月上旬完稿。但就在我们现在可以看到的6月14日的丁玲日记里,出现了这样的记载:"周扬挽我在华北搞文艺工委会,甚诚。但当我说到我的小说已突击完成时,他不置一词。"在丁玲的感觉中:"在许多老的文艺干部中,他比较愿意用我,但他对我的写作却有意地表示着冷淡。"第二天,丁玲在去西柏坡的路上,与毛泽东、江青不期而遇;她在当天的日记里,做了如下记录:

> 毛主席坐在空地的躺椅上,他很鼓励我。他说:"历史是几十年的,不是几年的。究竟是发展,是停止,是倒退,历史会说明的。"他似乎怕我不懂得这意思,又重复了一遍。他还说:"你是了解人民的,同人民有结合。"他又说:"你在农村有十二年,再拿八年去城市,了解工业。"散步之后他邀请我同他一道吃晚饭。我在他院子里座谈时,他又说历史是几十年的,看一个人要从几十年来看,并举鲁迅为例;并将我与鲁郭茅同列一等。我说我文章不好,不及他们。毛主席评郭文,有才奔放,读茅文不能卒读。我不愿意表示我对茅文风格不喜,只说他的作品是有意义的,不过说明多些,感情较少,郭文组织较差,而感情奔放。毛主席和江青都表示愿读我的文章,我是多么的高兴而满足啊!我告诉他一个不识字的老太婆写了一首歌歌颂他。我把他对我的鼓励都记在日记上,我不会自满,但我会因为这些鼓励而更努力。

也许是受到了毛泽东主席的鼓励,丁玲第二天就把《太阳照在桑乾河上》的抄写稿交给了时为主席政治秘书的胡乔木;据当天丁玲的日记所记,他们之间还有过这样一番对话:"乔木问我有何希望。我说请看看,如在政策上没有问题,有可取之处,愿出版。他说不一定要看,出版好了。我说还是看看好。他说也不可太严。他承认现在有偏的情况,他觉得文艺还是稍微自由的好。"以后,丁玲大概又请了哲学家艾思奇与诗人萧三等党内"大知识分子"看稿。但似乎并不顺利,于是丁玲6月26日的日记里又有了这样的记载:"伯达同志来看我,告诉我稿子可以出版,艾思奇同他说过了。艾在21、22两天把我的稿子看完了,他觉得里面有些场面写得很好,尤其是斗争大会。他对周扬所说的原则问题,及所谓老一套都不同意","可是下午乔木来了条子,仍只说俟看后出版",看来丁玲对此很不满意,在日记里这样写道:"这次我实在有些不耐烦了,他的含含糊糊,不只是由于慎重考虑。我的确不明白以他那样的聪明人,为什么会不了解周,而且极力支持他?总之,我不能再管了,出版不出版靠命吧。"④

正在丁玲已经绝望之时,却突然出现转机。这是7月的一天下午,日理万机的毛泽东接受了警卫人员的意见,约了胡乔木、萧三、艾思奇几个秀才一起驱车20里,到野外树林子里散步。胡乔木等人也就趁机一起议论丁玲的小说,并向毛泽东做了报告。据当天同行的萧三夫人甘露回忆:"主席边听边抽烟,想了一想说:'丁玲是个好同志,就是少一点基层锻炼,有机会当上几年县委书记,那就更好了。'"⑤这就等于一种"默许"。据说经过讨论,一致认为"这是一本最早的最好的表现了中国农村阶级斗争的书,建议有关方面早日出版"。据说胡乔木还提出,丁玲即将出国参加世界民主妇联代表会议,她是作家,应该把书印出来,带着书去。正是有了经毛泽东亲自批准的"决定",两个月后,书就出版了,一次印了5000册,而且印得那样精致。书出后曾组织过座谈,但据说与会者反应并不热烈,丁玲当天日记里则说好几位都没来得及将书读完。[⑥]但小说却引起了苏联方面的高度重视:苏联女汉学家波兹德涅耶娃·柳芭根据光华本翻译的俄文本于1949年分三次连载于苏联著名的《旗》杂志,并几乎同时由莫斯科外国文学出版社出版,并显然出于配合中苏友好同盟的签订的政治需要,于1952年授予《太阳照在桑乾河上》以1951年度斯大林文学奖二等奖(同时获奖的有周立波的《暴风骤雨》与贺敬之、丁毅的《白毛女》)。同年4月,丁玲在1950年校改本的基础上,略加修订,将书交人民文学出版社出版。至1954年9月,两年多的时间印数累计近30万册。但在以后的三年中(1955至1957年),随着丁玲政治境遇的变化(1955年中国作协党组即召开扩大会议,批判所谓"丁陈反党集团"),该书的发行量即降至4万册。到1957年7月丁玲被打成右派以后,《太阳照在桑乾河上》一书,也在书店与图书馆中"消失"。直到22年后,也即丁玲在政治上获得平反以后的第二年,1979年9月,人民文学出版社才重印此书,据说,"不少地方出版社曾租用该版本的纸型加印,印数很大"[⑦]。

丁玲和她的这本《太阳照在桑乾河上》的命运确实有些特殊,比如一个月内,正在统率全军与蒋介石决一死战的毛泽东两次关注丁玲及其书的出版,就很不寻常。相形之下,周立波的《暴风骤雨》的写作、出版就要平常得多,至少没有这么多的戏剧性。但"特殊"之中也有"普遍性",细心的读者(研究者)不难从这本书的写作、出版过程中的曲折,看出一种新的文学作品的生产、流通方式的产生。一本书的出版,竟然牵动这么多的中共党的领导干部(包括与文学并无关系的艾思奇这样的党内哲学家),甚至要由最高领袖毛泽东本人亲自干预,这看似特别,其实却反映了一个重要的事实,即文学艺术已经真正成为"党的事业"的一个重要部分,列入党的领导机构(而不仅仅是党主管文艺的部门)的重要议事日程,因此,毛泽东对丁玲及其创作的关怀,就不能仅仅看作是个人对文艺的特殊爱好或对丁玲个人的特殊兴趣(尽管确实存在着这样的因素),而是意味着毛泽东已经把未来文学的发展列入他的"新中国"的蓝图之中(他对丁玲的那一番谈话已经提出了他的某些设想,例如作家必须是实际工作者,必须到工厂、农村去,要培养无产阶级自己的"大作家"等等),因此,他要把文学艺术牢牢地掌握在党的领导(控制)之下,这就是后来所提出的"全党管文艺"(以及"第一书记管文艺")的思想,这时已经初见"端倪"。胡乔木在与丁玲的谈话中,所议论的"要不要'看'"(也即组织审查),以及"文艺还是稍微自由的好",实际上就是一个"党"对文艺"要管到什么程度"的问题。从前述丁玲这本书的命运,可以看出,"管"是相当全面的,不仅是文学作品的生产过程(我们在下文还要详加讨论),更包括流通过程:一本书,能不能出版,按照什么规格出版(包括怎样装帧、用什么样的纸张),在什么时候出版,以及印多少册,都得要根据"政治"的需要,也即"是否符合党的政策,党的利益"为标准,进行反复的审查。而且对一本书的审查常常与党内的某些分歧联系在一起,甚至因此而引发出党内的斗争。丁玲此书出版如此曲折,胡乔木在审查过程中最初的态度暧昧,致使丁玲不满,原因即在于此。这样,人们终于发现,尽管“文学作品”还保留着某种“商品”的外壳(仍要通过“卖”与“买”的商业行为发行),但“文学市场”的需求已不再成为文学生产(写作)、流通(销售)的驱动力,而代之以“政治(党的利益)”的需求,“文学市场”的悄然隐退意味着文学艺术的生产与传播机制的根本变化,从此纳入党所领导的国家计划轨道,也即纳入体制化的秩序之中,“文艺成为政治的工具,党的机器中的螺丝钉”才真正得到了体制上的保证。正是这种文艺生产与传播的“计划化”与文艺的“彻底政治化”,构成了“社会主义现实主义文艺”的最根本的特征。

由此带来的首先是创作主体的变化,即出现了与传统意义上的“作家”完全不同的所谓“新型文艺工作者”。他们不再是以“写作”换取生活资料的自由职业者,而都成了“公家人”,即国家干部,直接隶属于一个国家部门,一方面得到全面的保障,另一方面则对所在单位形成了某种依附关系。丁玲在被所在组织划为右派以后,除了服从“组织安排”,到北大荒劳改,就别无其他选择。作家的干部身份,使他们就不再是单纯的写作者,而首先是国家的(党的)实际工作者。无论是丁玲,还是周立波,他们在创作的开始阶段,都首先要“忘记”(抛弃)作家的身份,成为一个普通的实际工作者,例如丁玲作为土改工作队的队员,周立波则是中共珠河县元宝区的区委委员,他们都没有想到写小说,而是全力以赴地投身于土地改革的运动,从事发动与组织群众的实际工作。这种“首先是党的工作者(战士),然后才是作家”的身份选择,对作家创作的影响是深刻的。“怎样才能对实际工作(斗争)有利?”自然成了考虑一切问题(包括创作)的出发点,于是产生了创作观念的变化:文学的实际组织作用被提到了首位。人们正是这样来评价(与要求)《太阳照在桑乾河上》《暴风骤雨》这样的反映土改斗争的作品的:“(小说)对将来在空白地区开辟工作,提供了很多经验。这里所写的工作队的方式,从不了解情况逐渐摸索到正确的道路,是可以作为其他地区的参考的。”⑧据说有关部门曾把《暴风骤雨》发给土改工作队队员,人手一册,作为工作的参考书,在当时及以后都是把小说的这种“实际功用”作为一种最高赞扬来看待的。⑨在20年代末的“革命文学论争”中,一些论者曾试图赋予文学以“组织生活”的功能,⑩现在在解放区作家这里似乎得到了某种实现。

因此,解放区(以及未来新中国)的权威理论家(与文艺领导人)周扬做出这样的理论概括是一点也不奇怪的:“艺术作品的教育作用,对于解放区的人民,特别是干部来说,已不再能只用一般的革命精神去感染与鼓励他们”,“而是要在具体的政治思想、政策思想上去帮助他们。他们本人就是一切革命政策的实行者、创造者,他们不但希望他们的生活和事迹在艺术中得到反映,而且要求艺术作品帮助解答他们在工作中所碰到的问题。他们期望从艺术作品学习到一些斗争的知识”。据说,文学艺术“与当前各种革命实际政策的开始结合”,这是“自‘文艺座谈会’以后,艺术创作上的一个显著特点”,而且是“文艺新方向的重要标志之一”,用我们的说法,这也可以视为“社会主义现实主义”模式的又一个显著特征吧。正像周扬所说,“艺术反映政治,在解放区来说,具体地就是反映各种政策在人民中实行的过程与结果”,据说这是因为“在新的社会制度下,现实的运动已不再是一个盲目的、无法控制的、不知所终的运动,而变成了一个有意识、有目的、有计划的工作过程",正是党的各种实际政策"改变了这个时代的面貌",也"改变了"每一个人的"命运""相互关系,生活地位,思想,感情,心理,习惯,等等"。⑪应该说,周扬对"高度集权的体制化社会"及其对文学艺术的要求的理解是准确,甚至深刻的:既然党的政策决定着社会生活(和社会中的每一个人)的一切,作为社会生活的反映的文学也就必须以党的政策作为创作的统帅与灵魂。

《太阳照在桑乾河上》与《暴风骤雨》的"典范性"也正在于它们的作者(特别是《暴风骤雨》的作者周立波)在"党的政策观念"上的高度自觉。周立波曾十分明确地把"作者的任务"规定为"把政策思想和艺术形象统一起来"。⑫因此对于党的政策的认真体会始终是他的创作的中心环节,贯穿于创作全过程:在"深入生活"阶段,必须时时用党的政策观察、分析、指导一切,自不待说;在进入小说创作构思之前,"除了重温在乡下的经历和所见所闻之外,还再次认真地研究了中央和东北局关于土地改革的文件"⑬,这样,艺术构思的过程,实际上就是用党的政策对生活素材进行提炼、加工,并以生活中得到的形象说明与丰富政策,以达到前述"政策和形象统一"的过程。当二者发生矛盾时,选择也是明确的:服从于据说是更能反映生活"本质"的党的政策。周立波在介绍创作经验时曾谈到,他所生活的北满地区的土改,曾发生过偏向,他在创作中把这一部分材料全部舍弃,原因是不符合党的政策,因而"不适合于艺术上的表现"。在他看来,"革命现实主义的写作,应该是作者站在无产阶级的立场上,站在党性和阶级性的观点上,所看到的一切真实之上的现实的再现。在这再现的过程里,对于现实中发生的一切,容许选择,而且必须集中,还要典型化,一般地说,典型化的程度越高,艺术的价值就越大”。[14]这里所说的“党性和阶级性的观点”都是具体地体现为党的政策的,因此,所谓“典型化”实际上就是用党的政策去筛选(选择、集中)生活,然后再用形象化地体现了党的政策、因而是“既源于生活,又高于生活”的文学作品去影响与规范现实生活,后者就被称为“文学的革命的能动作用”。

在这样的以“党的政策”为(创作)起点与(接受)终点的创作模式中,作家成了名副其实的党的政策的宣传员,这是与前述“作家与党的实际工作者(战士)”的统一是完全一致的。后人可能会从这样的模式中发现作家主体的消失与工具化;但正如一位研究者所说,“文艺工作者”(此时人们已不习惯于“文艺家”这类的称呼,以为那有特殊化与贵族化之嫌;倒是“文艺工作者”更能显示“都是党的工作者”的意义)尽管没有获得创作的“独立性”与“艺术自由”,“但同时却被赋予了神圣的历史使命、政治责任以及最有补偿性的‘社会效果’”。[15]——至少说历史的当事人是这样“感觉”的。丁玲直到70年代末,历尽磨难以后,仍这样回忆她当年创作的情景与心态:“那年冬天,我腰痛很厉害”,“夜晚没有热水袋敷在腰间就不能入睡”,“我从来没有以此为苦”,“因为那时我总是想着毛主席,想着这本书是为他写的”;丁玲并且这样慎重地声明:“当他老人家在世的时候,我不愿把这种思想、感情和这些藏在心里的话说出来。现在是不会有人认为我说这些是想表现自己,抬高自己的时候了,我倒觉得要说出那时我的这种真实的感情”:“我那时每每腰痛得支持不住,而还伏在桌上一个字一个字地写下去,像火线上的战士，喊着他的名字冲锋向前一样，就是为了报答他老人家，为书中所写的那些人而坚持下去的。"[16]丁玲还多次谈到她深入到民间以后所感到的生命的充实，以及由此焕发出的活力。这或许有诗的想象成分，如歌德所说回忆总是"真与诗"的结合；但所表达的感情的真诚性却是无须怀疑的。这里反映的是一个时代的"真实"：那一代人确是怀着对自己所属的群体（党、人民和革命队伍）及自我的崇高感，自愿地使自我工具化的，忽略了这两个方面的任何一面，都只会产生曲解和误解。尽管后人会认为，这种"自我崇高中的自我丧失"带有更大的悲剧性，以至喜剧性。至于"社会效果"的补偿更是明显与诱人的：单就三年内发行量高达30万册，就充分显示了"计划化"生产与消费的优势，与论者所说的"艺术自由的代价是艺术的结构性无效应"[17]，形成了鲜明的对比。

与此相联系的是，这类"新小说（模式）"中"谁是主人公"的问题。最容易发现的自然是"知识分子"的退席：不仅是知识分子不再成为小说的主要描写对象，在丁玲的《太阳照在桑乾河上》里，唯一的一位自认有知识的人物——文采，也是被尖锐嘲讽的（连同他自认有知识这一点）；而且作者自身，尽管从事写作这一事实就足以使他们被理所当然地视为知识分子，但他们自己却自觉地要摆脱"知识分子气"。周立波甚至在介绍写作经验时，也不无真诚地检讨自己"气不足"，即仍然保留着某些知识分子的气息（这倒是事实，我们在下文中会有详尽分析），没有"变成带着工农兵气质的人"。[18]那么，他们作品中的"主人公"就自然是"工农大众"了。人们也确实是这样高度评价丁玲与周立波的新作的，一篇评论还联系毛泽东的一个著名观点(这个观点后来成为发动“文化大革命”的主要理论根据之一):“历史是人民创造的,但是在旧戏舞台上(在一切离开人民的旧文学旧艺术上)人民却成了渣滓,由老爷太太少爷小姐们统治着舞台,这种历史的颠倒,现在由你们再颠倒过来,恢复了历史的面目”,强调《暴风骤雨》等“以工农兵斗争生活为题材”的“优秀作品的出现”,“其划时代的意义就在于”,“劳动人民不仅在经济政治上成为国家社会的主人公,而且也成为文艺作品和戏剧舞台上的主人公,从而使我国的文学艺术出现新面貌,发展到一个新阶段”。[19]冯雪峰的分析则更进了一步,他在评论《太阳照在桑乾河上》时,强调:“作者的中心意图是写农民,但更正确地说,是写农民怎样在斗争中克服自己思想中的弱点而发展和成长起来。”[20]这就是说,构成“新小说”的主人公的不是一般意义上的农民,而是接受了革命意识、被革命化了的农民,这也就是人们所说的“新人”(新的农民英雄)。《暴风骤雨》正是因为塑造了赵玉林这样的“新人物的美好形象”,而受到高度评价。[21]据说这些觉悟了的农民,固然体现了农民本质上的革命性,但他们的革命思想又确实是党通过正确的农民政策对农民实行教育与引导的结果。这就是说,占据这类“新小说”的主导地位的,无疑是革命的意识形态;而掌握了革命意识形态、并因此被认为天然地代表了包括农民在内的劳动人民的最大利益的革命政党,才是其真正的主人公。许多批评家都一再要求作品在塑造农民英雄的同时,更要写好党的领导者的形象,其道理也正在于此。在1948年这样的背景下,在人们的概念中,歌颂工农大众,就是歌颂作为他们的代言人与领导的党;所谓“工农兵文学”就是“党的文学”:这都是顺理成章,并且不容置疑的。

这样，作为"新小说"也即"社会主义现实主义"文学的新模式，其对作家的绝对要求，必然是不仅要用党的意识形态来观察、分析一切，而且要把党的意识形态化为自己的艺术思维，成为文学创作的有机组成。正是在这一点上，《太阳照在桑乾河上》与《暴风骤雨》显示了一种"示范意义"。[22]正像评论家们所说，"中国还没有过像这两部作品一样的、从整个过程来反映农民土地斗争的作品"，作品"相当真实地表现了农村各个阶级的面貌和心理，和他们之间的斗争"。[23]党的阶级斗争的观念、方法、精神，对于作家的创作的意义，不仅在于决定了作家对生活的选择、作品的题材，更重要的是，决定了作家对生活的把握方式与表现方式。也就是说，在这样的作品里，阶级斗争的逻辑，不仅是作家政治逻辑、生活逻辑，更是艺术想象的逻辑。无论是人物及人物关系的设置、情节的设计，以至小说的结构，都无一不贯穿着阶级斗争的精神。

小说中所有的人物都纳入对立的两大阵营（压迫者与被压迫者、革命与反革命），展开你死我活的生死斗争，并根据党的政策把人物做"进步（依靠对象）、中间（团结对象）与反动（打击对象）"的三等划分。阶级斗争（土改）的发动——展开——高潮——胜利，构成了小说情节发展的基本模式。

小说的结构，也是模式化的：都是以土改工作队的进（村）与出（村）为开端与结束，从而形成一个封闭性的结构，从外在情节上说，这自然是反映了土改的全过程；从内在的意念看，则是表现了一个带有必然性的历史命题（腐朽的封建制度与阶级统治必然被共产党领导的农民的阶级斗争所推翻）的完成，同时又蕴含着（或者说许诺着）一个乌托邦的预言：取而代之的将是一个“人民当家做主”的新社会与新时代。这样,整个小说在几乎是模拟现实的写实性的背后,却又显示出演义“历史必然规律”的抽象性,进而成为一种象征性结构。这类小说模式结构上的另一显著特征是,无一不是以“斗争会”作为“顶点”,小说一切描写、铺垫,都是为了推向这最后的“高潮”,也即群众性郁愤情绪总爆发的暴力行动。两部小说对此都有“绘声绘色”的描写:“人们都拥了上来,一阵乱吼:‘打死他!’‘打死偿命!’”“人们只有一个感情——报复!他们要报仇!他们要泄恨,从祖宗起就被压迫的苦痛,这几千年来的深仇大恨”(《太阳照在桑乾河上》),“从四方八面,角角落落,喊声像春天打雷似地往前面直涌”,“赵玉林和白玉山挂着钢枪,推着韩老六,走在前头……后面是一千多人,男男女女,叫着口号,唱着歌,打着锣鼓,吹着喇叭”(《暴风骤雨》)。这里,群众性的暴力被描写成革命的狂欢节,既是阶级斗争的极致,也是美的极致:作者所欣赏的正是这种强暴的美。——党的意识形态就这样最终转化为新的美学原则。

还要说一说这类“新小说”的语言。《暴风骤雨》最引人注目之处,自然是作者对东北农民土语方言的运用。在小说出版不久召开的座谈会上,也是30年代的老作家草明即对小说的语言表示“惊诧”:“立波同志是湖南人,到东北来时间不长,竟能掌握比较丰富的东北农民语言,这是了不起的。比起他过去的作品来,是一个大大的进步。”㉔

强调方言写作,发展所谓“方言文学”,本是40年代末颇为流行的文学思潮。在1947、1948年间,广东、香港等地曾进行过“方言文学论争”,据发表于1948年1月,由邵荃麟、冯乃超执笔的“论争总结”所说,“方言写作(文学)”问题的提出,“首先是为了文艺普及的需要”,既然“不是以知识分子作对象”,而是面对“大多数文化水平低的”,甚至是“不懂普通话的老百姓”,方言的运用就是不可避免的。更重要的是,据说历史已经进入了“人民大众当权的朝代”,“方言土语是各地方群众的语言”,“不学群众的言语,我们就不能理解当地的具体的革命情况,也就不能领导群众”。[25]因此,像周立波这样的首先是党的实际工作者的作家,对学习农民的方言土语是有着高度自觉的;他一再强调:“我们通常使的学生腔,字汇贫乏,语法枯燥。农民语言却活泼生动,富有风趣。”他并且预言:“农民语言用在文学和一切文字上,将使我们的文学和文字再来一番巨大的革新。”[26]这样的文学与文字“革新”的要求,显然是与前述工农大众要成为文学的主人的趋向相一致的。

但是,如果因此而认为这类新小说(社会主义现实主义文学新模式)的语言是完全“农民化”的,那也是过于简单的看法。事实上,正像有的研究者所说,《暴风骤雨》里是存在着两种声音、两种语言的,[27]一种是农民的声音与语言,另一种则是工作队萧队长的,作为党的宣传员的作者(叙述者)的声音与语言,实质上也就是党的声音与语言。而有意思的是,在小说的发展过程中,随着农民的觉醒,逐渐“革命化”,农民的语言中,也越来越多地掺入了工作队的,也即党的语言,这几乎是农民“革命化”的外在(必要)标志。《暴风骤雨》的作者在描写了“斗争胜利”的场面以后,有一段概括性的对话:“‘这才叫翻身。’老大娘都说。‘这才叫民主。’老头们也说。‘申了冤,报了仇,又吃干粮了。’中年人说。‘过好日子,可不能忘本,喝水不能忘了掘井人。'干部们说。'嗯哪，共产党、民主联军是咱们的大恩人。'积极分子说。'咱们不能忘情忘义呐。'"作者所要强调的是农村各个阶层都接受了原属于"公家人"的"革命"话语，这构成了一种"革命的气象"[28]——其实，这也正是作者（或者说"社会主义现实主义文学"）的真正追求：用"（党的）革命话语"来统一、规范一切（包括"农民话语"）。

以上，我们从对《太阳照在桑乾河上》与《暴风骤雨》的分析中，概括出了所谓"新小说"也即"社会主义现实主义文学的新模式"的若干特征，但它在具体文本中的实现却又是复杂的。也就是说，一方面，这两部小说体现了"新模式"的基本特征，从而被认为具有一种"典范"的意义；但另一方面，两部小说又在不同程度上对"新模式"有所背离，或者说掺杂着与"新模式"不协调的、用当时的说法是所谓"旧（现实主义）"的残余：这是一点也不奇怪的，两位作者都是受"五四"现实主义传统深刻影响的30年代的老作家，两种"话语"（创作模式）在他们的作品里形成既互渗又矛盾、对立的复杂关系是可以理解的。但因此就引起了种种非议，直到影响到作家的命运。

作为批评与争论焦点的是丁玲的《太阳照在桑乾河上》。人们似乎很容易就发现了作家的主观追求与作品给读者的实际感受之间的巨大反差。有意思的是，无论赞扬者还是批评者都谈到了，尽管作者竭力要突出与歌颂党所领导的农民革命力量，但小说给读者印象最为深刻的，却是作为农民斗争对象的地主（钱文贵与李子俊的老婆），以及黑妮、顾涌这样的农民革命中的"边缘人物"。[29]据丁玲自己回忆，在小说还没有写完时，她在一次会议上听到一位高级领导批评"有些作家有'地富'思想，他就看见农民家里怎么脏，地主家里女孩子很漂亮，就会同情一些地主、富农"，就觉得每一句话都是冲着自己，因而曾一度停笔。后来书出来了，果然被戴上"富农路线"的帽子，如不是毛泽东的干预，几乎不能出版。[30]以后对丁玲的政治批判中，这都是她的主要"罪状"。

丁玲在自我辩解中则一再谈及她的构思过程。据说，土改的时候，有一天丁玲看到从地主家的门口走出一个女孩子，长得很漂亮，这是地主的亲戚，她回头看了一眼，丁玲的心一动：她从那眼光里感到了一种很复杂的感情，并且撩动起自己的遥远的回忆，仿佛又听到了小时候舅父家里的丫头的哀哀哭泣……丁玲说："只这么一闪，我脑子忽然就有了一个人物。"[31]显然，在黑妮这个人物的创造过程中，作家的艺术直觉、对对象的感性把握方式起了很大的作用，她是凭着自己的"感受"去写的；这本是现实主义创作（甚至是文学创作）的写作常规。但对于强调用党的路线、政策对生活进行"理性分析"（筛选、加工等等）的"社会主义现实主义"创作模式，这就成了"大忌"，被认为是否定与对抗"马克思主义和党的政策"的指导。[32]冯雪峰则将其归之于作者所受"旧现实主义（即资产阶级古典现实主义，或称批判的现实主义）"的影响。[33]

丁玲还谈到了在塑造顾涌这个人物时所遇到的困惑。据说触发作家创作冲动的是这样一件事：工作队把一个富裕中农（兼作点商业）划作富农，收了他的地，还让他上台讲话，"他一上台，就把一条腰带解下来，这哪里还是什么带子，只是一些烂布条结成的，脚上穿着两只两样的鞋。他劳动了一辈子，腰已经直不起来了"。这位默然站在台上的劳动者的形象给丁玲以巨大的心灵震动，她开始“怀疑”工作组的做法，并且一提起笔就不由自己地从这个人物写起，写他对土地的眷恋、渴望，字里行间充满了同情。[34]这自然是违背当时党的政策的，尽管后来党纠正了生活中类似的把富裕中农当作富农打击的错误，但即使是对富裕中农的同情与肯定也是不允许的。这就是后来新中国的作家经常提出的，“作家在生活中所看到的、所感受到的是怎样的”与“政策规定的、也即应该是怎样的”这之间的两难选择。按照“是怎样的”写作，这是通常所说的“写真实”的现实主义的写作模式；按照“应该是怎样的”的要求去写出所谓的“本质的真实”，这是“社会主义现实主义”的写作模式。丁玲选择了前者，因此而付出了沉重的代价。

丁玲对农民积极分子（也即前文所说的“新人”）在土改过程中的心理负担的描写，也是最容易被责难的。当时对她表示理解的是冯雪峰，他还做了这样的发挥：农民“在现实上进行阶级斗争的同时”，必须“也在自己的头脑里进行阶级斗争”，“只有在脑子里的阶级斗争也胜利了，农民才算真的觉悟了，同时也才算是真的绝对地打倒地主阶级了”。[35]冯雪峰实际上是把“五四”“改造国民性”的思想纳入阶级斗争的理论框架之中。但因此也就给批判者提供了靶子：一篇大批判文章即严厉指责丁玲的创作与冯雪峰的“脑子里的阶级斗争”理论“是胡风的‘精神奴役创伤’的翻版”。[36]丁玲本人直到70年代末才为自己做了如下辩解：“从丰富的现实生活来看，在斗争的初期，走在最前边的常常也不全是崇高、完美无缺的人；但他们可以从这里前进，成为崇高、完美无缺的人。”[37]那么，丁玲也并不否认“崇高、完美无缺的人”的存在，她与她的批判者之间，也仍然有相通之处:对"崇高、完美无缺"的乌托邦的追求本身,即是社会主义现实主义文学新模式的题中应有之义。

周立波的矛盾及对他的批评则来自另一方面。人们回忆周立波不仅"举止优雅,风度翩翩",而且"有精致的艺术趣味"。他在延安鲁迅艺术学院讲授"世界名著选读",对梅里美文体的雍容、优雅,艺术上的精湛、完美津津乐道,赞叹备至。[38]在延安整风以后,自然作为"小资产阶级的趣味"受到了批判,周立波本人更是"后悔"不及,真诚地检讨自己"爱惜知识分子的心情",中了古典名著的"毒","不知不觉的成了上层阶级的文学俘虏"。[39]因此,《暴风骤雨》的写作,对于周立波来说,是一次自觉地与"过去"告别的努力。他一反自己的精美的艺术趣味,着意追求农民式的粗犷、质朴的美,却也获得了部分的成功。但原有的艺术教养与气质并不能如他所期望的彻底清除:他对于普通人的日常生活趣味的发现,仍时时流出笔端:如对白玉山家庭生活的富于诗意的入微的描写,虽用笔不多(作家显然有所节制),却成了小说给读者留下最深印象的部分,比作家极力渲染的"斗争会"等大场面,更具吸引力。

对周立波这方面的出乎意料的成功,一些同具艺术鉴赏力的批评家(如陈涌,他后来也成了"右派")也给予了肯定的评价[40];但当时就有人批评作者过分"偏重"日常生活的"琐事"[41],也有人说他的这部新作仍然是"知识分子写的农民"[42]。而周立波本人,则继续检讨自己缺少农民的"气魄和气质"[43]。那一代人这种渴望"脱胎换骨"而又势不可能的痛苦,后人恐怕很难理解。而周立波的自我克制与自我警诫(这一点和丁玲的自信与锋芒形成鲜明对比)也未尝不可看作是一种自我保护。

但他最终也还是在劫难逃。如一位研究者所说,在一场波澜壮阔的群众性的暴力行动(当时也被视为“盛大的节日”)——“文化大革命”中,周立波本人也被“革命群众”拉上街头,唱着歌,打着锣鼓,游斗示众。[44]这样的历史“下文”也是人们不可能事先料及的。

但无论如何,中国新文学史发展到1948年前后,终于以丁玲的《太阳照在桑乾河上》(1948)、周立波的《暴风骤雨》(1948)、赵树理的《李家庄的变迁》(1946)、柳青的《种谷记》(1947)、欧阳山的《高干大》(1949)、草明的《原动力》(1948)等中、长篇小说的出版为标志,出现了一种相对成熟的“社会主义现实主义文学”的新模式。它与30年代左翼文学的血肉联系是十分明显的,与“五四”文学则存在着既继承又反叛的复杂关系;但就其写作(生产)、传播(流通)方式、艺术思维、创作模式而言,则都展现了新的特点与面貌。更重要的是,这种新模式出现以后,它就以“自己”为标尺,展开了对“异己”文学的尖锐批判。

正是1948年,在解放区先后出版、发行了《文学战线》(7月于哈尔滨创刊)、《群众文艺》(8月在延安创刊)、《文艺月报》(10月在吉林创刊)、《华北文艺》(12月在石家庄创刊)等文艺刊物,其目标与任务非常明确,即是要加强“文艺战线上的计划性、组织性、纪律性”,以实现“更强有力的思想上组织上的集中与统一”,“把小资产阶级的落后的反动的,甚至地主、资产阶级的思想驱逐出文艺战线之外”。[45]因此,这些新创办的刊物都以相当多的篇幅进行革命的“批判”,与同一时期的南方的《大众文艺丛刊》形成了南、北呼应。这里,不妨抄录几段以见一斑:

"(作品)暴露作者思想的混乱,立场不稳,和某些小资产阶级的情调,甚至混杂了一些资产阶级观点,既不忠实于现实,更不符合我党的政策"[46];"(这)是一篇用土地改革作幌子的颓废腐朽的三角恋爱小说。在这篇小说里,人们呼吸不到土地改革运动中的农民斗争的健康的空气,感受不到斗争中的农民的正常的情感","作者使用了一种闪耀朦胧的、装腔作势的形式。这种形式是没落的资产阶级的余唾";[47]作者自称舞剧是"象征主义"的,而"象征主义是文学上的一种反动流派","是文学里的一种贵族资产阶级的思潮",只有"现实主义(才)是一种最正确的道路。它必须是科学的历史观点和阶级的革命文艺底表现方法的有机结合"[48],等等。这里,要用前述"社会主义现实主义文学"模式来规范文学发展的意图,是十分明确的。因此,当批评家们以"新的群众历史时代"的名义,将一切非社会主义现实主义的文学宣布为异端,要它们"钻进自己的历史坟墓"去"休息"时,[49]他们就实际上宣布要建立一个独断话语权的文学秩序。在某种意义上,这似乎是一个必然的结果:与高度集中的政治、经济权力结合为一体的文学(这正是社会主义现实主义文学最根本的特征),也一定要求文学话语权力的高度集中与统一,也即将"维护秩序"作为自身的目的与最终追求,从而显示出本质上的保守性。

注释:

① 蒋祖林:《松花江上》,载《新文学史料》1994 年第 4 期。参看蒋祖林:《胭脂河畔》,载《新文学史料》1993 年第 4 期。

② 何丹仁(冯雪峰):《关于新的小说的诞生》,见《丁玲研究资料》,第 246

页,天津人民出版社,1982。

③ 冯雪峰:《〈太阳照在桑乾河上〉在我们文学发展上的意义》,同前书,第340页。

④ 前引丁玲日记均见《四十年前的生活片断——从正定到哈尔滨》,载《新文学史料》1993年第2期。其后,《新文学史料》1995年第1期又发表了丁玲之子蒋祖林来信,对前所发表的经陈明整理的丁玲日记,对照原稿,有重要订正。本文所引材料均按订正稿。

⑤ 甘露:《丁玲与毛主席二三事》,载《新文学史料》1986年第4期。

⑥ 同注④。

⑦ 龚明德:《〈太阳照在桑乾河上〉版本变迁》,载《新文学史料》1991年第1期。

⑧ 《〈暴风骤雨〉座谈会记录摘要》,见《周立波研究资料》,第291页,四川人民出版社,1983。

⑨ 胡光凡、李华盛:《周立波在东北》,见前书,第126页。

⑩ 忻启介:《无产阶级艺术论》,载《流沙》1928年5月1日第4期。

⑪ 周扬:《关于政策和艺术》,见《周扬文集》,第1卷,第475—477页,人民文学出版社,1984。

⑫ 周立波:《关于写作》,载《文艺报》第2卷第7期(1950年6月25日)。

⑬ 同注⑨,第124页。

⑭ 周立波:《现在想到的几点》,见《周立波研究资料》,第287页。

⑮ 唐小兵:《我们怎样想象历史》,见《再解读》,第19页,牛津大学出版社,1993。

⑯ 丁玲:《〈太阳照在桑乾河上〉重印前言》,第4页,人民文学出版社,1979。

⑰ 同注⑮。

⑱ 周立波:《〈暴风骤雨〉是怎样写的》,见《周立波研究资料》,第282—283页。

⑲ 林兰:《战士与作家》,见《周立波研究资料》,第 213 页。

⑳ 同注③,第 332 页。

㉑ 陈涌:《暴风骤雨》,见《周立波研究资料》,第 314—316 页。

㉒ 同上,第 312 页。

㉓ 同上,第 312 页。

㉔ 同注⑧,第 291—292 页。

㉕ 邵荃麟、冯乃超:《方言文学问题论争总结》,见《荃麟文学评论选集》,第 125、132 页,人民文学出版社,1981。

㉖ 同注⑱,第 283 页。

㉗ 李扬:《抗争宿命之路》,第 98 页,时代文艺出版社,1993。

㉘ 《暴风骤雨》,第 193 页,人民文学出版社,1977。

㉙ 参看冯雪峰:《〈太阳照在桑乾河上〉在我国文学发展上的意义》,竹可羽:《论〈太阳照在桑乾河上〉》,均见《丁玲研究资料》,第 329—331 页,第 381 页,第 389—395 页。

㉚ 转引自周良沛:《丁玲传》,第 479、477 页,北京十月文艺出版社,1993。

㉛ 丁玲:《生活・思想与人物》,见《丁玲研究资料》,第 157 页。

㉜ 王燎荧:《〈太阳照在桑乾河上〉究竟是什么样的作品》,见《丁玲研究资料》,第 447 页。

㉝ 同注③,第 337 页。

㉞ 丁玲:《生活・思想与人物》,见《丁玲研究资料》,第 160—161 页。

㉟ 同注③,第 333 页。

㊱ 同注㉜,第 440 页。

㊲ 同注⑯,第 6 页。

㊳ 陈涌:《我的悼念》,见《周立波研究资料》,第 153—154 页。

㊴ 周立波:《反悔与前瞻》,原载延安《解放日报》1943 年 4 月 3 日,见《周立波研究资料》,第 65—66 页。

㊵ 同注㉑,第 317—318 页。

㊶ 同注⑧,第 299 页。

㊷ 同注⑧,第 294 页。

㊸ 同注⑱,第 282 页。

㊹ 唐小兵:《暴力的辩证法》,见《再解读》,第 125 页。

㊺ 本社:《论文艺工作》,载《文学战线》第 2 卷第 2 期(1949 年 4 月)。

㊻ 草明执笔:《评〈一对黑溜溜的眼睛〉》,载《文学战线》第 1 卷第 1 期(1948 年 7 月)。

㊼ 周立波:《庄严的现实不容歪曲——评〈网和地和鱼〉》,载《文学战线》第 1 卷第 1 期。

㊽ 李雷:《为新民主主义思想原则而斗争——兼对延边文工团演出之舞剧的思想分析》,载《文艺月报》第 2 期(1948 年 12 月 10 日)。

㊾ 同上。

九、战地歌声

——1948 年 10 月

叶圣陶 1948 年 10 月日记（摘抄）

15 日（星期五）　日来市面益萧条，百物皆无由购得，日用品俱为人家抢购一空。衣料等物，仅存次等之货，需凭身份证购买。南货铺中金针木耳亦成宝物，咸鱼铺中海蜇亦无有。商店皆开门不久旋即关门，我辈方工时，街上已如元旦日光景。此抢购之风已历两星期，至近几日而购无可购，遂成此象。自八一九改革货币以来，当局为欲稳定新币所谓金圆者，将一切物价限定于八一九之数，绝对不许涨。迄于本月之初，当局认烟酒两项为消耗品，应令加税，因加税而得涨价。即此一显端倪，群遂争购纸烟，由纸烟而及其他各物，凡可以用去金圆者，无物不好。而厂家以无原料，无利润，不克继续生产。贩卖者以无利可图，亦裹足不前。遂成此空前未有之局。黑市固未免有之，然普遍言之，总是匮乏之象。我家以内，满子最感头痛者为买小菜，鱼肉菜蔬，皆需努力与众竞买，而结果未必买到。添购燃料及调味品，亦需多方设法，仰求于人。此事如何了局,诚不可预知也。

19日(星期二)　下午,杨慧修来谈胡风之为人及持论。此君自命不凡,否定一切,人家之论皆不足齿数,而以冗长纠缠之文文其浅陋。余于文艺理论向不措意,唯此君之行文,实有损于青年之文心。

20日(星期三)　饭后与墨出游南京路,店肆大多空空。照相馆亦拉上窗门,停止营业。盖日来换取身份证,需用照片,市民皆往拍照,而照相馆不能涨价,有蚀本之忧,且原料耗尽,亦可虑也。

21日(星期四)　愈之作儿童小说曰《少年航空兵》,由文供社印行,士敏以其清样来,嘱余作序,因看之。是书以南洋华侨少年为主人公,梦游新中国,作者因以抒其对于新中国之憧憬。设想甚奇幻,而皆有所据。文字浅明,不为执拗之新文学体。

夜间白尘来,亦谈胡风之文与人。九时半去。

24日(星期日)　午刻,应王辛笛之招,会于悦宾楼。多《大公报》友人,听王芸生谈时局。今日报载,国军放弃郑州及包头,战局之坏,乃如墙崩。萧乾久未见余,渠年来受人排挤,怨气甚深,辄因酒后向余倾诉。

25日(星期一)　下午六时,明社开大会,今届小墨任总干事。会毕,全体进餐。厨司买菜不易得,每人只能吃一盆饭,上加白菜虾仁。迩来物荒严重,饭馆面馆或停业,或限制供应数小时。人人所谈者,皆为买不到东西。黑市当然有,但不易得其门,且其价特昂。共谓如此景象,前在沦陷时期所未有也。

27日(星期三)　放工时经过市街,店家家家关门。满子言晨间到菜场较迟,唯有葱与姜耳。渠于里中贩子处抢购得鲢鱼一尾。

酒罢,出外洗浴。擦背人言浴室恐也将停业,买不到米,伙计吃不饱,如何卖力气乎。

28日(星期四)　下午六时半,应黄裳之邀,餐于锦江。同座为巴金、振铎、唐弢、靳以诸君。餐馆均拉上铁栅门,侍者守之,云是定座者始放入。锦江侍者言其馆今日清晨自吴淞购得一猪,入市区后,沿路贿赂警察,凡费四十元,始得保有此猪。饮啖甚适,菜中唯无鸡耳。九时散。

29日(星期五)　饭后,偕伯祥出观市街,家家空无所有,惨状可怜。关店不准许,而无物之市,实即罢市。此现象已遍于全国,人人感无物可得之苦。政治影响各个人之生活,当于此成深切感知矣。食物无由购得,最为危险。发生祸乱,固时时可以引致也。

31日(星期日)　今日余生日,原有一鸭,圣南妹为买得黑市之肉与鳜鱼,郑亦秀夫妇来,馈其自制之面条,遂得聚餐成局,居然像样。生日无面可买,前未之有也。

1948年10月24日晚,东北大决战进入了最后一刻:广阔的辽西平原有数不清的人马,从四面八方涌来,朝着国民党军东北"剿总"第九兵团司令官廖耀湘所在的胡家窝棚疾行赶去。追击的解放军与逃命的蒋军,双方的队伍相互穿插,乱成一团,飞机在空中盘旋,也无法扫射轰炸。四处有烟火,四处在混战,东一堆,西一堆,蠕动在整个平原上。这其间,活跃着一支奇异的队伍:他们手持扁担、乐器,身背油印机,一路奔跑,一路吆喝,此时已顾不上、也无法作战地鼓动,就忙着抓俘虏。一个小同志拿着一根扁担抓了一串,有的则奉命代部队看管被俘的蒋军营以上的军官,等待黎明时把他们押送到集合地。……

这是东北野战军第七纵队宣传队队员戴碧湘记忆中难忘的一幕。①

南方战场上,华东野战军第九纵队文工团团员、后来成为新中国著名剧作家的漠雁,却经历了一场"惊险的演出",直到晚年还历历在目——

> 开演前,一排排战士抱枪坐满广场。值星营长又下令:"各班逐个检查!"各班班长拿过枪,用小拇指伸进枪膛抠抠,然后逐个报告:"检查完毕!"
>
> 演出开始了,剧情不断发展,冲突益发尖锐。我扮演的恶霸地主"五铁耙",逼得官子丕扮演的佃户孙大哥走投无路,儿子青州也被逼跑。台下便传来抽泣声。当五铁耙把孙大哥逼得用镰刀刎颈自尽,吴彬扮演的瞎老妈扑到丈夫身上号啕时,场子里呜呜呜的哭声撕心裂肺。有的战士当场哭昏,马上由人架到临时救护站抢救。突然一个战士猛地站了起来,大声吼着:"打死五铁耙!"说着掏出子弹便往枪里压。班长一把抢过他的枪。那战士枪也不要了。冲出场外,抱起一块巨石,哭喊着"砸死五铁耙!"冲向后台。我刚刚下场,急忙躲到化装用的八仙桌下。官子丕拿床军毯将桌子蒙起来,迎上去劝道:"同志,同志,别哭了,这是演戏,我没死,我就是孙大哥。你看,我不是还活着吗?"那战士哪里肯听?哭着骂着:"五铁耙!我操你八辈活祖宗!"在众人劝说下,他才哭着离开后台。同志们围过来说:"好

险哪！漠雁差点当烈士！”

下一次战斗打响了，我到医疗队帮做护理工作。火线上不断抬下伤员，我忙着给他们喂水喂蛋。在一副担架上，有个头上绑着绷带的战士。我一看，这不就是抱着大石头要砸死我的那个战士吗？护送的同志告诉我：他非常勇敢，为炸开城墙，在敌人3挺机枪封锁下，他连送两包炸药，把城墙炸开一丈多宽的口子，攻城部队就从这突破口冲进城去，消灭了残敌。他肠子都打出来了，路上一声都不哼。

我端着一碗荷包蛋，俯身轻声说：“同志，吃点吧！”他睁开眼看着我，似乎认识，又似乎不认识，用轻微的气声说：“我为孙大哥报了仇了……”②

这里所说的宣传队（或称“文工团”）几乎是毛泽东领导的中国人民解放军所独有的。毛泽东在著名的《在延安文艺座谈会上的讲话》中即已明确指出，“要战胜敌人，首先要依靠手里拿枪的军队”，“还要有文化的军队”。③贺龙将军在本年的一次讲话中也根据毛泽东的思想强调“没有文化的军队是愚蠢的军队，不可能打胜仗的”④。在某种意义上可以说，在人民解放军建制中设立“宣传队”（“文工团”），正是毛泽东的“文武两个战线”、枪杆子与笔杆子相结合的理想的一种体现（实现）。这些以初、高中文化程度为主的中、小知识分子，在以文盲与半文盲的农民战士为主体的军队中，确实发挥了重要的作用。华东野战军政治部一位副主任在1948年的一次报告中，曾将文工团的任务规定为三条，即“成为部队政治工作的得力助手”，“担负唤起群众的工作”，“通过文艺工作活动达到教育部队、教育群众的目的”。[5]具体地说,文工团(宣传队)除了要用各种文艺形式在战前、战时与战后对部队进行思想、时事、政策、文化教育与现场鼓动,开展文化娱乐活动外,还要进行战前动员、火线喊话、管理俘虏等政治工作,以及筹集粮草、设立兵站、看护伤病员等战勤工作,参与农村土改、城市军管接收、社会调查宣传等群众工作。总之,这是一支文艺队伍,又是掌握在党手里的机动力量,“哪里需要就到哪里去”。

这里有一些统计数字:1948 年 1 月华东野战军从东线到西线的千里行军中,政治部文工团在半个多月(每天行军五六十里)时间内,即组织晚会 14 次,观众 1.65 万人次;教群众唱歌 21 次,有 1600 余人学会了两首短歌;写墙头标语 689 条幅;写墙头诗 210 首;画墙头画 57 幅。[6]在 17 天的锦西阻击战中,11 纵队各部编印的快板式的宣传品如“火线传单”“战斗传单”“枪杆诗”“快板”等,即达 71 种,2.5 万余份,在战壕里大量传播。1948 年东北野战军油印的文艺刊物即有《前进文艺》(一纵)、《火线文娱》(二师)、《演唱》(兰州部政治部)、《三猛文艺增刊》(攻六部政治部)、《连队文艺》(七纵宣传队)、《战士文艺》(辽东军区宣传队)、《阶级兄弟》(攻七部宣传队)、《戏剧丛刊》(某纵队)、《三猛丛刊》(攻六队)等。[7]可以说,部队打到哪里,“战地歌声”就唱到哪里。所谓“把秧歌扭到全中国去”绝非夸大之词。

数字可能是枯燥的。经过战火,以及以后的历次劫难,幸存下来的当时的一些现场记录,或许会给今天的关心者以更深刻的印象。这是一篇题为《战壕里的文化活动——锦西阻击战中的一个实例》的报道,作者方洪:

> 战士们都喜欢这种“顺口溜”。他们说:“看顺口溜过

瘾，有意思，又有用处。”因之，每当这些“顺口溜”送到阵地时，战士们抢着阅读。有一次，一个文化教员给排里念传单时，恰好送饭的来了，而且又是“会餐”，但战士们要求念完了再吃饭。在“会餐”时，大家学着传单上的话说：“吃猪肉，别忘咱任务，更要打垮敌增援。”有好些战士把传单装在口袋里保存起来，还有些同志把它贴在工事里，一有时间就去看。班长张兴元还背熟了好几张传单。解放来的战士贾国才说：“我在蒋军里就没听过这种报，解放军真能教育，真有作用。”⑧

这是偶尔保留下来的淮海战役中华东野战军八纵六十八团二连指战员写给文工团领导的一封表扬信：

沈（亚威）、丁（峤）团长，李（永淮）教导员：

兹将你团马旋、黄石文同志的工作情况报告如下：

马旋、黄石文同志自来连队帮助工作，是很积极的，很能干的。特别是马旋同志来的最早，刚来时正是开展火线评功，她亲自到班里去了解情况，参加班务会，给同志们评功、庆功，制五角星式庆功牌，给同志们挂上，到各班拿着提琴去拉，去唱。在飞机轰炸、敌人炮火下是一样工作，在大雪天中不顾泥水冷，雪大，仍下到各班去，在最前沿阵地上工作，对敌人喊话。并有典型的培养党报通讯员，如吴阿时是孙元良突围时她解放来的，她又培养他成了好的党报通讯员。她编写歌子、写稿最多……她一天一会儿也不休息，耐心教战士们唱歌，工作大胆能干，吃苦耐劳好，对全班每个同志都一样看待，全连意见给她立二等功。

黄石文同志积极参加班务会,能根据每次开会情形编出快板小调唱给大家听,出墙报,画漫画,并帮助文干有典型培养。一排的战斗范例是他的鼓动士气得来的。他两人事迹一样,工作都在一块干。同意立三等功。

以上二人事迹只是简单的,大体上的事迹。详细的没有写到。全连同意立功,是大家通过的。一定要给他二人立功,这个阶段他们二人表现得太好了。

六十四团二连

李希贤、潘子贵、王泽玉及全体同志⑨

在东北野战军第二纵队政治部编印的油印刊物《立功增刊》第4期里,有一篇题为《女宣传队员在连队——生活缩影一二》的小通讯,作者是二纵宣传队队员钱树榕:

"集合教歌啰!"值星班长喊着。一会工夫百多个人整齐地排好队伍,小王跑到队伍前面,认真地说:"今天咱们学……"于是踮起脚尖,身子一挫一顿,胳膊飞快地舞动着,教将起来。战士们望着这几乎比自己矮半截的她,自然流出笑来,嘴张得大大的,一个音不漏地学进去了。女声高高地飞扬在上面,低沉浑厚的男声跟在后边。

"看不见你啰!""看不着你咋比划!"后面的战士们叫。

"向后转!向前三步走!"像小司令员,她发出口令,一面跑到那边的小土堆上,让大家看到她。

"喝碗水,润润嗓子。"休息时战士们端水给她。"不易,嗓子都教哑了","坐一会,歇歇",他们又把她按到小凳上。⑩

读了这些已经泛黄的历史材料，大概谁都会同意当时人们对“部队文艺工作”所做的如下总结：这是“为兵服务”的文艺，[11]或者借用今天的熟语，中国人民解放军文工团（宣传队）通过“文艺为战争服务”的实践，把毛泽东的“文艺为政治服务”（按毛泽东的观点，战争正是最大的政治）的思想推向了极致，使其得到了完整的实现。这至少包括了以下几个方面：一、文艺置于党的绝对领导之下，真正成为党的工作的一个部门。这不仅是指思想、路线的领导，更有着组织上的具体保证：部队文工团不仅直属各级党委政治部的领导，而且自身建立党支部，并设有政治指导员（或称政治教导员、政治协理员）。二、每个文工团团员（宣传队队员）都无例外的首先是党的政治工作者、实际工作者，然后才是文艺工作者，是名副其实的“文艺战士”。三、完全自觉地贯彻党的“文艺为工农兵服务”的方针，即“为‘兵’（武装的工、农）服务”，具体化为“写兵，演兵和给兵演”。在内容上则是“和部队的当前任务和基本任务相结合”，围绕部队（及党）的中心工作进行创作与演出。[12]四、努力“吃透两头”，实现党（和领导机关）的政策、意图与战士的思想、生活实际的结合。[13]五、逐渐建立起适应部队政治需要的创作模式与艺术形式及风格。具体地说，即是短小精悍的，歌、舞、剧结合的，广场演出的，具有趣味性（战士喜闻乐见）与现场煽动性的[14]：这也是一种政治的、群众的、行动的、狂欢的“广场艺术”。六、贯彻党的群众路线，实行“兵写兵，兵演兵”，“把文艺工作变为群众运动”。[15]七、归根到底是要实现文工团员自身的“革命化（政治化）”，一方面要克服残存的“小资产阶级劣根性”，“真正地从思想感情上和兵扭在一起，首先在对于战争的感性认识上和战士们一致起来,爱兵之所爱,恨兵之所恨,乐兵之所乐,忧兵之所忧";[16]另一方面则要把党的思想真正化为自己的血肉,提高组织、纪律性,像战士一样绝对服从党的集中、统一的意志,自觉地做党的工具。所追求的正是文学艺术与文艺工作者的"政治化(党化)"——按毛泽东的说法,"'化者',彻头彻尾彻里彻外之谓也"[17]:这也就是部队文艺工作所提供的文艺新范式。

据周恩来在1949年7月6日召开的中华全国文艺工作者代表大会上的政治报告中所说,当时"在人民解放军四大野战军加上直属兵团,加上五大军区,参加文艺工作的,包括宣传队、歌咏队在内,有2.5万人到3万人的数目。解放区的地方文艺工作者的数目,估计也在2万人以上。两项合计有6万人左右","前国民党统治区的新文艺工作者的数目比较难算,大概总有1万人以上"。[18]照此计算,解放军部队文艺工作者即占全国新文艺工作者(不包括当时所说的"旧艺人")7万人中40%以上;再加上很多部队文艺工作者后来都成了各文艺部门的领导人,其影响力自然是不可低估的。更重要的是,新中国成立后,毛泽东一直试图把战争年代建立起来的政治、经济、文化模式变成国家模式,把全国变成解放军式的"大学校",这样,前述部队文艺新范式一直深刻地影响着新中国文艺的发展,就几乎是不可避免的了。——其实,在1948年批判萧军时,就已经有人提出,上溯到中国共产党领导的红军时代的部队与苏区文艺才是"新文学运动的源头",在抗日战争以后,包括部队文艺在内的根据地文艺更是成为"中国文艺运动的主力"与"正统"。[19]那么,部队文艺范式的普遍化也就似乎成了"必然"。

这里,还要对前文已经提到的"兵写兵"的群众运动多说几句:它是40年代末中国共产党所领导的解放区兴起的“工、农、兵群众创作”热潮的一个重要组成部分。“兵写兵”本是部队文艺工作的一个传统,但真正达到高潮,则是在1948至1949年的三大战役的历史大决战中,与同时期开展的“军队内部的民主运动”[20]显然有内在的联系:“自己的事自己写”本身即是一个自我教育运动。这一时期最盛行的是“枪杆诗运动”,战士们纷纷把他们的战斗决心、立功计划写成快板,贴在枪炮上,既是自省,也激励了士气。如华中解放军某部的战士在他们的八二迫击炮上写道:“八二炮,/你的年龄真不小,/可是你的威信不很高,/这次反攻到,/不能再落后了。”全班从此日夜研究,终于想出种种办法,提高了它的效力。战士沈洪海在他的步枪上贴着:“我的七九枪擦得亮堂堂,/这次去反攻拼命打老蒋。”以后,他就天天擦枪练武。某次战斗中出击令刚下,他就跃出阵地,高喊:“我的七九亮堂堂”,一股劲冲向前去[21]。在这样的群众创作运动中,涌现出不少连队中的“快板专家(快板大王)”[22],在此基础上,出现了毕革飞这样的部队快板诗人,并出版有《毕革飞快板诗选》。这里抄录一首曾在部队广为流传的《“运输队长”蒋介石》——

> “运输队长”本姓蒋,工作积极该表扬,/运输的能力大增强,/给咱们送来大批大批美国枪;/亮呀亮堂堂。
>
> “运输队”的规矩好,枪炮人马一齐缴,/一次就送十来万,/步兵、骑兵、工兵都呀都送到;/捷报当收条。
>
> 咱们装备实在好,崭新机枪美国造,/卡车拉的榴弹炮,/谁说“运输队长”没功劳?/大家都说好。
>
> 两年多送了五百万,剩下尾巴一点点,/既送就要送彻

底,/你在台后指挥不偷懒,/还把队长干。

江北已经快送完,江南又设运输站,/京沪广州到台湾,/沿途设下最后转运站,/保证全送完。[23]

人们很容易就注意到这类部队快板诗里的幽默趣味:这显然是对民间文艺有所吸取,同时又注入了革命意识形态中的革命乐观主义与革命英雄主义。正是这两个方面构成了部队群众创作的鲜明特色。

同一时期在北方农村闹得红红火火的演剧与诗歌创作运动,也同样是一个对民间艺术的利用与改造运动。正像作家赵树理所说,农村艺术活动,自有它的传统。凡是大一点的村子,差不多都有剧团,而秧歌在一定的季节,更是大小村庄都要闹的。但在过去,这两种玩意,"地主看不起,穷人玩不起,往往是富农层来主持,中农层来参加,所表演的东西,无论在内容形式上,都彻头彻尾是旧的,只是供他们乐一乐就算"[24]。现在,经过土地改革的农民,在政治、经济上"翻身"以后,自然也不免想"乐一乐"。但据说翻了身的农民对传统戏剧、秧歌却感到"有点不得劲——第一他们要求歌颂自己,对古人古事兴趣不高;第二那些旧场旧调看起来虽是老一套,学起来还颇费功夫,被那些陈规一束缚,玩者有点不痛快",于是就要"大胆改造"。[25]

赵树理是从农民的要求这边说的,另一面,革命政党与新政权也需要通过民间演出的形式把新的意识形态灌输到农民中去。因此,要改造占领农村文化阵地的传统旧戏,首先就要"克服单纯娱乐观点",使其成为"即时生效的宣教武器"。[26]此外还有内容的改造。据说旧戏多有"封建毒素",农村小调"大都是些哼哼唧唧的情歌”，[27]需要在“旧瓶”里注入“新酒”，围绕党在农村的“中心工作”，宣传党的思想与方针、政策，有的剧团提出了这样的口号：“报上提啥提的紧了咱就写啥”，其创作方式也是“干部先决定主题，再集体收集材料，讨论构思，个人最后执笔”。[28]人们还这样总结经验：“凡是群众集体创作的东西，偏向就少，知识分子个人编的东西，偏向就多。”[29]此外，还有这样的经验：农村剧团“在组织领导上不闹独立性，服从村政领导”[30]，这其实是最重要的：整个农村群众文艺活动都是在党的领导之下的。也正是有了党和政权的有目的、有计划、有组织的引导，这一时期的农村群众文艺运动才达到了农民自发的传统娱乐活动所难以想象的空前的规模：仅太岳地区 22 个县的统计，临时性的秧歌队有 2200 多个、农村剧团有 700 多个、农村剧团的演员有 12400 余人。[31]左权县的五里堠是一个仅有 146 户人家，609 口人的小村庄，春节期间排演了一个以“翻身乐”为题的大型广场秧歌剧，参加演出的有 122 户，占全村户数的 84%；演员 273 人，占全村人数的 45%。其中有 12 个老汉老婆、208 个男女青壮年、53 个儿童，还有全家合演，公媳、兄媳、夫妻、父子、师生合演的。人们形容说：“这是一个狂欢的大海。而每个演员差不多都穿着，或拿着各种各样的斗争果实，更丰富了狂欢的色彩。使人看了情不自禁、心神跳荡，感到应该即刻跳到这个海里痛痛快快地说一下，才舒服。以致村里好些不好娱乐的人，如白林章、刘科喜，当秧歌队在城里演出时，他们原来在局外当观众，忽然也蹦进去扭、打起来。”[32]——这又是一个“革命的狂欢节”：农民从“革命”中获得一种“解放”感，要在这传统的民间的节日中让自己被压抑的情感得到一次淋漓尽致的发泄。在某种意义上可以说,这是“民间话语”与“革命话语”的结合,或者说,是“革命话语”对“民间话语”的一次成功渗透(改造)。

这一时期农村剧团演出的剧本大都没有流传下来(这或许与排演时只有“提纲”而无“本”有关);今天比较容易找到的是当时的“歌谣”:五六十年代都陆续有些选本,如收入“中国人民文艺丛书”的《东方红》(中国人民文艺丛书社编,新华书店出版),荒草、景芙编,上海杂志公司1951年出版的《人民战争诗歌选》(上、下册),上海文艺出版社编辑、1961年出版的《解放战争时期歌谣》等等。这些歌谣有的署名(他们或是战士,或是农民、工人,或是文工团员,也有个别专业诗人),有的没有署名,但也大多经过加工,只能说是“拟民谣”,仍然是革命意识形态对民间诗歌形式的一种利用与改造。[33]这与新中国成立后历次运动中的歌谣,如“大跃进”时期的《红旗歌谣》基本属于同一类型。它的作用除了显示“民心”、制造革命舆论外,主要是通过老百姓易于接受的民谣体的诗歌的“朗读”来对仍处于文盲、半文盲状态的工、农、兵群众进行革命的启蒙教育,[34]是“革命文化(文学)”的一种普及,算不上真正的“民间文艺”。

尽管如此,人们仍然对群众创作的诗歌,或者说,用民间诗歌的形式,表达革命思想、情怀的诗歌,表现出巨大的热情与期待,一厢情愿地宣称,“在五四运动文化革命以来,它在诗歌发展史上,也是标志着一个新的时期的新方向”,并预言它“将成为诗歌的主流”。[35]当然,也有人提出质疑,胡风就在一篇《论工人文艺》的文章里提醒人们注意以农民为主体的中国传统民间形式在“自由地表现现实生活的要求”上可能有的“限制”。[36]茅盾也谈到了秧歌剧形式上的“限制”,认为“它还没有发展到可以运用自如地表演多样不同类型的生活”。[37]这里所提出的实际上是“农村中土生土长的东西”,“农民最熟习而喜爱的形式”,是否“为城市居民所熟习而喜爱”,能否表现大都市“现代生活”这类根本性的问题,茅盾只是含蓄地表示,这是“值得研究的”。[38]同时提出的是如何对待城市“小市民的趣味好尚”,茅盾的态度就更为含糊,甚至承认自己提出这一问题本身就“似乎犯了太尊重小市民的趣味好尚的毛病”,仿佛这是一个“禁区”。[39]另一些论者态度就更为严峻,不但把市民趣味一概斥为“市侩的庸俗趣味”,而且认为只要“在感情和趣味上”关注“市民所熟习的那一套”,就是一种“复辟思想”。[40]1948 年的中国文坛显然还不具备冷静、客观地评价以市民为主体的都市民间文化的条件:对农民文化的推崇(以至神化),与对市民文化的拒绝,构成了这一特定时代文化的两个极端。但理论上的拒绝、排斥,并不能改变市民对文学的需求这一客观的事实。因此,当人们告知,40 年代末城市文学市场上的畅销书是被理论家斥为堕落、颓废的徐訏、无名氏的小说[41],武侠小说的势头也仍然不减。仅在 1948 年就先后出版了郑证因的《铁狮镖》(5 月,上海三益书店)、王度庐的《铁骑银瓶》(5 月,励力出版社)、还珠楼主的《云海争奇记》(9 月,正气书店)、郑证因的《大侠铁琵琶》(11 月,正气书店)等等,这都是一点也不奇怪的。

1948 年,能够为市民读者与“进步文艺界”同时接受的作品,是黄谷柳的《虾球传》。在某种意义上,这是革命的文艺工作者占领市民文学市场的一次自觉努力。茅盾评价它描写了“香港小市民所熟悉的人物”,又指出主人公“终将走上光明之路”,[42]这也可以说是革命思想与市民生活、趣味的一次结合吧。

但理论家却要强调,《虾球传》的成功,“在于它的为群众的观点”,是作者“把握着毛泽东先生的指示的‘喜闻乐见’的原则”的结果;[43]这里,着意地将毛泽东注重的“工农兵”群众与作品所关注的“小市民”群众的界限模糊起来,这本身就是饶有趣味的。

谈到这一时期对农民文化的推崇,自然首先要想到赵树理。他在1947、1948年连续写了两篇文章(《艺术与农村》《对改革农村戏剧几点建议》),尖锐地提出了“文学艺术”与“农民”的关系,在“农村”的命运的问题。他指出,“只要承认艺术是精神食粮的话,那么它和物质食粮一样,是任何人都不能少的”,“在历史上,不但世代书香的老地主们,于茶余饭后要玩弄琴棋书画,一里之王的土财主要挂起满屋子玻璃屏条向被压倒的人们摆摆阔气,就是被压倒的人们,物质食粮虽然还填不饱胃口,而有机会也还要偷个空子跑到庙院里去看一看夜戏,这足以说明农村人们艺术要求之普遍是自古而然的”,这自然是表现了赵树理对农民(与农村)的深切理解,因而对农民文化(以农民为主体的民间文化)及农民对文学艺术的要求,做出了有力的辩护。这里,其实也是包含了赵树理对“五四”新文学的一种反省:在他看来,对农民民间文化的忽略,以及不能、也不注意去满足农民对文学艺术的要求,文学启蒙脱离了最广大的农民,听任封建文化占领农村阵地,正是“五四”新文学话语的根本弱点。

赵树理也正是从这种反省中找到了自己的位置,据说他早在1932、1934年间即已感到“文坛太高了,群众攀不上去,最好拆下来铺成小摊子”,他自愿做一个“文摊文学家”,“为百分之九十的群众写点东西”,“先挤进《笑林广记》、《七侠五义》里边去,然后才谈得上‘夺取’”。[44]他的《小二黑结婚》等作品即是这样的自觉尝试。开始却不被太行山的文艺界所承认,后来是在彭德怀的直接干预下才得以出版(这与前章所说丁玲作品的出版颇有些相似)。在出版以后,仍然有新文艺工作者视其为“低级的通俗文学”“海派”作品。[45]这段“不被承认”的经历显然给赵树理以强烈的刺激,不但使他对以农民为主体的民间文艺备受冷落的命运,有了更真切的体会,更造成了对新文艺的某种心理上的对立。在得到党的宣传部门的支持,并调到新华书店,与同道者掌握了“只此一家”的出版大权以后,便把延安和其他根据地出的文艺刊物中语言和自己相近的作品编了几个选集,其余欧化一点的文和诗一律不予出版。据说朋友们有为赵树理“争领导,争地位”的情绪,作家本人并不同意,但“统治边区的文风”的想法却是一致的。[46]这确实又是一场“争夺话语领导权”的斗争。赵树理以后在50年代提出“五四”新文艺与民间文艺是互相对立的“两个传统”“两个阵营”[47],以致在“文革”初所写的检讨中谈到要“以民间传统为主”[48],其实是一以贯之的,正如作家自己所说,他的思想、创作“始终是自成一个体系的”[49]。

但如果把赵树理看作是一个民间文艺的保守主义者,也是不准确的:他其实是立足于对民间文艺的“改造”的。他在1947、1948年间所写的前述两篇文章其中心意思就是要对农村旧戏曲进行大胆的“改革”,据说“在内容上,不论大戏小戏,为帝王服务的政治性都很强”,“只是在形式上轻看不得,不论大戏小戏,也不论哪种地方调子,都各自有它完整的一套”。[50]因此改革的方向也就是将革命意识形态注入到民间形式中,以达到

"革命的政治内容与民间形式"的统一,也即革命话语对民间话语的利用与改造。在这一点上,赵树理的主张与主流意识形态是完全一致的,他之所以被树为"方向",不是没有根据的。

因此,我们也就可以理解,赵树理把他自己的创作追求归结为"老百姓喜欢看,政治上起作用"[51],正是表明了他的双重身份、双重立场:一方面,他是一个中国革命者,一个中国共产党的党员,要自觉地代表与维护党的利益,他写的作品必须"在政治上起(到宣传党的主张、政策的)作用";另一方面,他又是中国农民的儿子,要自觉地代表与维护农民的利益,他的创作必须满足农民的要求,"老百姓喜欢看"。正确理解赵树理的这"两重性"是准确地把握赵树理及其创作的关键。过去人们比较注意与强调二者的统一性,这是不无道理的;但如果因此而看不到(或不承认)二者的矛盾,也会导致一种简单化的理解,而无法解释与认识赵树理创作及其命运的复杂性。赵树理在新中国成立前夕(1949 年 6 月)曾把他的创作经验归结为一种"问题"意识[52];他对中国农村(及农民)的观察与表现确实有一个"中心问题",即是"中国农民在中国共产党领导的社会变革中,是否得到真实的利益",也即"中国共产党的政策是否实际地(而不仅仅是理论上)给中国农民带来好处"。当他发现在中国共产党领导的农村土地改革中,农民确实在政治、经济上得到了某种程度的解放,在思想文化上也发生了深刻的变化,他的歌颂是由衷的,并且是生动、活泼的。在党的政策与农民的利益相对一致的基础上,赵树理的创作也就取得了一种内在的和谐。但党的政策或党的干部的作为违背了农民的利益,赵树理必然要为农民据理力争,从而显示出他的创作的批判性锋芒。尽管在具体的创作操作中，赵树理总要安排一个或由于党自己纠正了政策中的偏差，或由于外来的干预，而出现“大团圆”的结局，以维护作品客观效果与他自身心理上的“党的立场”与“农民立场”的平衡，但这种内在的批判性，却是违背前章所分析的“社会主义现实主义”的文学模式的。因此，理论家们要将赵树理树为“方向”，在强化他的作品中的“歌颂性”因素的同时，也必要对他的“批判性”加以淡化，有意忽略，以致曲解。例如，赵树理自己曾经说明，“有些很热心的青年同事，不了解农村中的实际情况，为表面上的工作成绩所迷惑，我便写了《李有才板话》”[53]，但理论家却对小说批判干部中的主观主义与官僚主义的鲜明主题，以及作品对部分农村干部的变质现象的揭露视而不见，大谈作品“反映了地主阶级与农民的基本矛盾”，从而表现了“很强”的“政治性”。[54]

周扬当时也写了很有影响的评论文章，但直到80年代，才充分肯定了赵树理对有些基层干部成了新的“地主恶霸”的发现与揭露的深刻意义，而对自己当年未能认识这一点感到遗憾。[55]这遗憾其实是固守于“必须以歌颂为主”的文学观念，从而封杀了文学(以及知识者的)批判性功能的“苦果”。[56]而理论家众口一词的批评，即所谓赵树理不熟悉、因而未能写出“新人物”，也即充分革命化的新型农民英雄，[57]这更是从前述“社会主义现实主义”模式出发提出的要求。正如作家孙犁所说，这是“反对作家写生活中所有，写他们所知，而责令他们写生活中所无或他们所不知”[58]，这类“批评(批判)”对赵树理是完全文不对题的，却造成了严重的“误读”与巨大的精神压力。这注定了赵树理的道路的曲折性。

而这"曲折"正是从 1948 年开始的。如本书开头所说,赵树理在年初就参加了河北赵庄的土地改革,并根据他对农村现实的深刻了解,和对农民利益的特殊关注与敏感,很快就发现了在土改过程中农村各阶层处境与表现的复杂性:"①中农因循观望。②贫农中之积极分子和干部有一部分在分果实中占到便宜。③一般贫农大体上也翻了身,只是政治上未被重视,多没有参加政治生活的机会。④有一部分贫农竟被遗忘,仍过他的穷苦生活。⑤流氓钻空子发了点横财,但在政治上则两面拉关系。"[59]这就是说,在土地改革中,尽管一般贫农在某些方面(主要是经济上)部分地翻了身,但主要得到好处的却是农村干部与流氓分子。由此造成的后果是"流氓混入干部和积极分子群中,仍在群众头上抖威风","群众未充分发动起来的时候,少数当权的干部容易变坏"。[60]

面对这一严峻的现实,赵树理毫不犹豫地站在农民这一边。他于 1948 年 9 月写出了《邪不压正》,并于 10 月 13—22 日在《人民日报》连载。小说以党纠正了土改中的偏差,从而以"正"压住了"邪"结束,但却"把重点放在不正确的干部和流氓上,同时又想说明受了冤枉的中农作何观感"[61],从而把他的创作中的批判性发挥到了一个新的高度,提供了与丁玲、周立波以歌颂为主的前述小说不同的另一种土改景观。这同时也就注定了它的命运:1948 年 12 月 21 日《人民日报》同时发表两篇文章,一篇赞扬小说"体现了党的政策在运动中怎样发生了偏差,又怎样得到了纠正",从而"对今天的农村整党有积极的教育作用";另一篇则严厉批评小说"把党在农村各方面的变革中所起的决定作用忽视了",没有把小说中的正面人物小宝写成"有骨气的"

"优秀的共产党员"。[62]以后《人民日报》又发表了四篇讨论文章及作者的答辩,赵树理强调他并无意要把正面人物写成小说的"主人翁"。[63]但一年以后《人民日报》发表的总结性的文章里,仍然指责作者"把正面的主要的人物,把矛盾的正面和主要的一面忽略了","在一个矛盾的两面,善于表现落后的一面,不善于表现前进的一面","没有结合整个的历史动向来写出合理的解决过程",[64]也就是说作品没有尽力地歌颂代表"前进的一面"、掌握了"历史动向"的"党":这才是要害,也是"社会主义现实主义"文学的基本要求。

赵树理的两重性使得他的创作只能部分地,而不是充分地满足这样的要求,这就形成了他的创作的特殊遭遇:同在 1948 年,赵树理一面被树为解放区文学的代表与旗帜,在解放区与非解放区(包括香港)广为宣传,并开始介绍到国外,[65]一面却受到了党报的严厉批评——这确是一个大变动的时代,连老赵这样的农民化作家都难逃起落不定的人生戏剧;而对他(以及同类的知识分子)来说,这还仅仅是个开始。[66]

注释:

① 戴碧湘:《我们在为解放战争的胜利服务》,见《中国人民解放军文艺史料选编(解放战争时期)》,下册,第 543 页,解放军出版社,1989。

② 漠雁:《在那战火纷飞的年代》,同上书(上册),第 228—229 页。

③ 见《毛泽东选集》(第 1 卷袖珍本),第 304 页,人民出版社,1967。

④ 贺龙:《对晋绥文化工作者的谈话》,见《中国人民解放军文艺史料选编(解放战争时期)》,上册,第 8 页。

⑤ 钟期光:《关于华东野战军文工团今后的工作问题》,同前书,上册,第

199—200 页。

⑥ 陈虹:《华东野战军政治部文工团的基本情况和经验》,同前书,上册,第209 页。

⑦ 荒草:《文艺战士与战士文艺》,同前书,下册,第 506—507 页。

⑧ 荒草等编:《人民战争诗歌选》(下册),第 359 页,上海杂志公司,1951。

⑨ 马旋:《一个文工团员的回忆》,见《中国人民解放军文艺史料选集(解放战争时期)》,上册,第 293—294 页。

⑩ 据收藏本。

⑪ 萧向荣:《部队文艺工作应当为兵服务》,见《中国人民解放军文艺史料选集(解放战争时期)》,下册,第 473 页。

⑫ 同上,第 474 页。

⑬ 参看毕革飞:《谈谈快板诗创作的点滴经验》,见《毕革飞快板诗选》,第169—171 页,人民文学出版社,1964。

⑭ 参看萧向荣:《部队文艺工作应当为兵服务》,第 474—476 页;毕革飞:《谈谈快板诗创作的点滴经验》,第 163、172 页。

⑮ 同注⑪,第 474 页。

⑯ 同注⑬,第 171、169 页。

⑰ 毛泽东:《反对党八股》,见《毛泽东选集》,第 798 页。

⑱ 周恩来:《关于文艺方面的几个问题》,见《中国人民解放军文艺史料选集(解放战争时期)》,上册,第 1 页。

⑲ 刘芝明:《有关新文学运动的一个问题》,见《论工人文艺》,第 11—13 页,上海杂志公司,1949。

⑳ 参看毛泽东:《军队内部的民主运动》(1948 年 1 月 30 日),见《毛泽东选集》,第 1171 页。

㉑ 《华中解放军某部的"枪杆诗"运动》,见《人民战争诗歌选》,下集,第372—373 页。

㉒ 参看萧汀:《部队中的"快板"专家王崇宏》,唐因:《战士王启春和他的

快板》,同前书,第 378—383 页。

㉓ 《毕革飞快板诗选》,第 13—14 页。

㉔ 赵树理:《艺术和农村》,见荒煤编:《农村新文艺运动的开展》,第 20—21 页,上海杂志公司,1949。

㉕ 同上,第 21 页。

㉖ 蒋平:《两年来的太原剧运工作及目前存在着的几个问题》,同上书,第 31 页;夏青:《1946 年晋城春节文娱活动》,同前书,第 42 页。

㉗ 同注㉔,第 21 页。

㉘ 《介绍伍乡东堡村解放剧团》,见前书,第 79、80 页。

㉙ 穆之:《群众翻身,自唱自乐》,见前书,第 5 页。

㉚ 荒煤:《关于农村文艺运动》,同前书,第 180 页。

㉛ 同注㉙。

㉜ 夏青:《翻身乐》,同前书,第 108—109 页。

㉝ 1948 年国民党中央文化运动委员会的《文艺先锋》曾出了一期"诗歌专号"(第 12 卷第 1 期),其中有一个专栏,即为"剿匪歌谣",在民歌形式中注入鲜明的反共意识,这也是意识形态对民间文艺的一种利用与改造。而编者在按语中则大肆赞扬"歌谣发自人民的心深处,最是代表真正的民意,这是群众的积极创作,他们的艺术手腕并不低于我们",并且号召:"喜欢堆砌的,喜欢拖沓的,喜欢感伤的,喜欢晦涩的诗人们,请向他们学习吧!"

㉞ 太原军区司令员孙定国热情提倡群众诗歌的"朗读"。他在一篇题为《人民的朗读》的文章里,明确指出:"广大人民正有其高度的接受新文化与新知识的要求,而都有一个极大的限制,即大多数人依然是文盲,即使再通俗的作品,也要凭耳朵听而不能凭眼睛看,必须经过有人朗读,才能达到新文化、新知识的真正普及。"见《农村新文艺运动的开展》,第 46—478 页。

㉟ 孙定国:《向群众学习诗歌,展开群众诗歌运动》,见前书,第 50 页。

㊱ 胡风:《论工人文艺(之二)》,收荒煤编:《论工人文艺》,第 23 页,上海杂志公司,1949。

㊲ 茅盾:《关于目前文艺写作的几个问题》,同前书,第 31、30 页。

㊳ 同上,第 30 页。

㊴ 同上,第 30 页。

㊵ 宋之的:《论人民剧场的工作方向》,同前书,第 33 页。

㊶ 野艾:《对一个熟悉的陌生人的问候》,见《路翎研究资料》,第 144 页,北京十月文艺出版社,1993。笔者在与一位贵州中学老教师的闲谈中,他也告诉我,1948 年前后,他正在贵阳读书,当时最畅销的书,也是无名氏的《塔里的女人》、徐訏的《风萧萧》这类作品。

㊷ 茅盾:《关于〈虾球传〉》,见《茅盾全集》,第 24 卷,第 31、32 页,人民文学出版社,1996。

㊸ 于逢:《关于〈虾球传〉的创作道路》,载《小说月刊》第 2 卷第 6 期。

㊹ 陈荒煤:《向赵树理方向迈进》,见《赵树理研究资料》,第 200 页,北岳文艺出版社,1988。

㊺ 杨献珍:《〈小二黑结婚〉出版经过》,同前书,第 88—89 页。

㊻ 转引自董大中:《赵树理评传》,第 178、179 页,百花文艺出版社,1986。

㊼ 《普及工作旧话重提》,见《赵树理文集》,第 4 卷,第 1544、1546 页,工人出版社,1980。

㊽ 《回忆历史,回忆自己》,同前书,第 1840 页。

㊾ 同上,第 1844 页。

㊿ 《对改革农村戏剧的几点建议》,同前书,第 1393 页。

51 同注㊾。

52 《也算经验》,同前书,第 1398 页。

53 同上。

54 同注㊹,第 197 页。

55 周扬:《〈赵树理文集〉序》,见《赵树理研究资料》,第 313 页。

(56) 直到“文化大革命”中，赵树理在检讨他在40年代创作的主要“错误”时，还归结为“忽略了‘以歌颂光明为主’的最重要的方面”。参见《回忆历史，认识自己》，收《赵树理文集》，第4卷，第1829页。

(57) 李大章：《介绍〈李有才板话〉》，《赵树理研究资料》，第171页。

(58) 孙犁：《谈赵树理》，同前书，第296页。

(59) 《关于〈邪不压正〉》，同前书，第100页。

(60) 同上，第101页。

(61) 同上，第100页。

(62) 韩北生：《读〈邪不压正〉后的感想和建议》，党自强：《〈邪不压正〉读后感》，载《人民日报》1948年12月21日。

(63) 同注(59)，第101页。

(64) 竹可羽：《评〈邪不压正〉和〈传家宝〉》，见《赵树理研究资料》，第215、217页。

(65) 日本翻译家伊藤克于1948年第一次将赵树理《小经理》等八篇小说译成日文。

(66) 在某种意义上可以说，赵树理的创作在《邪不压正》遭到批评以至被人为地“忘却”以后，发展的势头就受到了扼制（尽管以后仍写出了《登记》这样的佳作）。更深刻的原因自然是随着党在农村的政策越来越脱离了农民的意愿，不同时期在不同程度上侵犯了农民的利益，赵树理两重性的内部矛盾就越发尖锐，陷入极度的混乱之中，在这样的精神失衡状态下，是不可能有真正的创作的。

十、北方教授的抉择

——1948 年 11 月

叶圣陶 1948 年 11 月日记(摘抄)

5 日(星期五) 日来徐州蚌埠间又见紧张,谣言甚多。国军已不能战,殆成普遍认识。其将续遇不幸,恐属必然。

夜间,白尘、克家二位来。言沙汀患病甚重(殆是胃溃疡),穷困无以为医,友朋宜量力资助。余出三十元。二人去,听书一回而睡。

6 日(星期六) 晚饭后,外出洗浴。上一次讨八角,此次付六元,倍数不少。然听浴室中人言,今夕一包大英牌香烟,即需五元矣。

8 日(星期一) 抢米之事已有所闻。买米无从,而米价时有所闻,几乎无刻不涨。八一九限价时,规定米每石二十一元。迄于今日上午,至六百元,下午则传一千二百余元矣。予同谈,同济向复旦借米,复旦不予,同济学生声言将列队就食复旦。三官学校已改吃稀饭,校长学生商量半天,毫无结果。首需有钱,穷学校穷学生何从得钱。即使得少数之钱，一千二百元之米能买几许。且不得其门，虽愿花大钱亦不可得米。学校如是，升斗之民将堪设想。

9日(星期二)　今日铁路工人怠工，车运停顿数小时，经发米发钱而解决。夜间传水电工人将罢工，群闻之，起来蓄水。

10日(星期三)　致觉来访，询问近事。渠在法藏寺粗饭不能下咽，素菜无油，甚苦之。欲与进素食于素菜馆，访之则门闭不开。遂送之归，各怅然。伯祥尤唏嘘。

15日(星期一)　陈布雷以前日去世。……陈久为蒋氏幕僚，已在倡优畜之之列，今当危急，忽而自戕，必其所见所闻有甚不可告人者。其遇盖深可悲也。报载张阆生(宗祥)挽联，感慨愤激，堪称传作，亟录之。"蹈东海而亡，昔闻其说。秉中书之笔，吾惜此才。"

16日(星期二)　南京方面以徐蚌战事紧急，人心惶恐，政界中人与富有者皆迁家作避难计。传说此辈分三级，高级游美国，中级往香港，又次则至台湾云。

18日(星期四)　圣南妹为我家买得米一担，值三百八十元，颇称便宜。

28日(星期日)　饭后，与墨及二官至城隍庙群玉楼听书。汪云芳说《金枪传》，钱雁秋说《西厢记》，杨振雄说《长生殿》，各一小时。杨常于收音机中听之，今与对面，确属不恶。客特来听杨者特多，一楼座满，殆将二百五十人。五时散。

这是46岁的大男子与11岁的小男孩、父亲与儿子之间的谈话，是仿佛已经完成的大作家与一切还没有开始的未来的工程师之间的对话。时间是在那风雨飘摇的时代,一个炮火震荡大地的年头。眼下却是寂静的庭园、寂静的夜,烛光摇摇……

> "爸爸,人家说你是中国的托尔斯泰。世界上读书人中十个中就有一个知道托尔斯泰,你的名字可不知道,我想你不及他。"
>
> "是的,我不如这个人。我因为结了婚,有个好太太,接着你们又来了,接着战争也来了,这十多年我都为生活不曾写什么东西。成绩不大好。比不上。"
>
> "那要赶赶才行。"
>
> "是的,一定要努力。我正商量姆妈,要好好地来写些。写个一二十本。"
>
> "怎么,一写就那么多?"
>
> "肯写就那么多也不难。不过要写得好,难。像安徒生,不容易。"
>
> "我看他的看了七八遍,人都熟了。还是他好,《爱的教育》也好。"

一分钟后,小小的呼鼾从帐中传出,一定睡得怪甜的。大人的心里也是柔和得很。他于是写信,给他的"三姐""小妈妈":她得知这场"相当精彩"的对话,该怎么想呢?①

不用说,这位和孩子一起想象着、设计着"未来"的作家,正是沈从文。他说这一切像是在"作梦",一个"奇异"的梦。——他或许已经感觉到,他的"梦境"与"环境"之间的不协调?或许正是因为环境的不适,才使他越发迷恋于这梦境?

不管怎样,那些日子,他总是在不断地向人们宣布他的种种计划。他早在战争期间就在给朋友的信中谈到,要创造“20世纪新的‘经典’”,“希望好好写30年,到20世纪末还有读者”。现在,他更向来访的记者具体透露:“他打算写湖南十城记,已写的有《边城》《芸庐记事》《小寨》……将来有机会打算旅行,顺便写些游记”,“他要写昆明的八骏图续篇”;“谈起了茅盾的《清明前后》,他高兴地说,他已有意写剧本,而且一定要在《大公报》上连载”……——这位记者笔下的城里的乡下人:他“提了网线袋,穿着一件灰色或淡褐色的毛质长衫、身材矮小瘦弱、一脸书卷气、眯着眼睛在书摊子上找旧书或是在找门牌号数,说一口湖南、北平、云南杂糅的普通话”,却不断地“发傻气”,向记者吹了一大堆自己的创作梦不够,还要说一番“糊涂话”:“丁玲他们为什么去了,反倒没有什么作品了呢?”②总之是够天真、也够不明智的了。

他的学生也回忆说,他拟写一部历史剧,起意很早,战前就有,“在昆明时也一再提及,和接近他的学生分享构思”。据说“他这部剧的英雄角色,是穆天子(非黄帝)与蚩尤,成功与失败,相反相成,出于历史舞台”,据说还打算借鉴京剧中的象征手法,“无话不歌,无动不舞”的传统……除了将《长河》写完之外,还想写诗——叶公超在战前就说过:“缺乏诗的素养,无法了解沈从文。从文下语之妙,笔端有画。”③

沈从文如孩子般跃跃欲试,是有他充分理由的,甚至是蓄之已久的:他早已在孕育着自我生命与艺术生命的突破,由1948年上溯大概有十年多的时间。关心沈从文创作的人们也许早已注意到,他在1934年10月写出了他的乡土小说的经典之作《边城》之后,几乎有两年的“沉默”。作家在一篇文章中解释说:

"我不写作,却在思索写作对于我们生命的意义,以及对于这个社会明天可能产生的意义。"[④]接着是战争,沈从文又度过了一段他所说的"相当长,相当寂寞,相当苦辛"的人生"旅程"。[⑤]在昆明的郊外,他长时间地面对自然,"单独默会它们本身的存在和宇宙(的)微妙关系","无一不感觉到生命的庄严"。作家这样写下了他的心灵(生命)的嬗变:"一种由生物的美与爱有所启示,在沉静中生长的宗教情绪,无可归纳,我因之一部分生命,竟完全消失在对于一切自然的皈依之中。"[⑥]他试图建立自己的世界观,并提出了自己的基本概念:"生命""爱"与"美",提出了"神在生命中"的命题。[⑦]同时,他又不能不面对"现实":战争对人的生命的残杀,政治压迫对生命的压抑,以及商品经济对人的生命的腐蚀。就在这理想、生命与现实的冲突中,沈从文感觉到他最终发现了"写作对于生命的意义":他设想,通过文学艺术建立起"一种美和爱的新的宗教,来煽起更年轻一辈做人的热诚,激发其生命的抽象搜寻,对人类明日未来向上合理的一切设计,都能产生一种崇高庄严感情。国家民族的重造问题,方不至于成为具文,为空话"。沈从文因此而怀想起在战争中寂寞地死去几年的、"美育代宗教"的提倡者蔡元培老先生,他自觉是在"发扬光大""五四"先驱者的未竟事业[⑧]:他的"通过文学艺术类似宗教的作用,改造(升华)人的精神,进而实现国家民族的重造"的思路,从根本上是属于"五四"启蒙主义的话语范畴的。——只是他是接着蔡元培"往下讲"的,与同时期的自觉继承鲁迅的胡风有所不同。对于沈从文个人,也许更有意义的,是他由此而找到了自己的历史"定位"。他这样写道:"我还得在'神'之解体的时代,重新给神作一种赞颂。在古典庄严雅致的诗歌失去光辉和意义时,来谨谨慎慎写最后一首抒情诗","用一只笔来好好保留最后一个浪漫派在20世纪生命取予的形式,也结束了这个时代这种情感发炎的症候"。沈从文是清醒的。他明白,在选择"20世纪最后一个浪漫派"的历史角色的同时,他也选择了一种局限:生活中"与社会隔绝",写作上"与社会需要脱节"。这同时也是一种宿命:对于一个"只信仰生命"、因而在现实生活中"对一切无信仰"的生命个体,只能是寂寞与多磨难的。[9]

但沈从文仍然执拗地向着"世界级大作家"的梦想之路直奔而去。正像一位年轻的研究者所说,他"力图确立一种具有诗人气质的思想体系,在世界本体(生命本体)、审美主体的沉醉状态,对社会文化的批判等方面,都作出自己的独特表述","同时,为了寻找合适的表达方式,他进行了多种文本实验",[10]构成了他40年代创作的主体。这些实验中,他更注重从个体的生命体验出发,追求他后来所说的"抽象的抒情",同时焦虑着语言文字的限制,感叹着"表现一抽象美丽印象,文字不如绘画,绘画不如数学,数学不如音乐"。[11]他说他"为抽象而发疯",为生命的"形式"陶醉,[12]"怎样写"成了他关注的中心。

创作于1941年7月、重写后发表于1943年7月桂林《新文学》创刊号的《看虹录》,即是这样一篇实验性的作品。小说的核心(第二部分)看起来像是一个第三人称的情爱故事,却写得扑朔迷离:一对没有姓名、身份的男女,在一间"酿满一种与世隔绝的空气"的小屋里,度过了一个微妙的、充满暗示的雪夜,忽而男主人讲述着在雪中猎鹿的故事,忽而女主人又在读男主人谈葡萄、瓷器、元人素景、雕刻、百合花……的书信。小说有一个副题:“一个人二十四点钟内生命的一种形式”,并且有一个“套子”(一、三部分),写“我”从一个夜晚到第二个夜晚都在读“一本奇书”(即小说的第二部分),却陷入了紧张的生命体验与思虑中,“我”“向虚空凝眸”,“用抽象虐待自己肉体与灵魂”,“到末了我便消失在故事里了”。这样,整篇小说都成了一种隐喻,作家精心描绘的女人与鹿的身体,都显然不是肉欲的对象,而是“神性”的凝结,抽象化为一种“古典、庄严、雅致的美”的“形式”,这正是作家殚精竭虑想为这个世纪保留下来的。而笼罩全篇的焦灼、迷乱的情绪,也暗示了作家的追求与现实的不谐。小说也许写得并不算十分成功,处处露出“实验”的痕迹:这远不是成熟之作。但作家着意将“抽象的抒情”引入他所熟悉的小说叙事中的努力,尽管造成了新的不协调,却展现了一个成熟的作家敢于突破自己的胆识与不断探索的精神,从而为沈从文的,以及整个现代文学的发展,提供了一种新的可能性。

但作家的这番苦心却根本不能为更不成熟的中国文艺界所理解,他们按照“惯性(一种历史的惰力)”过于轻率、残酷,也过于性急地对作品宣判“死刑”:先是《新文学》编者主观指认小说表现了作家“一贯的肉欲追求”,接着批评家许杰将《看虹录》列入“色情文学”,指责其“毒害青年”[13],最后是郭沫若以不容置疑的权威地位,以“粉红色的反动文艺”的罪名,给予了致命的一击——他又是如此的粗心,竟把《看虹录》说成《看云录》。所有的论者都只关心如何讨伐文艺与政治上的异己者,却没有一位愿意考虑作家可能做的艺术上的探讨:这个事实也许是更可悲的。它说明,沈从文所热衷的“实验小说”,至少在1948年前后的中国文坛,还是一种不合时宜的奢侈——甚至危险。

但醉心于艺术的暗示的沈从文，却丝毫不能（或者根本没有想到）领会上述政治上的暗示（警告），他依然兴致勃勃地做他想做、并且认为应该做的事情：在战后的人心浮动中，他除了在北大上课、自己写作外，居然一个人主编了四种副刊——《大公报·星期文艺》和《文艺》《益世报·文学周刊》《平明日报·文学副刊》，并且毫无顾忌地向读者、也向年轻的作者鼓吹（更确切地说，是倾诉）自己的文学追求："真正现代诗人得博大一些，才有机会从一个思想家出发，用有韵和无韵的作品，成为一种压缩于片言只语中的人生观照，工作成就慢慢堆积，创造组织出一种新的情绪哲学系统。它和政治发生关连处，应当由于思想家的深湛纯粹品质，和追求抽象勇气，不宜于用工作员的社交世故身份，以能适应目前现实为已足"⑭，"诗应当是一种情绪和思想的综合，一种出于思想情绪重铸重范原则的表现"，"诗必须是诗，征服读者不在强迫而近于自然皈依。诗可以为'民主'为'社会主义'或任何高尚人生理想作宣传，但是否一首好诗，还在那个作品本身"⑮，"慢慢地把传统作广泛吸收，消化，综合，而又努力将这个传统抛弃，试用种种方式来在我所接触的人生，作种种塑造重现试验"⑯，"三十年来理论已够多了，少的是肯用三十年功夫来实验的诗人。……需要一群胆大、心细、热忱、勇敢的少壮，从更广泛一些工作态度上来试验来探索。企图把作品由平易和现实政治作更紧密的结合也好，这原是个异常庄严的课题。希望用作品由个人对于自然与生命的深刻观照带来一阵新鲜空气也好，这更是个值得鼓励的探险"⑰，等等。可以看出，沈从文孜孜以求的是在更高层次上的思想家与诗人（小说家）的统一、抽象与具象的统一，同时又提倡在多元吸收的基础上进行个性化的多样探讨与实验。而且在他的周围,已经集聚了一批颇具实力的“少壮”。沈从文在一封通信中,就点出了诗人穆旦、郑敏、袁可嘉、李瑛,批评家少若,翻译家盛澄华等人的名字,说他们是以“活泼青春的心和手,写出老腔老气的文章”。[18]在与前述记者谈话中,他也是不断地提到他的那些“小朋友”,最推崇的就是小说家汪曾祺。[19]据袁可嘉在80年代末回忆,此外还有诗人杜运燮、柯原,小说家刘北汜,翻译家王佐良、金隄,文学研究界的吴小如、萧望卿、吕德中等人。[20]

这是一群严肃的思想与艺术的探索者。他们或提倡“现实、象征、玄学的综合”的现代诗学(袁可嘉、穆旦、杜运燮等)[21],或视短篇小说为“一种思索方式,一种情感形态,是人类智慧的一种模样”(汪曾祺)[22],都显然受到沈从文的影响,却又有自己的独立创造。他(她)们更注重创作实践,并有可观的实绩。即以1948年而言,这一年出版的穆旦的诗集《旗》(2月,上海文化生活出版社)、盛澄华的论文集《纪德研究》(12月,上海森林出版社),先后发表的汪曾祺的小说《鸡鸭名家》(载《文艺春秋》第6卷第3期,3月)、《异秉》(载《文学杂志》第2卷第10期,3月),袁可嘉的诗论《新诗戏剧化》(载《诗创造》第12期,6月)、《诗与民主》(载天津《大公报·星期文艺》,10月30日)等,不仅是这一时期,而且是整个现代文学的重要收获。

可以毫不夸大地说,40年代末,一个以沈从文为中心的,以“探索、实验”为追求的北方青年作家群体,正在形成中。他们与沈从文的同辈人,如朱自清、冯至、废名、朱光潜、李广田诸先生一起,在战争的废墟上,在国民党统治下的政治高压、经济混乱之中,坚护着文学艺术的阵地,以诚实的劳动,显示着坚韧的民族文化精神。但在那个高度政治化的年代，他们对文学艺术的忠贞却很容易被看作是对革命政治的一种消极抵抗，并且根据“非革命(为人民)即反革命(反人民)”的逻辑而受到批判。一篇题为《1948年小说鸟瞰》的文章，即怒气冲冲地指责“沈从文所代表的现代主义的幻美倾向”，并且具体点名批评汪曾祺的《鸡鸭名家》“发掘了民间特殊技人而加以美化”，以“一种幻美的迷力”，“蒙蔽了人们面对现实的眼睛”；而在本年度《文学杂志》(朱光潜主编)上连载的废名的《莫须有先生坐飞机以后》则被指为“厌世主义和神秘主义”的“代表作”。[23]另一部这一时期很有影响的实验性小说《围城》(钱锺书作)，也被视为“一幅有美皆臻、无美不备的春宫图”遭到猛烈抨击。[24]这样，这批作家的“艺术实验”终未持续下去。甚至前述已有的成果也逐渐被遗忘，消失于五六十年代的文学史叙述之外，直到世纪末才被重新发掘。这种文学史上的“中断(超前)现象”引起了今天的文学史家的兴趣，是自然的。把这种现象完全归之于外部的压力，固然是简单、明晰的，但是否也有内部的原因，例如沈从文已经意识到的“与社会需要脱节”这类问题，这也是文学史家们正在研究、思考的，这里不必多说。

对于沈从文个人而言，事情更要复杂一些：他关心文学之外，也还关心着政治。沈从文当然不是政治中人，他也实在不懂政治，但他却与中国的传统文人一样，喜欢书生议政。如《沈从文传》的作者金介甫所说，“他把自己看作精神上是19世纪的人，却想救治20世纪积存下来的病症。他认为中国40年代的嗜杀成性和物欲主义是现代道德堕落的表现，是世界文明的彻底失败”，他因此想以“美育(文学艺术)”“代替政治，代替战争,凌驾一切”。[25]从这样的理想出发,沈从文曾多次撰文对正在进行的国、共两党的战争,进行猛烈的批评。直到1948年10月,他还在批判“肯定国家长期流血为合理,并信赖一方战争胜利是国家之福”的观点,其矛头所指自是十分明确。[26]这样,尽管沈从文与任何政治集团都无联系——他从根本上是厌恶政党政治的,但他却因坚持反战观点而被视为反对“人民革命战争”的“第三势力”的政治思想上的代表,而遭到了更猛烈的反击。本来这种反击完全是政治上的,却因为沈从文是作家,而必然涉及他的文学,以致出现了郭沫若那样的把文题都弄错了的“粗心”。连沈从文前述对青年作家的苦心培植,也都被怀疑为要争夺领导权。这类的“误解”虽说事出有因,给沈从文心灵的创伤却是异常深重的。

但残酷的现实终于使沈从文有了新的“觉悟”,这是他在写给一位年轻的朋友的信中透露的——

> 大局玄黄未定……一切终得变。从大处看发展,中国行将进入一个崭新时代,则无可怀疑。
>
> 用笔者求其有意义,有作用,传统写作方式以及对于社会态度,值得严肃认真加以检讨,有所抉择。对于过去种种,得决心放弃,从新起始来学习。这个新的起始,并不一定即能配合当前需要,未必能把握住一个进步原则来肯定,来完成,来促进。
>
> 人近中年,情绪凝固,又或因情绪内向,缺少社交适应能力,用笔方式,20年30年统统由一个“思”字出发,此时却必须用“信”字起步,或不容易扭转。过不多久,即未被迫搁笔,亦终得把笔搁下。这是我们一代若干人必然结果。

> 如生命正当青春，弹性大，适应力强，人格观念又尚未凝定成型，能从新观点学习用笔，为一进步原则而服务，必更容易促进公平而合理的新社会早日来临。[27]

人们很容易就联想起20年前朱自清和他的朋友所面临的“抉择”，都是认定时代将发生剧变〔朱自清他们认为将由“个人思想自由”的时代转向“党统治一切”的时代，与沈从文这里所说的由“思”的时代向“信（仰）”的时代的转变，也是惊人的一致的〕；[28]而且他们都对这种变化并不持反对、抵抗的态度，他们也期待着一个“公平而合理的新社会早日来临”，只是认定自己不能适应，而必须做出“退守”的选择。退向何处呢？这里，他只提到了可能要“搁笔”，即“放弃”自己苦心经营了几十年的“写作”，这自然也就意味着让他如此入迷的“做世界级大作家、中国的托尔斯泰”的文学梦的彻底破灭。——距离本章伊始所写到的那个难忘的夜晚，仅只有几个月，这般变化真是无情。世纪末学者们重观这段一点也不轻松的历史时，把它称作沈从文作为一个创造性的作家的“生命的消失”，即所谓“提前死亡”。这“消失”（死亡）却是“缓慢而又痛苦的”[29]，现在只是开始。人们注意到这一时刻沈从文写下的两篇文章：《收拾残破》与《关于北平特种手工艺展览会一点意见》，其中谈到了历史学家向达（也是沈从文的湘西老乡）“为炮火轰炸下历史文物有所呼吁”，以为这是“国内多数学人（的）共通愿望”。沈从文因此而提出了“文物保卫”，期待通过故宫博物院的改造，特种手工业的扶植，新的文物、美术教育的开拓，“为国家带来一回真正的‘文艺复兴’”。[30]沈文强调：“对传统有深刻认识和理解的学人专家，本身也大都快老了，要为国家，为人民，为文化，真正作点事,正是时候,再迟恐来不及了。”[31]他是不是同时想到了自己呢?可以肯定的是,沈从文后半生的选择此时已在酝酿中了,尽管他要最后下定决心“搁笔”也还要再经一番磨难。——晚年的沈从文曾向他的西南联大的学生提起当年曾一起吟诵过的李义山的诗句:“投岩麝退香”。据说,“麝生性绝爱其香,让人紧迫追逐时,爪剔出他的香来,还给大地,然后抽身投射高岩结束自己的生命”,沈从文解释说:“麝退香,大约是进行生命的补偿吧。”[32]这显然是以“让人紧迫追逐”的麝自许,而“退香”的选择更会给人以悲壮(悲凉?)感。但他的学生却要问:“沈从文欠了我们什么了?他给的不是太多了吗?”……[33]

为国家、民族保留最后一点文物,这样的想法似乎并不仅属于沈从文个人。女作家赵清阁在1948年年末曾有一次“北行”,见到了许多著名的文化人。据说梁实秋在与她的谈话中,最为关注的也是文物的保护与抢救。[34]——更扩大了说,“退守”到文化阵地,正是1948年末,中国的自由主义知识分子的最后抉择:他们满怀着“新时代将带来文化毁灭”这一海涅式的恐惧与不安,试图做最后的抢救与坚守。

早在本年6月20日的《纽约时报》的一篇发自中国的专稿中,就已经透露了如下信息:“据与北平各大学有关系的中美人士估计,北平一万多大学生一年前约有半数倾向共产党,这个比例到今年暑期已增加到70%。教授中亦很多赞成共产党。有大部分教授本来稍倾向政府的,现在亦憎恶政府,已准备接受共产主义。”[35]到1948年年底,“准备接受共产主义”更成了大势所趋。在这种情况下,一些仍然坚持自由主义立场的大学教授们的去向就更加引人注目。这时,固然仍有人坚持政治上的自由主义理想,例如朱光潜先生直到这年10月还在写文章呼吁国民党"善意地扶植出"一个包括"所谓社会贤达与自由分子在内"的"第三党出来",以挽救危局;[36]但大多数自由主义知识分子已从政治上的自由主义退守到思想文化上的自由主义。其实,张东荪先生早在本年年初(2月)出版的《观察》第4卷第1期上就已提出,"政治上的自由主义今天已是过去",也即建立资产阶级民主、自由的共和国的理想已经破灭,据说现在所要争取的是"计划的社会与文化的自由"。而所谓"文化的自由",即是争取一个"批评的精神与一个容忍的态度"。[37]同时提出的是"共产主义与自由主义的关系"问题。一些知识分子开始反省自由主义自身的不足,例如"未能伸根于广大的人民,尤其是广大的农民中去","忽略了多数人的福利"等等,进而探讨"自由主义者与共产主义者在中国的距离是否可以缩短至最小可能"。论者以法共为例,认为"通向社会主义道路并不惟莫斯科一条",显然把希望寄托于中国共产党将采取不同于苏共模式的更为宽容的政策,以为自由主义的发展留下一定的余地[38]:这当然只是一个一厢情愿的"梦"。另一位很有影响的自由主义知识分子梁漱溟在民盟被查禁以后,即已宣称:"政治问题的根本在文化",表示"将致力于文化研究工作,陆续以其思想见解主张贡献国人。对于时局,在必要时是要说几句话的,但不采取任何行动"。他后来果真写了《敬告中国共产党》一文,"郑重请求共产党,你们必须容许一切异己者之存在","千万不要蹈过去国民党的覆辙",要重新考虑并纠正对自由主义者的批判。[39]这请求自然是无用也无力的,但确实反映了自由主义教授们的忧虑,即如张东荪所说,"恐惧将来的变局会使学术自由与思想自由完全失掉”[40]。张东荪还说过这样一句话:“我个人在生活方面虽愿意在计划社会中做一个合乎计划的成员,但在思想方面却依然嗜自由不啻生命。”[41]这倒是相当真切地说出了一部分教授的内心矛盾:他们既不能不接受“必成为共产党统治下的公民”的现实,但仍期望保留最后一块“思想文化自由”的天地。

正是在这样思想背景下,1948 年 11 月 7 日,一个冬天的晚上,在沙滩北京大学蔡孑民先生纪念堂,召开了座谈会,讨论“今日文学的方向”。主持者是学生文学团体方向社,与会的多是文艺界的“前辈”,有朱光潜、沈从文、冯至、废名等著名的自由主义教授(但他们此时的各自立场、态度已发生了微妙的变化,看下文便可知)。会议主席袁可嘉出的题目是从社会学、心理学、美学三方面探讨“今日文学方向何在”,讨论却自然集中在文艺(文学家)与政治的关系,特别是提出了如何对待“红绿灯的指挥”问题,这都关系着每个发言者在即将到来的新中国的选择(立场、态度,等等),为保留历史的真实,我们还是做一点直录——

金隄:文学是否必需载道呢?目前有人认为文学非载政治的“道”不可。不知道诸位先生意见如何?

冯至:文学史上第一流的文章都是载道的文章,如韩退之的文,杜甫的诗。作家对某一种“道”有信仰,即成为他自己的信仰。至于应否强迫别人同“道”是另一个问题。

废名:金隄所说的是指作家对社会的态度,不指作家自己的“道”。我以为文学家都是指导别人而不受别人的指导。他指导自己同时指导了人家。没有文学家会来这儿开会,因为他不会受别人指导的。我深感今日的文学家都不能指导社会，甚至不能领导自己。我已经不是文学家，所以我才来开会（全场大笑）。历史哪有一个文学家是别人告诉他，要这样写，那样写的？我深知，文学即宣传，但那只是宣传自己，而非替他人说话。文学家必有道，但未必为当时社会所承认。一个大文学家必须具备三个条件：天才，豪杰，圣贤。无天才即不能表现，但有天才未必是豪杰。有些人有天才而屈服于名利酒色，故非豪杰。如是圣贤，则必同时是天才，是豪杰。三者合一乃为超人，不与世人妥协。好的文学家都是反抗现实的。即（使）不明白相抗，社会也不会欢迎他的，如莎士比亚。有哪一个天才、豪杰、圣贤不是为社会所蔑视的？

沈从文：驾车者须受警察指挥，他能不顾红绿灯吗？

冯至：红绿灯是好东西，不顾红绿灯是不对的。

沈从文：如果有人操纵红绿灯又如何？

冯至：既要在这路上走，就得看红绿灯。

沈从文：也许有人以为不要红绿灯走得更好呢？

汪曾祺：这个比喻是不恰当的。因为承认他有操纵红绿灯的权力，即是承认它是合法的，是对的。那自然得看着红绿灯走路了。但如果并不如此呢？我希望各位前辈能告诉我们自己的经验。

沈从文：文学自然受政治的限制。但是否能保留一点批评、修正的权利呢？

废名：第一次大战以后，中外都无好作品。文学变了，欧战以前的文学家确能推动社会，如俄国的小说家们，现在不同了，看见红绿灯，不让你走，就不走了。

沈从文:我的意见是文学是否在接受政治的影响之外,还可以修正政治,是否只是单方面的守规矩而已。

废名:这规矩不是那意思。你要把他钉上十字架,他无法反抗,但也无法使他真正服从。文学家只有心里有无光明的问题,别无其他。

沈从文:但如何使光明更光明呢?这即是问题。

废名:自古以来,圣贤从来没有这个问题。

沈从文:圣贤到处跑,又是为什么呢?

废名:文学与此不同。文学是天才的表现,只记录自己的痛苦,对社会无影响可言。

钱学熙:沈先生所提出的问题是很实际的问题。我觉得关键在自己。如果觉得自己的方向很对,而与实际有冲突时,还有二条路可以选择的:一是不顾一切,走向前去,走到被枪毙为止。另一是妥协的路,暂时停笔,将来再说。实际上妥协等于枪毙自己。

沈从文:一方面有红绿灯的限制,一方面自己还想走路。

钱学熙:刚才我们是假定冲突的情形。事实上是否冲突呢?自己的方向是不是一定对?如认为是对的,那么要牺牲也只好牺牲。但方向是否正确,必须仔细考虑。

冯至:这确是应该考虑的。日常生活中无不存在取决的问题。只有取舍的决定,才能使人感到生命的意义。一个作家没有中心思想,是不能成功的。[42]

这里已经谈到了:文学(文学家)在“今日”(也即新的时代)可能有的各种选择,以及每一种选择可能造成的困境、可能产生的后果。——但以后历史的现实却远比这些预测复杂得多,似乎也残酷得多。

注释:

① 《从文家书·霁清轩书简之二》(1948年7月30日),第137—138页,上海远东出版社,1996。

② 子冈:《沈从文在北平》,原载上海《大公报》1946年9月19日,收《长河不尽流》,第127—129页,湖南文艺出版社,1989。

③ 林蒲:《投岩麝退香》,同前书,第158—160页。

④ 沈从文:《沉默》,见《沈从文文集》,第10卷,第61页,花城、三联(香港)出版社,1984。

⑤ 沈从文:《从现实学习》,同前书,第315页。

⑥ 《水云》,同前书,第288页,第294页。

⑦ 参看《续废邮存底·十二·爱与美》,见《沈从文文集》,第11卷,第376—379页。

⑧ 同上,第379页。

⑨ 同注⑥,第294页。

⑩ 贺桂梅:《折戟沉沙铁未销——读解〈看虹录〉》(作业手稿)。

⑪ 《烛虚》,见《沈从文文集》,第11卷,第278页。

⑫ 《生命》,同前书,第29页。

⑬ 许杰:《现代小说过眼录》,转引自贺桂梅文章。

⑭ 《新废邮存底·二十二》,见《沈从文文集》,第12卷,第76页。

⑮ 《新废邮存底·十七》,同前书,第51页。

⑯ 《新废邮存底·二十一》,同前书,第61页。

⑰ 《新废邮存底·二十七》,同前书,第80页。

⑱ 《新废邮存底·二十六》,同前书,第77页。

⑲ 同注②,第129页。

⑳ 袁可嘉:《从一本迟出了二十年的小书说起》,见《长河不尽流》,第164页。

㉑ 袁可嘉:《新诗现代化》,见《论新诗现代化》,第7页,三联书店,1988。

㉒ 汪曾祺:《短篇小说的本质》,载天津《益世报》1947年5月30日。

㉓ 适夷:《1948年小说创作鸟瞰》,载《小说月刊》第2卷第2期(1949年2月1日)。

㉔ 张羽:《从〈围城〉看钱锺书》,载《同代人》文艺丛刊第1年第1辑,1948年4月20日出版。同年2月出版的《表眉小记》发表《香粉铺之类》,也有类似的指责。

㉕ 金介甫:《沈从文传》,第244、246页,湖南文艺出版社,1992。

㉖ 《收拾残破》,原载《论语》第162期(1948年10月),收入《沈从文文集》第12卷时此段文字全部删去。

㉗ 转引自汪曾祺:《沈从文转业之谜》,沈虎雏:《团聚》,收《长河不尽流》,第141—142页,第502页。

㉘ 朱自清:《那里走》,见《朱自清文集》,第4卷,第230—231页,江苏教育出版社,1990。

㉙ 金介甫:《粲然瞬间迟迟去,一生沉浮长相忆》,见《长河不尽流》,第323页。

㉚ 《收拾残破》,见《沈从文文集》,第12卷,第303页。

㉛ 《关于北平特种手工艺展览会的一点意见》,同前书,第30页。

㉜ 同注③,第161—162页。

㉝ 同注③,第162页。

㉞ 赵清阁:《骚人日记》,收《北京乎》(下),三联书店,1992。

㉟ 莫如俭:《中国留美学生政治意见测验统计》,原载《观察》第4卷第20期(1948年7月17日)。同文发表了北美中国学生基督协会组织的《中国学生意见调查》,对象是各大学的留美学生,其中经济主要来源39.7%来自家庭,公费12.9%。调查结果表明:“目前在美的大学生对

于久远的基本经济政策是主张社会主义”(90%认为“不耕者不应有田”,半数以上主张采取合作农场,59.2%主张重工业和公用事业国营);“对于局势的态度却不很明朗,他们希望中国立即和平,但很多人不能确定怎样才能达到这个愿望。他们之中,虽然大多数希望国民政府能改进,但并不信任政府,他们也不信任共产党,多半的人认为组织联合政府,以求国共合作仍然是解决中国问题的最好办法。”

㊱《国民党的改造》,原载《周报》第2卷第15期(1948年10月),见《朱光潜全集》,第9卷,第522页,安徽教育出版社,1993。他还曾撰文(《立法院与责任内阁》)鼓吹要建立“强有力的政府”,同前书,第453页。

㊲ 张东荪:《政治上的自由主义与文化上的自由主义》,载《观察》第4卷第1期(1948年2月)。

㊳ 李孝友:《读〈关于中共何处去〉兼论自由主义者的道路》,载《观察》第3卷第19期(1948年1月)。

㊴ 转引自马勇:《梁漱溟评传》,第358、360、364页,安徽人民出版社,1992。

㊵ 张东荪:《知识分子与文化的自由》,载《观察》第5卷第11期(1948年11月)。

㊶ 同上。

㊷《今日文学的方向》,载《大公报》(天津版)1948年11月14日《星期文艺》第107期。这次座谈会还讨论了现代主义的文学实验的前景问题。朱光潜认为,现在学习西方的文学,路子有些狭隘,“现代诗人的晦涩虽好”,但“语言的功夫应在使人了解”。冯至则明确提出:“目前我们所接受象征派的影响恐怕是不很健康的。”袁可嘉、废名等则做了辩护:“浪漫的诗是倾诉,现代诗是间接的,迂回的,因此看惯了直接倾诉的人就不免觉得现代诗太晦涩难懂。”袁可嘉认为:“就目前中国的文化现状说,我承认这个诗是并非必需的。但如果有一部分人比别的人们走在前面了一步,而已经深感现代文化的压力,并开始有所表现,似乎也是

不可厚非的。现代化的一个严重的弱点出现在一些冒充现代的人的身上。但是这是人的弱点,而非这一运动本身所必然包含的过失。我相信,中国的文学不向前走而已,如果还有发展的话,从简单到复杂怕是必然的途径。”

十一、南下与北上

——1948 年 12 月

叶圣陶 1948 年 12 月日记(摘抄)

10 日(星期五)　夜间,各杂志编辑聚餐于我店。听贾开基分析战局,甚为详尽。九时后归。

14 日(星期二)　与墨协同洗、山、彬诸位访金老太太,老太太将以明晨乘轮赴香港,与之话别,仲华则先已抵港矣。

日来北平为共军所包围,炮弹已落于清华校中。今日下午,有人传其已易手。红蕉曾有电话来,云甚念冬官。我意必甚安全,然亦无以解其焦虑也。

15 日(星期三)　至我妹家省母。我妹于午后一时打通北平长途电话,东官已入城居住,较为放心。于此可知北平易手之说非确。唯据报载,北平已被围甚紧矣。

19 日(星期日)　觉农来,为远方致意,余再度谢之。

21 日(星期二)　思欲作文,而诸友多谈时局,心不宁定,未能下笔。

22日(星期三)　放工后,与墨观《战地钟声》于国泰。此根据海明威之小说,余曾读其译本。男主角为贾来古柏,女主角为殷格兰鲍曼,均名手。背景取山野,彩色摄影,非常悦目。片长演两小时有半,而不觉其长。到家已八点半矣。仍小饮。

23日(星期四)　晨至河南路,汽车为挤兑金银者所阻,停顿至一刻钟。兑金银为经济政策改变后之办法,意在维持金圆之信用,实则不成体统之措施。举办以来,挤兑纷纭,逐利者得金售于黑市,得半倍以上之收益。公教人员规定例可得兑,实同于政府分其余赃于伙伴。今日挤兑最甚,银行区域聚集至十万人以上,皆以晨四时来者。迄于夜报出版,知挤死七人,伤二十余人。此办法殆不能更延续也。

29日(星期三)　三官定明日出游,此别总得有一年半载耳。

30日(星期四)　放工回家,三官与其伴方登三轮车。甚不凑巧,此行适值久雨。江岸泥泞,恐不易走也。

听《长生殿》一回。

12月15日,正在按照中共中央军委的部署,积极准备完成对北平的包围的东北野战军指挥员林彪等人,接到了军委主席毛泽东的紧急电报:"请你们通知部队,注意保护清华、燕京等学校及名胜古迹等。"两天以后,又接到了更为详尽的电示:"沙河、清河、海淀、西山系重要文化古迹区,对一切原来管理人员亦是原封不动,我军只派兵保护,派人联系,尤其注意与清华、燕京等大学教职员、学生联系,和他们共同商量,如何在作战时减少损失。"12月27日,毛泽东又在周恩来起草的中共中央给彭真、叶剑英(他们正受命准备接管北平)与林彪等人的指示上,加写了一段话:“燕京是司徒(按:指美国驻华大使司徒雷登)办的学校,陆志韦(按:时为燕京大学校长)当然和司徒有联系,但燕京教职员中左倾者不少,陆志韦态度亦较民主,我们应采保护政策。”①半月之内,连下三道命令,以毛泽东为首的中共中央在平津大战一开始,即十分关注对文物古迹的保护,对知识分子的保护与争取:这是胜利者高瞻远瞩的战略决策。

失利者方面,也在做最后的努力。据说,在本年9月召开的第一届中央研究院院士会议开幕式上,院士中最长者、商务印书馆董事长张元济老先生慷慨陈词,批评国政,引起了最高当局的震动,痛感在争取知识分子方面已远远落后于中共。②——其实,也未尝没有做过工作,1946年蒋介石本人就曾两次资助著名学者熊十力办哲学研究所,而为熊氏所拒绝。③也就是在1948年12月,在蒋介石亲自策划与指导下,国民党政府制订了“抢救平津学术教育界知名人士”的计划,对象有:各院校馆所行政负责人,因政治关系必离者,中央研究院院士,在学术上有贡献者。并成立了由陈雪屏、蒋经国、傅斯年组成的三人小组,具体负责执行。12月13日,即毛泽东发出电令前二日,蒋介石的特使陈雪屏已经到了北平。④中共方面,则利用自己的学生党员、积极分子(他们中很多人都是品学兼优的好学生,有的还是这些名教授的得意门生)去做老师的工作,自然是更为有力的。⑤这样,到了1948年年底,国、共的争夺战由于军事、政治战场上胜负几成定局,对思想文化与知识分子的争夺,反而日渐突出:在某种意义上,这是一次对于“未来”的争夺。

而中国的知识分子,主要是那些至今还在徘徊的自由主义教授,也确实到了对国、共两党做出最后的选择,对呼之欲出的新的人民共和国表明自己的态度的时候了。至于普通老百姓,他们是不容易为时局所动的,但一些国家的公务人员、军政人员,也面临"跟着政府走,还是留下等待'解放'"的选择。于是,在留存下来的当年的报刊上,我们看到了这样的《故都初冬即景》:"大家见面的问候语变成了:'怎么样,走不走?'打开报纸,'空房急售'、'房好价廉'的广告比比皆是。房地价这半月以来,猛跌了三成。据说一所尚好的四合房,'一条(黄金)'即可成交。旧货交易也大见繁荣。东单、宣外一带的小市上,旧家具堆成山,贱得不得了。"⑥

本书前一章开头提到的那个小孩,时为孔德学校的低年级学生的沈家的"虎雏",40年后仍清楚地记得当年的情景:

> 北平要打一仗,我和伙伴们兴奋不已。兄弟俩用掉很多卷美农纸,把玻璃糊成一面面英国旗子,好容易才完工。大跑出去转一圈,带回沮丧消息:"人家陈伯伯窗户用纸条贴字,风雨同舟,还有别的什么来着。"
>
> 大院各家商议,选较宽的东院挖了几条壕沟。我趁机在门前大兴土木。头三年早就立志挖口井,在云南大地上掏了二尺深怎么还不见水?只好提两桶灌进去自慰。这次挖了五尺深,妈妈说:"把煤油桶藏进去吧,安全点。"没有抹杀我的成绩。
>
> 六年级教室窝在礼堂背后,传来陌生的声音,真好听!趴窗缝看,礼堂里一群中学生,没有老师,自己在练唱:"山那边哟好地方,一片稻田黄又黄。大家唱歌来耕地呀,没人为你做牛羊……"嘿!是八路军的歌!我们几个钻进去,

抄那黑板上的词谱，大同学并不见怪。

街上到处是兵，执法队扛着大刀片巡逻。已经听到炮声，终于孔德也塞满了军人，停课了，真开心！大院孩子们天天扎堆玩闹，那些大人们你来我往，交换不断变化的消息。

北大的一个什么负责人来过家里，让爸爸赶快收拾准备南下，说允许带家眷，很快就可以上飞机，现在只靠城里的临时机场。我们住处附近，常有炮弹落下，一次两发，皇城根一带落过，银闸胡同也落了，传说防痨协会有弹药库，炮是朝那儿打的。小孩子们都不知道怕，议论着八路为什么老打不中？

爸爸的各种朋友不断进出，大人们一定在为重要的事情商议着，家里乱糟糟的。

我对有可能坐一回飞机暗自高兴，又愿把这一仗看到底。北平多好呀！我家有什么必要逃出去呢？就这么矛盾着胡思乱想。没容我想两天，事情已决定，我们不走。爸爸的一些老朋友，杨振声、朱光潜伯伯们也都不走。家里恢复了以往秩序，没客人时爸爸继续伏案工作。大家等待着必然要到来的一天。⑦

后来，沈从文自己对他（及他的朋友）的决定，做了这样的说明："我终得牺牲。我不向南行，留下在这里，本来即是为孩子在新环境中受教育，自己决心作牺牲的！应当放弃了对一只沉舟的希望，将爱给予下一代。"⑧

沈从文这一代深受"五四"的熏陶，大概都有"历史中间物"的意识，在这时代的转折点上，产生"为下一代牺牲"的想法，并据此而决定自己的选择,都是很自然的。一方面,他们(至少是沈从文)对自己在“方生(即所谓新社会、时代、国家)”的命运并不抱幻想,已经做好了“消失”的准备;另一方面,对“将死(旧社会、时代、国家)”更不存任何希望:他们早已认定,那是一只沉舟,迟早要淹没在时代的大潮中。尽管自己由于与这条沉舟曾有过历史的纠葛而必得为之付出代价,但下一代却没有必要随着殉葬,需要牺牲的只是(只能限于)自己这一代。——至于历史发展的另一种可能,当时几乎是无人料及的。

事有凑巧,1948年12月5日,上海吴淞口外发生江亚轮炸沉事件,旅客1600余人失踪,生还抵沪者仅900余人。这件惨案震动了全上海,以至全中国。[9]很多人都认为是一个不祥的预兆(象征)。从此,“沉舟”的意象就作为一个抹不掉的阴影,深深地留在许多人(不只是知识分子,更包括普通市民)的心上,成为那个历史时刻的标记了。

打开1948年(特别是下半年)的报刊,人们会处处感到“危船将倾”的气息:这确实是一个令人绝望的年代。

一面是大多数人失去了最基本的生存条件:“湖南罹灾40县,灾民800万。福州暴雨,倒屋5000幢,死人盈千。广东霪雨加上台风,淹没盘山、开平二县,新会、思平二县半淹。江西连绵雨水,报灾46县,为三十年所未有。安徽安庆下游圩堤溃决,沿江13县被淹土地40万亩。边远的云南大雨滂沱,也有两县便变成泽国,20余县闹灾”(9月4日天津《大公报》,下同),“津难民达12万人,逃难人员生活无着”(10月28日),“沪市场惊涛骇浪,米价狂涨瞬息万变,黑市每石千八百圆,抢粮抢饭之风甚行”(11月8日),“南逃学生苦矣,乞讨以求一饱,裹着棉被上课，疟疾痢疾流行，已有很多死亡”（11 月 12 日），“北平学生多以窝头充饥，云大日前几乎断炊，武汉学生在汉阳门的废墟上举行活命拍卖会，厦大一位女教员吞服水银自杀，弦歌不绝的学府，类似排演悲剧的舞台，进德修业的学人学子，几乎成了叫花子”（12 月 2 日）……

另一面则醉生梦死，拼作最后的狂欢：“上海：挥金如土的不夜城”，“财政局统计：8 月份娱乐捐 10 余万元，9 月已达 30 余万”，“兰苓、红霞、兰天女子服装公司尽管缺料，也忙得不可开交”（10 月 13 日），“上海女人爱时髦，今年秋装又放长，梳个凤尾头，插上嵌珠木刷，领高腰紧，黑的颜色最流行，耳环流行大而像花瓣形”（9 月 22 日）……

各种荒诞离奇的社会新闻不胫而走。1948 年最为轰动的，莫过于所谓“四川杨妹 9 年不食”的“闹剧”。国民政府中央社发专电报道，扬言发现了“世界上第一个不怕米荒的人”，重庆市卫生局还煞有介事地做“科学考验”，据说还有大学生写信向杨妹求婚的[10]，最后西洋镜戳穿，是一个骗局。正是“怪事年年有，今年特别多”。12 月 1 日天津《大公报》还报道了“广东一幕喜剧”：一青年写信给某报社，自称有救国奇才：“不用向外借款，限在两个月期内，能使全国金融永久安定（非清算豪门资本计划）；不用发一炮弹，限在三个月期内，能使中国内战随时停止（非实行共产计划）；两个月里能使棉织品供应全中国，同胞们安居乐业，治安路不拾遗”，国民党港澳支部执行委员会书记叶某居然信以为真，亲自接见，才发现该青年系一精神病人，闹了一个“病急乱投医”的大笑话。

“最后一幕”往往是喜剧的演出。在出版业极不景气的

1948年,标榜"幽默"的《论语》却始终保持良好的销售势头。编者邵洵美不无得意地宣称,刊物的直接订户"已从机关,学校,银行,商号,推广到了寺院,庙宇",据说一位长老居然亲自跑到偏远的发行所来订购。[11]也正如编者所说,"现在的环境实在太幽默了,以前是懂幽默的人才会幽默,现在不论什么人都幽默得很。"[12]《论语》上的"幽默"确实都来自生活本身。例如第149期上的这则"小品":"法币满地,深可没胫,行人往来践踏,绝无俯身拾之者,谓之'路不拾遗',谁曰不宜!"几乎是一种写实。有的就是从报纸上抄录下来的:"平县某纸店,近年异想天开,向银行买来大量不能通行的一元钞票,盖上'冥用银行一百元'字样的印戳,每张卖法币一百元,利市百倍,附近的善男善女争相购买——真是生财有道!"[13]至于每期都有的民谣(如第153期的《物价谣》:"平平涨涨涨平平,涨涨平平涨涨平,涨涨平平平涨涨,平平涨涨涨平平",同期的《教授谣》:"教授不如叫化,叫化不如理发,理发不如立法,立法不如司法,司法不如监察,监察不如警察")、对联(如第165期的《赞财政当局》:"自古未闻粪有税,而今只谓屁无捐")、打油诗(如第165期的《长安竹枝诗》:"市上一片现凄凉,此修门面彼下乡。日上三竿门未启,军警频频催晓妆"),有许多都是早在民间流传的。就连普通的广告也透着幽默。如《论语》曾连续登载丰子恺的"书画润例",每月一"重订":册页(一方尺)或漫画(不满一方尺)或扇面每幅定价,6月为200万元,7月即为400万,8月又上升为600万,就这样紧赶慢赶也依然赶不上物价上涨的速度:这本身就是一个极好的漫画题材。

末世景象的另一端是文人的自杀。国民党中政会秘书长、蒋介石身边的"大秀才"陈布雷于11月13日自戕,朝野为之震动。他留下的遗书中,"百无一用之书生""油尽灯枯""毫无出路""无能为役""误国之罪,百身其赎""瓶之倾兮垒之耻"等语,曾引起时人的许多感慨。⑭其实,在此之前,7月3日凄风苦雨之夜,早已有一个文人自沉于姑苏阊门外梅村桥下。此人即是"诗词文章,以及刻镌图章,俱卓然自成一家"的乔大壮,他在供职北洋政府教育部时,应鲁迅之请书写的《离骚》集句,至今仍悬挂于鲁迅故居。在许寿裳年初惨遭暗杀以后,他曾任台湾大学中文系主任,暑期中却被解聘。他对时局早有不满,曾撰一对联送蒋介石政府的"国民大会堂":"费国民血汗已?亿?集天下混蛋于一堂!"自沉前与友人谈抗战时送二子参加空军,不料现在竟要轰炸自己人,"实在是杀业深重",他自感无力救国救己,遂效屈原,留下绝命诗一首:"白刘往往敌曹刘,邺下江东各献酬;到此题诗真绝命,潇潇暮雨在苏州。"这年11月出版的《文学杂志》第3卷第6期特载署名"方回"的悼念文章,并谈及当年王国维的自沉。作者说:"今日已经不是朝代的更易,而是两个时代两种文化在那里竞争。旧的必灭亡,新的必成长。孕育于旧文化里的人,流连过去,怀疑未来,或者对于新者固无所爱,而对于旧者却已有所怀疑、憎恨,无法解决这种矛盾,这种死结。隐逸之途已绝,在今日已无所逃于天地之间,无可奈何,只好毁灭自己,则死结不解而脱。像王静安、乔大壮两位先生都是生活严肃认真、行止甚谨的人,在这年头儿,偏就是生活严肃认真的人难以活下去。所以我们对于王、乔两先生之死,既敬其志,复悲其遇,所谓生不逢辰之谓也。"⑮

事情确乎如此,到1948年年底这新、旧交替的历史时刻,对于"新"的,人们可能有不同的看法,或寄予希望(甚至充满幻想),或拼死反对,或抱有疑惧,或尚无确定立场,但"旧的秩序再也继续不下去",已成为不争的事实。眼见沉舟渐没,所有的中国人都默念着一句话:"一个时代结束了。"

但个人在时代的转折中怎样自处,仍然需要选择。特别是政权的交替,意味着胜利者将统治整个中国,如不愿接受这种统治,或对其存有疑虑,就必须选择"流亡他乡异国"。这对于与这块故土有着血肉联系的中国人,尤其是他们中的知识分子,是一个太难以接受的选择。1948 年的中国文化舞台上一直引人注目的自由主义作家、记者萧乾,至今也还记着那个夜晚,服过三次安眠药也不能入睡:上半夜,那位入了英国籍的捷克汉学家(和其他朋友)的"忠告"("知识分子同共产党的蜜月长不了"之类)像几十条蛇在心乱钻,近年来与左翼知识分子冲突不断,真的拒绝了剑桥大学的聘请,留在大陆,中国共产党会不会像苏联、东欧那样,大搞"清洗",如果真有那一天,自己能够逃脱吗?……但后半夜,只要一合上眼,就闪出一幅图画,那是童年时代留下的刻骨铭心的记忆:一块破席头,下面伸出两只脚,这"倒卧"的僵尸正是白俄"老鼻子",一个叼烟袋锅子的老大爷叹了口气说:"咳,自个儿的家不呆,满世界乱撞!"……他乡虽好,故土难舍,怎能想象自己也会成为"没有祖国的人",而且谁能保证,那"倒卧"异国的命运不会在等着自己呢?……天亮了,萧乾做出关乎后半生的决定:留在大陆。不久,他随着中共地下党,经青岛北上,来到开国前夕的北京。尽管从此历经磨难,却未对那个夜晚所做的选择感到遗憾。[16]

对于许多中国知识分子,做出"死守故土"的决定是十分自然的。钱锺书当年就是这样对别人说的:"这儿是我的祖国。这儿正在发生巨大的变化,我还是留在这儿做自己的一份事情好。"说话的语气是相当平静的。[17]他还经常引用柳永的词表白自己的心情:"衣带渐宽终不悔,为伊消得人憔悴。"杨绛后来解释说:"撇不下'伊',——也就是'咱们'或'我们',尽管亿万'咱们'或'我们'中人素不相识。终归同属一体,痛痒相关,息息相连,都是甩不开的自己的一部分。"据说,陈寅恪50年代前期与王力谈到当年"去留"问题时,也以"何必去父母之邦"一语相告。[18]这个传统大概是来自屈原的吧。

而有的知识分子,几乎是被"逼上梁山"的。国民党在大陆统治的后期,一直对民间言论采取高压政策。仅1948年就有以下的记录:1月12日,查封生活、读书、新知三书店。4月9日,查封《国讯》杂志,香港版《国讯》也被禁止进口。6月5日,上海《时代日报》被强令停刊,罪名是"煽动工潮学潮、扰乱金融、歪曲军情"。7月8日,内务部以"屡载违反出版法文字"为由,勒令南京《新民报》永久停刊。7月16、19日,《中央日报》连发社论,针对《大公报》王芸生为《新民报》辩解、批评《出版法》,扬言要对王芸生进行"三查"。8月,中央宣传部训令影片公司在进行"币制改革"时,禁止在剧情中"写述有关物价上涨及讽刺金圆券贬值的情形"。9月24日,《时与文》周刊因"言论过激"被查封。10月2日,内政部下达密令:"按照国家总动员法,对于新闻报纸杂志之记载,于必要时加以限制。"10月14日,生活书店经理薛迪畅、练习生陈正达被捕,特刑庭以该店订购"反动"书籍,宣传"共产主义"为由,按"危害国家罪"提起公诉。10月,《诗创造》与《中国新诗》同时被查禁。11月26日,内政部致电上海市政府查禁64种所谓“鼓吹邪说”的学生刊物。12月25日,以“攻击政府,讥评国军,为匪宣传,扰乱人心,违反动员戡乱政策”的罪名,勒令《观察》“永久停刊”。12月30日,重庆市社会局列举《大公报》重庆版十大罪状,向法院提出公诉。[19]所有这些“勒令”“查禁”都起到了“为渊驱鱼,为丛驱雀”的作用。

即以储安平主持的《观察》为例。《观察》创刊时,就在“发刊词”中确立了自己的基本立场:“我们除大体上代表着一般自由思想分子,并替善良的广大人民说话以外,我们背后并无任何组织。我们对于政府、执政党、反对党,都将作毫无偏袒的评论。”[20]储氏还有过这样的名言:“老实说,我们现在争自由,在国民党统治下,这个‘自由’还是一个‘多’‘少’的问题,假如共产党执政了,这个‘自由’就变成了一个‘有’‘无’的问题了。”[21]这至少说明储安平确不“偏袒”共产党,甚至是心怀疑惧的。但国民党却因为他同时批评了自己,因为《观察》在群众中影响日益扩大(发行量从最初的400份,最后上升到10万零500份),而视为大忌,绝对不能相容,非置之死地而后快。储安平曾有《政府利刃,指向〈观察〉》一文,列举所受迫害事实:“或者禁售,或者检扣;经销《观察》的,受到威胁;阅读《观察》的,已成忌讳;甚至连本社出版的《观察丛书》,也已成为禁书,若干地方的邮检当局,一律加以扣留。”[22]但这只能激起猛烈的反抗,储氏的言辞更见锋利:“我们现在连批评这个政府的兴趣也已没有了”,弄到这地步,“这个政府也够悲哀的了”;“封也罢,不封也罢,我们早已置之度外了。假如封了,请大家也不要惋惜。在这样一个血腥遍地的时代,牺牲了的生命不知道有多少。……

这小小的刊物，即使被封，在整个国家的浩劫里，算得了什么！”文章最后表示要“面对迫害，奋不顾身，为国效忠。要是今天这个方式行不通，明天可以用另个方式继续努力”。㉓尽管与国民党政府决裂之意已定，但《观察》仍不时发表批评共产主义的文章。㉔国民党方面的迫害却有增无减，从出示“一月一查”的黄牌，到最后查封，追捕主编，围捕有关人员，将刊物负责人逮捕入狱。㉕此时，储安平这样的自由主义知识分子除投奔新中国已别无他路。

这一切，都导致了最后的结果：1948 年 12 月 15 日晚 6 时半，两架派往北平“抢救”平津学术教育界知名人士的专机，降落在南京明故宫机场，蒋介石特派王世杰、朱家骅、蒋经国、傅斯年、杭力武等要员前往迎接。第一个走下飞机的是胡适，陆续下机的有陈寅恪、毛子水、钱思亮、英千里等，不过 25 人。——这尽管不是“南下”的全部，但却有代表性，或者说，具有某种象征性：国民党在争取知识分子方面，也是失败者。

据《胡适传论》的作者介绍，其时中国共产党方面也在做胡适的工作，通过西山的广播明确宣布：只要胡适不离开，将保证北平解放后仍让他继续任北京大学校长与北京图书馆馆长。北大同人与属下也有劝其留下的，胡适只是笑着摇了摇头。劝得急了，他留下三句话：“在苏俄，有面包，没有自由；在美国，又有面包，又有自由；他们来了，没有面包，也没有自由。”㉖——这也许只是一种传说，但他坚持自由主义、反对共产主义的立场是多次见诸于他这一时期的各种讲演与文章中的㉗，而他所做的选择：“在国家最危难的时候，一定与总统蒋先生站在一起”，也是一再宣布了的。㉘但他确实并不想南下，至少是不想立刻南下，因为他不肯“丢开北大不管”,而北大教授会早在11月24日就做出了“决不南迁”的决定。[29]他正忙着筹办北大50周年校庆和《水经注》版本展览。但终于匆匆南下,只给留守北大的汤用彤、郑天挺留下一纸便笺:“今早及今午连接政府几个电报,要我即南去。我就毫无准备地走了。一切的事,只好拜托你们几位同事维持。我虽在远,决不忘掉北大。”已经打捆好的一百多个大木箱的书也无法带走了,连小儿子都来不及通知,只急急忙忙拉着夫人出了门,提包里装着正在校勘的《水经注》稿本和视为生命的十六回残本《甲戌本脂砚斋重评石头记》。

陈寅恪出现在南下飞机里,是引人注目的。时在清华大学中文系任教的浦江清在三天前(12月12日)拜访了他,并在当天的日记里记下了谈话的内容:“陈先生说……他虽然双目失明,如果有机会,他愿意即刻离开。清华要散,当然迁校不可能,也没有人敢公开提出,有些人是要暗中离开的。那时候左右分明,中间人难以立足。他不反对共产主义,但他不赞成俄国式共产主义。我告诉他,都是中国人,中国共产党人未必就是俄国共产党人。学校是一个团体,假如多数人不离开,可保安全,并且可避免损失和遭受破坏。他认为我的看法是幻想。”[30]这大概是反映了陈寅恪的真实思想与态度的,但他最终仍眷念于“父母之邦”而留在大陆。

另一位著名的自由主义作家、学者梁实秋早于胡适、陈寅恪,在12月13日即乘火车离开了北平。这是他的出生地,此番远去,归家无日,自是难舍难分;何况还要留下长女,这骨肉分离,更如撕心裂肺。几十年后,大陆终于承认了梁实秋在现代文学的历史地位,饱经沧桑的梁文茜女士这才小心地打开那封闭已久的记忆的闸门——

> 记得十分清楚，我去送爸爸上火车，小妹文蔷哭得抬不起头来，弟弟愣着不言语，只有爸爸含泪隔着火车的窗户对我招手，只说了一句“保重”，隔着眼镜我也看见爸爸眼睛红红的流下泪珠。火车开动了，越走越快。这时我忽然想起还有一句话要说，便拼命地跑啊跑啊追火车，赶上去大声喊：“爸爸你胃不好，以后不要多喝酒啊！”爸爸大声回答我说：“知道了。”火车越走越远，一缕青烟，冉冉南去，谁能想到这一分手就是四十年……[31]

以后的经历却颇多惊险：原来说好梁实秋带着孩子先去天津，夫人收拾家庭随后就到；不料夫人多耽搁了一天，平津交通即已中断。梁实秋父子三人只得凄然离津南下，途经塘沽又遭岸上士兵枪射，蜷卧统舱，14 日始达香港，再转广州。困居古城的夫人，幸得赶上 15 日的飞机，一到南京即直奔上海，再乘海轮经香港转广州，全家免于再次分离，实属万幸！[32]——这段战乱（与民族分裂）中的生离死别，因为梁实秋是著名的文学家，才由他本人，以及以后的传记作家多方钩稽史料，记录了下来；但当时发生在更多的普通老百姓（与普通知识分子）家庭中的远为惨烈的人生悲剧，却已湮没在历史的尘埃里，最多仅在有限的家属中，留下日渐淡漠的记忆与微茫的悲哀，直到本世纪末被再度搅动……

1948 年 12 月 17 日，北京大学在战乱中度过了自己的 50 岁生日。报纸做了如下报道：“平郊战火 17 日晨更趋炽烈，枪炮声又近又密。北大红楼屋顶只多添了一面五颜六色的校旗。……全体脱帽中举行蔡(元培)先生铜像揭幕礼。白发白髯的老校友周养庵站在最前一列,双目充满热泪。蔡氏铜像也透过眼镜以深沉的目光注视着他的后人。汤用彤院长以轻微的声调说:'北大是戊戌政变的产物,到五四阶段有了新的生机。存在五十周年以来,渡过了多少次难关。今天又是炮声不停,我们纪念北大,有无限感慨。这多灾多难的时代,北大是能继续度过的,我们将勉力向着未来。'……"这篇报道结尾处特地谈到了北大理学院院长饶毓泰向记者介绍说:"这些天学生心情虽不好,但对功课仍很努力,他们要求星期六及星期天照旧开放实验室。"㉝——这信息是重要的,人们很自然地联想起,一年前中国知识分子中年长一辈的张元济老先生在写给胡适的信中的一段话:"来书云在此天翻地覆之时,我乃作此小校勘,念之不禁自笑。此真为天下愈乱吾心愈治。"㉞这里显示的是一种积极的文化建设精神,在战乱中尤其难能可贵。

于是人们注意到,即使是在动乱的1948年,基本的学术文化建设仍在少数人手中坚持着、继续着:继1947年出版《中国历史参考图谱》(部分)后,这一年郑振铎先生又影印出版了24辑《域外古画集》,组织翻译了美国现代文学丛书㉟;这一年出版的重要的学术著作计有:费孝通:《乡土中国》(上海观察社初版,4月),钱锺书:《谈艺录》(开明书店出版,6月),冯至:《歌德论述》(正中书局,8月),李长之:《司马迁之人格与风格》(开明书店,9月),阿英:《中法战争文学史》《中日战争文学史》(北新书店,10月),王亚南:《中国官僚政治研究——中国官僚政治之经济的历史的解析》(时代文化出版社,10月),吴泽:《康有为与梁启超》(华夏书店,11月)、《湖北方言调查报告》(中央研究院历史语言研究所编，本年）等。这一切，自然远不够辉煌，价值正在无人顾及之中的坚守。[36]

到了此时，想（能）走的都走了，不想（不能）走的也都留下了。生活在“等待”中继续。前述浦江清的日记为这一阶段普通大学师生的生活做了忠实的记录，我们不妨再做一次“文抄公”——

> （12月）13日，星期一，晴，暖。上午十时上中国文学史班。同学都未缺席。继续讲《楚辞》里《天问》、《九章》的内容。显然同学们不很安心。有人问，听说学校要迁城内和北大合并上课，是否确实？……也有人问，假如我们这里被解放了，中央空军会不会来轰炸我们？……有一位女同学情感不能抑制，在拭着眼泪。
>
> 下午炮声很紧，且闻机枪声。知清河撤守，火线在清华园北边，牛奶场已落有炮弹。同学们立在宿舍门外，也有居高远望的。十分紧张。我们便携带铺盖进图书馆。……中文系同人也陆续来了。同学们也来了不少。过道里摊满被褥。消息传来，知道有中央炮兵团进校，在气象台摆了三尊炮。体育馆西一带戒严。
>
> 电灯没有。入夜，点起煤油灯。人兴奋得不能入睡。陈梦家来，说胜因院、新林院同人镇静如常，很少迁动，园内静悄悄地，月色如画云云。梦家态度很安闲，说得很有诗意。……这是清华园最紧张的一幕。夜里隆隆炮声不绝。
>
> 16日，星期四，晴。城内外交通断绝。……至于校中空气多数同学本来是左倾的，他们渴望被解放，少数也变化为无所谓。教授同人极右派本来想走的，现在也走不成了，

多数成为无所谓。不过师生一致团结,维护学校是同心的。……

园内已充满了愉快的情绪。某太太说清华园真是天堂,这样一个大转变,一点也没有事情。海甸、成府交通如常,国军撤,共军来,都无扰乱。商店渐开门,东西很贵。共军所用长城银行的纸币出现了。

17日,星期五,晴。同学吕君来,云共军纪律极好,不扰民。见老百姓称呼老大爷、老大娘。吃着自己带着的小米干粮,喝冷水。肉菜皆有钱买,不强取。人马都很瘦弱。

在家闷着无事,读美人约翰·史坦倍克所著《苏联行》。……书中到处都表现一个自由民主的美国人对于苏联的崇拜领袖好像神明一样以及严厉统制的作风,感觉到奇怪和不习惯。

19日,星期日,晴。下午四时,中央飞机一架来清华园上空投弹。工字厅前下一枚,普吉院胜因院间下一枚。又燕大蔚秀园亦下一枚。投弹之意不悉,恐是共方宣传清华、燕大被解放,平安无事,照常上课,触怒国民党政府所致。数弹幸均落空地,未伤人。平静愉快的清华园,于是又起一阵骚扰,罩满了忧愁恐惧的气氛。……

21日,星期二,晴,寒。林庚教授来谈,述燕大近况,并慰问清华朋友。燕大昨日下午正在请共军13师团政治部主任刘道生讲演。谓共方企图组织人民共和国,并非苏维埃制度。说话也毫不像一般人所想象共产党员干部口吻。共方政策已改变,适合国情,所要打倒者惟蒋政权及四大豪门。保护文化机关,公教人员工农商各界。

> 22日，星期三，晴，寒。晚七时，中文系学生邀集师生座谈会。……是夕，始有电灯，系共军设法恢复者。本系师生济济一堂。同学表现解放后的乐观气氛。讨论如何走向光明的道路，检讨自己的生活，讨论大学教育的方针，中文系课程的改善。问题都很大，发言的人也多。……中年人往往注意于现实问题，意志消沉，又富于理智，抱怀疑稳健的态度。现在我们的大学可以说还在战区三不管的地带。我们的薪水拿到12月份，而金圆券已经不能买蔬菜，偶可买到，非常贵，肉60元一斤，鸡蛋十数元一枚，菜三四元一斤，冻豆腐三四元一块。所以不到几天我们的金圆券也已完了。现在只有面粉，要以面粉换蔬菜，度日如年。不知北平何时被共军攻下，方始得安定。又不知国军会不会冲出来，西郊成为拉锯战的战区。又不知人民政府何时来接收清华，使我们能够拿到薪水。这些问题盘旋在我们的脑子里，所以不很起劲。
>
> 28日，星期二，晴，暖。上午和企罗至海甸看看。……店门多关，略有市面。肉价60余，纸烟40元20支。我们想买些赤豆、青豆、黄豆，跑了好几家，结果买到些黄豆(18元一斤)、黑豆(亦可做豆沙者，20元一斤)。花生米价要五六十元一斤，我们舍不得买。[37]

当北方的古城在围困中苦熬，南方的香港却是另一番景象、另一种心情。早在1947年下半年，深谋远虑的中国共产党人即有计划地将自己的，以及倾向于自己的文化、教育、学术界知名人士转移到了香港，及早脱离了国民党的控制。经过灵活而卓有成效的统战工作，这些集中于香港的民族文化精英很自然地团结于中国共产党的周围。此刻正焦急地等待时机,乘舟北上,以响应中共在本年五一劳动节发出的号召,到即将解放的北平,参加新政治协商会议,准备迎接新中国的诞生。这样,1948 年的年尾,中国的土地上,戏剧性地出现了“南下”与“北上”两股知识分子的人流,前者人员稀落,仓皇而绝望;后者浩荡而有序(中国共产党第一次在散漫的知识分子面前表现出惊人的组织能力),充满了希望。

较早北上的是郭沫若、茅盾等人,时间是 1948 年 11 月 23 日夜从香港出发,12 月 1 日抵东北解放区丹东石城岛,即转沈阳。郭沫若再一次施展浪漫主义才情,临行前赋诗“留别”夫人于立群:“此身非我身,乃是君所有。/慷慨付人民,谢君许我走”,“赠我怀中镜,镜中有写真。/一见君颜开,令我忘苦辛”,“中华全解放,无用待一年。/毛公已宣告,瞬息即团圆。”[38]在放舟北上时,更是一路高歌,首首都以“我今真解放”作结:“我今真解放,仿佛又童年”,“我今真解放,尘垢蜕如蝉”,“我今真解放,赤裸入人寰”,“我今真解放,快乐何如之!”“我今真解放,莫怪太癫狂”,[39]真是把他自己,以及相当一部分进步知识分子在这历史的转折中感受到的解放与新生的喜悦,表现得淋漓尽致。与此紧密相联的是一种迫切的自我改造(更新)的欲望。郭沫若到东北解放区不久,即在给解放区作家草明(她在 1948 年出版了反映工人生活的长篇小说《原动力》,呼声正高)的信中,表示:“我在蒋管区也实在等于坐了十几年的集中营,而今得到解放,正非认真学习不可”,“今后当虔诚地向你和一切文艺解放战士学习。”[40]这种“虔诚”在那时及以后都是颇有代表性的,几乎成了一个时代的知识分子的精神特征。

1948 年 12 月 20 日，诗人、翻译家卞之琳急急忙忙登上客轮离开英国，四星期后，他到了香港：他是赶来参加新中国的文化建设的，手提箱里放着一部用英文写的，并刚刚译成中文的小说《山山水水》。这是一部诗人写的小说，也是实验性的，据说英国小说家衣修午德（卞之琳曾翻译介绍过他的《紫罗兰姑娘》）曾给这部小说以相当高的评价。但卞之琳很快发现这类实验与新中国的文化氛围格格不入，就自动把原稿付之一炬了——这当然是几年以后的事。

与卞之琳一样，急欲回国的还有许多海外赤子。他们中的冰心、老舍、李四光等，都于新中国成立不久，就赶了回来。——这也是一种“虔诚”。

注释：

① 《毛泽东年谱》（下），中共中央文献研究室编，第 419、421、425 页，人民出版社、中央文献出版社，1993。

② 吴方：《仁智的山水——张元济传》，第 247 页，台湾业强出版社，1995。

③ 郭齐勇：《天地间一个读书人——熊十力传》，第 99 页，上海文艺出版社，1994。

④ 胡明：《胡适传论》，第 942 页，人民文学出版社，1996。

⑤ 凌宇：《沈从文传》，第 420 页，北京十月文艺出版社，1988。

⑥ 文载《新路》第 2 卷第 2 期（1948 年 11 月 20 日）。

⑦ 沈虎雏：《团聚》，见《长河不尽流》，第 502—504 页，湖南文艺出版社，1989。

⑧ 同上，第 506 页。

⑨ 笔者当时在上海幼儿师范附小就读，曾参加全市儿童演讲赛，记得获第一名的那位同学的演讲题就是“江亚轮沉船事件”，足见此事社会反响

之大。

⑩ 转引自《论语》第155期报道。

⑪ 《编辑随笔》,载《论语》第144期。

⑫ 《编辑随笔》,载《论语》第158期。

⑬ 《本月要闻》,载《论语》第145期。

⑭ 参看庞瑞垠:《陈布雷之死》,第118—137页,百花洲文艺出版社,1993。

⑮ 方回:《悼乔大壮先生》,载《文学杂志》第3卷第6期。可参看卓琴:《也谈乔大壮其人其事》,载《广东鲁迅研究》1996年第1期。

⑯ 萧乾:《往事三瞥》,载1979年5月28日《人民日报》。

⑰ 转引自孔庆茂:《钱锺书传》,第152页,江苏文艺出版社,1992。

⑱ 转引自陆键东:《陈寅恪的最后二十年》,第502页,三联书店,1995。

⑲ 以上材料来自《上海革命文化大事记》,上海人民出版社,1991;《〈大公报〉与现代中国》,重庆出版社,1993。

⑳ 《发刊词》,载《观察》第1卷第1期。

㉑ 《中国的政局》,载《观察》第2卷第2期。

㉒ 《政府利刃,指向〈观察〉》,载《观察》第4卷第20期。

㉓ 同上。

㉔ 参看张东荪:《知识分子与文化的自由》,载《观察》第5卷第11期(1948年11月)。

㉕ 参看戴晴:《储安平与"党天下"》,文收《梁漱溟·王实味·储安平》,第142—175页,江苏文艺出版社,1989。作家也是搜捕的对象。继作家骆宾基于1947年被捕之后,贾植芳也于1948年被捕,后由胡风救出。作家沙汀则一直在四川军警的追捕中。小说家程造之也于本年以"危害民国罪"被捕数月后被释。

㉖ 同注④,第932页。

㉗ 同注④,第925—928页。

㉘ 同注④,第930页。

㉙ 见1948年11月25日天津《大公报》报道。

㉚ 浦江清:《清华园日记·西行日记》,第223页,三联书店1987。

㉛ 梁文茜:《怀念先父梁实秋》,载《新文学史料》1993年第9期。

㉜ 宋益乔:《梁实秋传》,第279—280页,北岳文艺出版社,1994。

㉝ 1948年12月18日天津《大公报》报道。

㉞ 张元济1947年2月28日致胡适书,转引自吴方:《仁智的山水——张元济传》,第273页。

㉟ 陈福康:《郑振铎传》,第515—520页,北京十月文艺出版社,1994。

㊱ 同注⑲。

㊲ 同注㉚,第226—247页。

㊳ 《赴解放区留别立群》,见《郭沫若全集》文学编,第2卷,第161—162页。

㊴ 《北上纪游》,同前书,第151—154页。

㊵ 郭沫若致草明书(1948年12月18日),据手稿复印件(草明老人提供)。

不算尾声

历史的脚步终于走到了 1948 年最后一日。

这一天,叶圣陶照例写他的日记:

> 31 日(星期五)　改晓先所作历史课本。午后,看云彬所为高小国语十余篇。入夜,全店同人为辞岁之宴。共坐十席,宴中摸彩唱歌,颇热闹。知伊饮而醉,哭不止。听其语,皆青年郁积之意也。小墨抚慰之。

——这里,或许应对叶圣陶日记中的某些隐语略作注释。在本书最后一章摘抄的本月 29、30 日日记里(也即一两天前)谈到"三官出游",其实指的是时为上海剧专学生的叶老的三子叶至诚,因积极参加学潮受到当局注意,地下组织安排他撤退到苏北解放区,这在当时自是有风险的。因此,此夜夫人(日记中的"小墨")在"抚慰"他人时,内心也是极为痛苦的。叶圣陶当然看出这一点,却不愿明说。或许他认为在这动荡的时代,每个家庭都必要付出代价,故无须多言也说不定。而且他自己多年的安宁也即将打破:日记中写到"觉农来,为远方致意","远方"指中国共产党,"致意"即是邀请其去香港,然后北上参加新政协。叶老几经考虑，终于同意，并已决定几天后启程。此刻心绪之不平，是可以想见的。此番远行，实在是人生道路上的一大转折。叶圣陶到了香港后，在日记里，曾这样写道："抗战期间，一批人初集于桂林，继集于重庆，胜利而后，皆返上海，今又聚于香港，以为转口。余固不在此潮流中。而事势推移，亦不免来此一行，复自笑也。"①叶圣陶本属于这样的知识分子：关心国事，也并不回避政治，该说的话总要说，该做的事一定做，但却与潮流中心保持适当的距离。现在40年代末的"事势"，也即空前激烈的社会矛盾，新旧时代的急剧交替，迫使他们必须在国、共两大政治势力中做出"非此即彼"的明确选择（那个时代称之为"站队"，以后还不断有这类"站队"问题），而实难再保持原有的游离而相对独立的状态。叶圣陶的"复自笑"，正是对自己（及同类知识分子）这种"身不由己"状态的自嘲，其感情是复杂的。

这一时期，叶圣陶写了不少文章，看似表态，却也有自己的"意思"，并非一味附和。例如他一再强调，"革命"的目标就是"要大家生活得好"，并且具体解释说，"所谓'大家'，包括血肉之躯的所有的人，不是指少数人或某一阶层集团的人；这里所谓'生活得好'，包括物质精神两方面而言；好又不是终极的好，只是比较的渐进的好。"②这些话都说得非常朴实，不同于当时（及以后）盛行的革命豪言壮语，与革命领袖对"革命"的解释也相差甚远，但似乎更能经受时间的考验。由此而引出的结论是："政权从甲集团转到乙集团手上也不是革命"，"必须看大家是否生活得好，才可以判断有没有革了命"③。在叶圣陶看来，国民党统治中国几十年弄得民不聊生（在他的日记中对此表示了极大的不满），现在中国共产党已经给解放区的人民，并将给全国人民带来好的生活,因此,抛弃国民党而接受共产党,是十分自然的事。可见在历史的这一时刻,叶圣陶这样的知识分子选择了中国共产党,既是由衷的,也有自己的原则,并非无条件的盲从。但他既已进入潮流的中心,就会有更多的身不由己的事发生,这在当时也是无法预计的。与叶圣陶情况类似的,还有他的好友郑振铎。郑氏稍后也来到香港。据说在离开上海前,郑振铎对朋友谈起,他特地重读了何其芳的《画梦录》,并且意味深长地说:"丁令威化鹤归来,城郭已非;将来我倒想重写这个故事。化鹤归来,城郭焕然一新……"④或许一个新的时代的《画梦录》就从此时、这里开始了。

胡风此时正在香港焦急地等待。他是 12 月 9 日离开上海的。他走得有几分勉强:尽管未尝不想投身到主流里面,但他更愿做"'泥沼'式的挣扎与斗争"。然而国民党的追捕使他不能不走;而一些流言,例如说他迟迟不行是为了"闹独立性",也逼他非去不行。10 月 19 日鲁迅逝世 12 周年那天,他和梅志一起到万国公墓扫墓,自有许多感慨:1948 年发生的许多事情,都让人不能不想起这位"五四"先驱者。在临行前胡风突然想起住在上海的这两年半间,经常听到一个小贩"高亢到近乎凄厉"的叫卖声,他从中感受到一种"生命要求底呼声",不禁被惆怅的心情所袭击……(读者或许会联想起元旦那天凌晨诗人冯至所听到的咳嗽声?)走的那天,在江边等候时,他看到了那只几天前沉没的江亚轮。四日后,东方还没有放白的早晨 5 时左右,从小轮的甲板上望见香港山顶上的红灯,他仍然十分激动,甚至有"像爬完了地狱底下的洞口,终于望见净界"的感觉。他立即警诫自己："现在还刚刚在开始'浮'，那只好把感觉留在地狱的边缘了。"⑤据胡风后来说，他本来抱有在香港"净一净罪的心情"，后来大概是与《大众文艺丛刊》的批判者们有过几次接触以后，只觉得隔膜，甚至没有再谈话的兴致，于是躲在寓所静坐，避免和人接触。⑥这一态度自然被看作是拒绝批评与合作，胡风似乎也管不了这么多。他被安排在1949年元旦那天乘海轮从香港北驶，因此，1948年最后一日，他想着的只是"北方"——那他心中的真正的"净界"，噩梦就要结束，一切将重新开始……

但"净界"会接纳胡风（和他的年轻朋友）吗？或者说，有那么多的自命的守卫神，胡风们能进入吗？——这问题，当事人不会想，都是人们在"事后"（例如今天）提出的。

胡风的朋友与学生，也是1948年最重要的小说家之一的路翎（这年除了出版了《财主底儿女们》，他还创作了长篇小说《燃烧的荒地》，及《爱民大会》《平原》《泥土》等多篇短篇小说），这时还困守在南京的"危楼"里。这是他暂居的一个小阁楼，据说"充塞着老旧的箱笼、橱柜。在里面走动的时候，橱柜底叶子形的铜扣就叮当作响"。路翎因此想起法朗士《企鹅岛》里的那个在炮火中写他的经典的僧人，升腾起一个强烈的"愿望"：伟大的时代已经鲜明在望，应该"记下这些破砖、鬼影、泥土、人形、悲哭、欢笑和舞蹈的简略的形态"，"给将来的时代增添一点微小的愉快，也给喜欢多知道一点的将来的人们看看，我们在这里是怎样生活的"。⑦作家就这样找到了自己的位置：做这个时代的忠实的记录者。就看看12月15日这一天吧：

成千的人在闹市中挤兑黄金。……什么坚不可拔的、巨大的力量压在这个城市上面了,人们为了保障生活和获利而倾向疯狂。……银行门口在排着队。每一个人的肩膀上揹着一个被警察用粉笔画上的号码。这粉笔的滋味我们也尝过的。上个月抢购的时候,买平价米,想找警察画一个号码而不可得,园兄就是自己用粉笔在肩上画了一个字,而跳了进去的。

心里觉得紊乱,想到夜外去走走,吹吹北风,但又终于没有去成。在街上买了一份晚报。这时候来了一个队伍。是穿西装的男女基督们。身上每人套着一个白背心,上面写着"罪""快信耶稣"之类的红色的大字,敲着鼓,每人手里拿着一个喇叭,喊着:"金条靠不住,房屋靠不住!只有神靠得住!"那一副虔诚的奴才相突然使我愤怒,就大叫着:"不要脸!"但周围的人们望着我,静静的,像看着这些信徒们一样。我觉得我在战栗。……

然而,信徒们在演讲哩。"人人有罪!有钱人有罪,穷人有罪!文明人有罪,野蛮人有罪!不要以为换了朝代就好了,换了朝代还是有罪!中国五千年不知换了多少朝代,但是还是有罪!"原来,他们是替中国底最后的专制暴君做掩护的!……

我心平气和了。静下来,就重新看见这五彩缤纷的一切:敲鼓的,宣讲的,逃亡的,痛哭流涕的,捶胸跺足的——然而可有谁能够掀动那压在这都城底上面的巨大的,坚不可摧的东西?

这一种"时代末日"的景观确实令人战栗。

31日这一天的"危楼日记"没有留下。半个多月以后,路翎写了这样一句话：

“新的时代要沐着鲜血才能诞生；时间，在艰难地前进着。”⑧

在北方的“净界”里，丁玲正度着自己一生中的黄金岁月。这年9月出版了《太阳照在桑乾河上》以后，11月她被派往匈牙利布达佩斯参加世界民主妇联第二次代表大会，当然同时带着她的新著。12月，她又去苏联访问。这一次，她是作为即将诞生的新中国的代表，作为刚获“解放”的中国妇女、中国作家（知识分子）的代表，到国际舞台“亮相”，受到了出乎意料的热烈欢迎。这年年底，她回到国内，与儿子蒋祖林一起享受战争中难得的团聚，一定会兴致勃勃地谈起她终生难忘的印象：中国代表团无论走到哪里，都会被热情的人们包围起来，“常常听到惊诧的叫声：‘中国！’常常见到泪珠嵌在眼里，他们说：‘你们打蒋介石打得好！’‘不怕美帝国主义，呱呱叫！’‘你们都是英雄，中国解放区的妇女都是英雄！’‘毛泽东了不起！’‘中国万岁！’‘毛泽东万岁！’我们从来没有被人们这样爱过，被人们这样珍视而羡慕过……”⑨这种“终于站起来了”的自豪感也是属于那个时代的。

赵树理这年年底，因国民党飞机轰炸，离开了平山，携子带妻，来到了襄垣农村，仍然关注着现实生活中的“问题”。后来写了以《襄垣来信》为题的报告，登在《新大众报》上，提出“农村劳动力缺乏，影响生产发展，急需组织妇女参加农业劳动”，他的短篇小说《传家宝》也随之酝酿成熟。他又把妻、子送到故乡尉迟村,与乡亲相聚两个月,然后,于1949年4月只身来到北京城。被称作"农民作家"(他本人大概也不反对)的老赵进城,本身就有一种象征性;但另一位解放区作家孙犁却认为,这对赵树理却是意味着"离开了原来培养他的土壤,被移植到了另一处地方,另一种气候、环境和土壤里"⑩。

但萧军却消失了。他是在这年冬天,封社、停报,把出版社的一切资产全数交公以后,净身离开哈尔滨,到沈阳去的。萧军后来回忆说,他是怀着"逐客"的心情离去的。⑪这又是一个作家生命的提前死亡。因此,1948年的最后一天,萧军如何度过,已无人提及与问及,就像不会有人去关注一个普通的老百姓某年某日在干什么一样。这类消失于民间,或许另有一种意义,但心高气盛的萧军却不甘于创造生命的强制消亡,当1949年春,他被安排到抚顺总工会担任资料室工作时,又悄悄地开始了新的创作……

尽管处于"三不管"的状态,清华大学中文系仍然于1948年12月31日举行师生同乐会。前述浦江清先生的日记这样写道:"晚间中文系师生联合同乐会,在余冠英家度岁。有各项游艺,团体游艺及个人表演,很热闹。"在这样的时刻,谁都会想起一个人,处处都会感到他的存在——浦先生却什么也没有写⑫。

自从做出"不走"的决定以后,从表面看,沈从文是平静的,继续做着他的事。1948年最后一日他大概就是在整理自己的著作中度过的。但两天以后，也即1949年1月2日，沈从文却在为《七色魇集》拟目时，在《绿魇》校正本上写下了这样的文字：“我应当休息了，神经已发展到一个我能适应的最高点上。我不毁也会疯去。”⑬

这是个不祥的预兆。没有多久，北大校园就出现了用大字报转抄的郭沫若的文章《斥反动文艺》——其实，早在1948年“五四”纪念晚会上，就曾朗读过这篇檄文；但这回却是专对沈从文而来的，并随之以“打倒新月派、现代评论派、第三条路线的沈从文”的大幅标语。

沈从文的儿子说：“这颗无声的政治炮弹，炸裂的时机真好，把他震得够呛，病了。”

……陷入一种孤立下沉、无可攀缘的绝望：“清算的时候来了！”时时觉得受到监视，压低声音说话，担心隔墙有耳；有很多人参与，一张巨网正按计划收紧……

他长时间独坐叹息，喃喃自语：“生命脆弱得很，善良的生命真脆弱啊……”

又向着“提前死亡”跨进了一步；但仍只是开始，沈从文的直觉不会欺骗自己：“迫害感且将终生不易去掉……”⑭

胡适在1948年元旦日记上写的是“苦撑待变”四个字。一年过去，日记上却写了这样一句话：“在南京做‘逃兵’，做难民已17日了！”1948年最后一刻，他是与傅斯年共同度过的。他们凄然相对，一面喝酒，一面吟诵陶渊明的《拟古》第9首：

> 种桑长江边，三年望当采。
> 枝条始欲茂，忽值山河改。

柯叶自摧折,根株浮沧海。

春蚕既无食,寒衣欲谁待。

本不植高原,今日复何悔!

此时也只能以"无悔"自慰与自励了。

这天晚上,在蒋介石黄埔路官邸,举行了在京常委及政治委员会委员参加的便宴,这是国民党政权在大陆的最后的晚餐。宴会上宣读了明天即要公布的《新年文告》,在内外压力下,蒋介石宣布下野。据说会上有人失声痛哭。⑮

二十多天以后,本书第一章曾经提及的国民党文化方面最高领导人张道藩,悄然离开南京。据说临行前先到孙中山灵前行礼告别,又赶到永安公墓对面公路的小山顶上,遥遥地向母亲坟墓拜别。他在给女友的信中说:"简直诉说不出心里是什么滋味,整个人都觉得麻木了。"⑯

一个时代的统治就这样结束了。

这一夜,有更多的人在寻找与倾听"北方"的声音。他们果然听到了新华社播发的、由毛泽东起草的社论(从此,中国人将习惯于根据社论来领会"中央精神"):《将革命进行到底》。社论首先以胜利者的姿态,宣布一个无可怀疑的事实:"中国人民将要在伟大的解放战争中获得最后的胜利,这一点,现在甚至我们的敌人也不怀疑了。"然后以无可置疑的权威口吻宣称:"现在摆在中国人民、各民主党派、各人民团体面前的问题,是将革命进行到底呢,还是使革命半途而废呢?"结论已包含于设问之中。据说只有"将革命进行到底","在全国范围内推翻国民党的反动统治,在全国范围内建立无产阶级领导的,以工农联盟为主体的人民民主专政的共和国。这样,就可以使中华民族来一个大翻身,由半殖民地变为真正的独立国,使中国人民来一个大解放,将自己头上的封建的压迫和官僚资本(即中国的垄断资本)的压迫一起掀掉,并由此造成统一的民主的和平局面,造成由农业国变为工业国的先决条件,造成由人剥削人的社会向着社会主义社会发展的可能性"。这就是说,为了最大限度地实现全民族的总动员,以建设独立、统一、民主、富强的现代民族国家,实现消灭剥削的社会主义理想,就必须实行"无产阶级(通过其政党)的领导"与"人民民主专政"。这逻辑是明晰的,在1948、1949年的中国,大多数的中国人(包括知识分子)似乎也是可以接受的。于是社论又讲了一个"农夫与蛇"的寓言,要人们记住据说是希腊劳动者的遗嘱:"决不怜惜蛇一样的恶人",要人们不要忘记:"盘据在大部分中国土地上的大蛇和小蛇,黑蛇和白蛇,露出毒牙的蛇和化成美女的蛇,虽然它们已经感觉到冬天的威胁,但是还没有冻僵呢",最后的告诫是:"处在革命高潮中的中国人民除了记住自己的朋友以外,还应当牢牢地记住自己的敌人与敌人的朋友"。⑰——从此,这个希腊寓言就牢牢地扎根于几代中国人的心中,新中国的孩子几乎从懂事时起,就学会把人分成"恶人"与"好人"两类,只要被宣布为"恶人",就"决不怜惜",对所说的形形色色的"蛇"(敌人和敌人的朋友)更保持着全民族的警惕。

一个新的时代,一个以"将革命进行到底"为主题词的时代,开始了。

注释:

① 《北游日记》,见《叶圣陶文集》,第 22 卷,第 7 页,江苏教育出版社,1994。

② 《从辛亥看建国》,见《叶圣陶文集》,第 6 辑,304—305 页。

③ 同上。

④ 陈福康:《郑振铎传》,第 531 页,北京十月文艺出版社,1994。

⑤ 胡风:《浮南海记》,见《胡风杂文集》,第 223—240 页,三联书店,1988。

⑥ 胡风:《人环二记·小引》,同前书,第 188 页。

⑦ 冰菱:《危楼日记》,载《蚂蚁小集》第 5 期。

⑧ 冰菱:《危楼日记》,载《蚂蚁小集》第 7 期。

⑨ 丁玲:《国际民主妇联第二次代表大会的开幕》,见《丁玲文集》,第 7 卷,第 326 页,湖南文艺出版社,1991。

⑩ 孙犁:《谈赵树理》,见《赵树理研究资料》,第 295 页,北岳文艺出版社,1985。

⑪ 萧军:《第四次回到了哈尔滨》,文收《萧军近作》,第 261 页,四川人民出版社,1981。

⑫ 浦江清:《清华园日记·西行日记》,第 248 页,三联书店,1987。

⑬ 《从文家书》,上海远东出版社,1996。

⑭ 沈虎雏:《团聚》,见《长河不尽流》,第 505、510 页,湖南文艺出版社,1989。

⑮ 于劲:《上海:1949 年大崩溃》,第 37—38 页,解放军出版社,1993。

⑯ 蒋碧薇:《我与张道藩》,第 37—38 页,江苏文艺出版社,1995。

⑰ 《将革命进行到底》,见《毛泽东选集》,第 1263、1266、1268、1269 页,人民出版社,1966。

年　表

(1946—1953)

1946 年

1 月	赵树理《李家庄变迁》由华北新华书店出版。
1 月 10 日	《文艺复兴月刊》在上海创刊，郑振铎、李健吾编辑。
3 月	周而复主编的《北方文丛》由香港海洋书屋出版，共 3 辑 17 种。
4 月	陈白尘《升官图》由重庆群众出版公司出版。
5 月	师陀《果园城记》由上海出版公司出版。
7 月 1 日	闻一多在昆明遭国民党特务暗杀。
9 月 1 日	《观察》杂志在上海创刊。
9 月	冯至《伍子胥》由上海文化公司出版。
10 月	《白毛女》由冀南书店出版。
11 月	赵家璧主编的《晨光文学丛书》由上海晨光出版公司出版，丛书收老舍《四世同堂》、巴金《寒夜》、钱锺书《围城》、李广田《隐力》等 39 部。
12 月	戴望舒《灾难的岁月》由上海群星出版公司出版。

1947 年

1 月　《我这一辈子》(老舍)由上海群惠出版社出版。

《混沌(姜步畏家史)》(骆宾基)由上海新群出版社出版。

3 月　《寒夜》(巴金)由上海晨光出版公司出版。

5 月　《长夜》(姚雪垠)由上海怀正出版社出版。

《山水》(冯至)由上海文化生活出版社出版。

《围城》(钱锺书)由上海晨光出版公司出版。

《穆旦诗集》(穆旦),穆旦发行。

6 月　张乐平连环漫画《三毛流浪记》在上海《大公报》开始连载。

7 月　《风絮》(四幕剧)(杨绛)由上海出版公司出版。

《诗创造》月刊在上海创刊,诗创造社编辑,群星出版公司刊行。

8 月　晋冀鲁豫文艺工作者座谈会上,陈荒煤作《向赵树理的方向迈进》的发言。

9 月　《解放区短篇创作选》(丁玲、孙犁、康濯、刘白羽、孔厥等,周扬编)由东北书店出版。

10 月　《中国作家》月刊在上海创刊。文协中国作家编辑委员会编辑。舒舍予(老舍)为发行人,开明书店总经销。

是年　先后上映的电影有:《夜店》(柯灵编剧,黄佐临导演),《八千里路云和月》(史东山编导),《一江春水向东流》(蔡楚生、郑君里编导)等。

1948 年

2 月　《财主底儿女们》(路翎)由上海希望社出版。

《虾球传》(第一部)(黄谷柳),由香港新民主出版社出版。

《表现新的群众的时代》(周扬)由香港海洋书屋出版。

《灾难的岁月》(戴望舒)由星群出版社出版。

3 月　《大众文艺丛刊》在香港创刊,第 1 辑"文艺的新方向"发表《对于当前文艺运动的意见》(荃麟执笔)、《斥反动文艺》(郭沫若)及《评路翎的短篇小说》(胡绳)。

《蚂蚁小集》在南京创刊,以"华西大学、四川大学蚂蚁社"的名义编辑出版。第 1 辑"许多都城震动了"载阿垅:《诗论二则(形式片论、形象片论)》。

4 月　《暴风骤雨》(上册)(周立波)由佳木斯东北书店出版(下册同年 5 月出版)。

5 月　《论雅俗共赏》(朱自清)由观察社出版。

《大众文艺丛刊》第 2 辑"人民与文艺"发表乔木(乔冠华):《文艺创作与主观》、邵荃麟:《论主观问题》,开展了又一次对胡风的批判。

6 月　本月出版的《诗创造》第 1 年第 12 期"严肃的星辰们"发表袁可嘉:《新诗的戏剧化》、唐湜:《严肃的星辰们》、陈敬容:《和方敬谈诗》等文。

7 月　《诗创造》重新改组,杭约翰等诗人另办《中国新诗》月刊,提倡"现代主义诗歌运动"。

《小说》月刊在香港创刊,茅盾主编,编委有巴人、周而复、以群、楼适夷等。

《文学战线》在哈尔滨创刊,周立波主编。

8月　朱自清病逝。

东北文艺界在中共东北局宣传部领导下,开展对萧军的批判。

朱光潜《自由主义与文艺》发表于《周论》第2卷第4期。

9月　《大众文艺丛刊》第4辑发表胡绳:《鲁迅思想发展的道路》。

《太阳照在桑乾河上》(丁玲)由哈尔滨光华书店出版。

《论现实主义的路》(胡风)由青林社出版。

《锻炼》(茅盾)从本月9日起在香港《文汇报》连载,至12月29日止。

10月　《邪不压正》(赵树理)在《人民日报》连载(10月13—22日)。

11月　沈从文、冯至、朱光潜、废名等北大教授座谈"今日文艺的方向"(记录载11月14日天津《大公报》)。

12月　本月21日《人民日报》发表文章讨论《邪不压正》。

是年　先后上映的电影有:《松花江上》(金山编导)、《万家灯火》(阳翰笙、沈浮编剧,沈浮导演)、《祥林嫂》(戏曲片,袁雪芬、范瑞娟主演)、《艳阳天》(曹禺编导)、《大团圆》(黄宗江编剧,丁力导演)等。

1949 年

4 月	《传家宝》（赵树理）发表于本月 19—22 日《人民日报》。
	《邂逅集》（汪曾祺）由上海文化生活出版社出版。
	《诗集（1942—1947）》（郑敏）由文化生活出版社出版。
5 月	《赶车传》（田间）由天津新华书店出版。
7 月	中华全国文学艺术工作者代表大会在北平召开。郭沫若做《为建设新中国的人民文艺而奋斗》的报告，周扬做《新的人民的文艺》的报告，茅盾做《在反动派压迫下斗争和发展的革命文艺》的报告。
8 月	《杜大嫂》（陈登科）由东北新华书店辽东分店出版。
	上海《文汇报》就“小资产阶级是否可以做文艺作品主角”的问题展开讨论。
9 月	《新儿女英雄传》（孔厥、袁静）由上海海燕出版社出版。
	《文艺报》在北京创刊。
12 月	《时间开始了》（胡风）载《文艺生活》（海外版）第 20 期。
	是年　先后放映的电影有：《三毛流浪记》（阳翰笙改编）、《希望在人间》（沈浮编导）等。

1950 年

1 月	《人民戏剧》创刊。

2 月　《人民美术》在北京创刊。

3 月　《种谷记》(柳青)由山东新华书店出版。

6 月　《登记》(赵树理)载《说说唱唱》6 月号。

7 月　文化部成立戏曲改进委员会,周扬任主任委员。

10 月　《方珍珠》(老舍)由晨光出版公司出版。

是年　人民文学出版社在北京成立。

是年　先后放映的电影有《赵一曼》《刘胡兰》等。

1951 年

4 月　《谁是最可爱的人》(魏巍)发表于本月 11 日《人民日报》。

中国戏曲研究院成立,毛泽东题词:"百花齐放,推陈出新"。

5 月　《龙须沟》(老舍)在《人民戏剧》第 3 卷第 1 期发表。

5 月 15 日　《人民日报》发表毛泽东起草的社论:《应当重视电影〈武训传〉的讨论》,由此展开对《武训传》的批判。

6 月　《高玉宝》(高玉宝)发表于《解放军文艺》第 1 卷第 6 期。

6 月 10 日　《人民日报》发表文章批评作家萧也牧作品中的"小资产阶级倾向"。

7 月 17 日　《人民日报》发表文章,批评电影《关连长》宣扬了"缺乏阶级斗争观念的小资产阶级的人道主义思想"。

8月31日　《人民日报》发表艾青《读〈牛郎织女〉》,批评杨绍萱在改编神话剧问题上的反历史主义观点。

9月　《铜墙铁壁》(柳青)由人民文学出版社出版。

《中国新文学史稿》上册(王瑶)由新文艺出版社出版。

11月　全国文艺界开始文艺整风。

是年　上映《白毛女》《上饶集中营》等影片。

1952年

1月　《科尔沁旗草原的人们》(玛拉沁夫)在《人民文学》第1期发表。

3月　全国文联组织作家深入工厂、农村、部队体验生活。巴金等赴朝鲜前线,艾芜等去工厂,贺敬之等到农村。

3月　丁玲《太阳照在桑乾河上》,贺敬之、丁毅《白毛女》与周立波《暴风骤雨》分获斯大林文学奖二等奖与三等奖。

5月　《战斗里成长》(胡可改作)由人民文学出版社出版。

《文艺报》展开"关于塑造新英雄人物形象"的讨论。

柳青将全家由上海迁至陕西长安县皇甫村安家落户,共14年。

9月　《刘胡兰》(歌剧)(西北战斗剧社集体创作)由人民文学出版社出版。

《文艺报》发表舒芜:《致路翎的公开信》,文艺界开始对路翎及其作品进行批判。

12月　全国文协召开"胡风文艺思想讨论会",林默涵、何其芳做批判发言。

是年　拍摄了《龙须沟》《南征北战》等电影。

1953年

1月　《漳河水》(阮章竞)由人民文学出版社出版。

2月　北京大学文学研究所成立,郑振铎、何其芳为正、副所长。1956年改为中国科学院文学研究所,1977年改为中国社会科学院文学研究所。

《文艺报》第3期发表何其芳《现实主义的路,还是反现实主义的路》,继续批判胡风文艺思想。

国画研究所在北京成立。黄宾虹为所长。

3月　《吐鲁番情歌》(闻捷)发表于《人民文学》第3期。

《三千里江山》(杨朔)由人民文学出版社出版。

4月　第一届全国民间音乐舞蹈会演在北京举行。

9月　中华文学艺术工作者第二次代表大会在京召开,周扬做《为创造更多的优秀的文学艺术作品而奋斗》的报告。

《冲破黎明前的黑暗》(傅铎)在《解放军文艺》第9期发表。

第一届全国国画展览会在北京举行。

全国文联等举行纪念世界文化名人屈原、哥白尼、拉伯雷、马蒂大会。

11 月	《不能走那条路》(李准)发表于本月 20 日《河南日报》,同年 12 月由人民文学出版社出版。 《上甘岭》(陆柱国)由人民文学出版社出版。
是年	拍摄了《智取华山》等电影。

参考文献

(一)文集,年表,年谱,日记,研究资料,传记、回忆录等:

〔1〕《叶圣陶文集》(21卷),江苏教育出版社,1994。

〔2〕《邵荃麟评论选集》,人民文学出版社,1981。

〔3〕《迎接新中国——郭老在香港战斗时期的佚文》,上海图书馆、复旦大学分校中文系印。

〔4〕《北京大学学生运动史》,北京出版社,1988。

〔5〕《解放战争时期上海学生运动史》,上海翻译公司,1991。

〔6〕《火红的青春》,上海外国语出版社,1994。

〔7〕《清华大学史料选编》(第4册),清华大学出版社,1994。

〔8〕《独幕剧选》,北平学生戏剧团体联合会编,内部发行。

〔9〕《朱自清全集》(第3、4卷),江苏教育出版社,1990。

〔10〕《最完整的人格——朱自清先生纪念集》,北京出版社,1988。

〔11〕《萧军思想批判》,作家出版社,1958。

〔12〕《萧军纪念集》,春风文艺出版社,1990。

〔13〕《胡风杂文集》,三联书店,1987。

〔14〕《胡风评论集》,人民文学出版社,1984。

〔15〕《我与胡风》,宁夏人民出版社1993。

〔16〕《胡风路翎文学书简》,安徽文艺出版社,1994。

〔17〕《路翎研究资料》,北京十月文艺出版社,1993。

〔18〕《胡风回忆录》,人民文学出版社,1993。

〔19〕《绿原研究资料》,河南大学出版社,1991。

〔20〕阿垅:《人·诗·现实》,三联书店,1986。

〔21〕《丁玲研究资料》,天津人民出版社,1982。

〔22〕《周立波研究资料》,四川人民出版社,1983。

〔23〕周良沛:《丁玲传》,北京十月文艺出版社,1993。

〔24〕《再解读》,牛津大学出版社,1993。

〔25〕《周扬文集》(第1卷),人民文学出版社,1984。

〔26〕《中国人民解放军文艺史料选编》(解放战争时期),解放军出版社,1989。

〔27〕《毕革飞快板诗选》,人民文学出版社,1964。

〔28〕《农村新文艺运动的开展》,上海杂志公司,1949。

〔29〕《论工人文艺》,上海杂志公司,1949。

〔30〕《人民战争诗歌选》,上海杂志公司,1951。

〔31〕《赵树理文集》,工人出版社,1980。

〔32〕《赵树理研究资料》,北岳文艺出版社,1988。

〔33〕董大中:《赵树理评传》,百花文艺出版社,1986。

〔34〕《从文家书》,上海远东出版社,1996。

〔35〕《沈从文文集》(第10、11、12卷),花城出版社、三联(香港)出版社,1984。

〔36〕《长河流不尽——怀念沈从文先生》,湖南文艺出版

社,1989。
〔37〕金介甫:《沈从文传》,湖南文艺出版社,1992。
〔38〕凌宇:《沈从文传》,十月文艺出版社,1988。
〔39〕《朱光潜全集》,安徽教育出版社,1993。
〔40〕袁可嘉:《论新诗现代化》,三联书店,1988。
〔41〕马勇:《梁漱溟评传》,安徽人民出版社,1992。
〔42〕吴方:《仁智的山水——张元济传》,台湾业强出版社,1995。
〔43〕郭齐勇:《天地间一个读书人——熊十力传》,上海文艺出版社,1994。
〔44〕孔庆茂:《钱锺书传》,江苏文艺出版社,1992。
〔45〕陆键东:《陈寅恪最后二十年》,三联书店,1995。
〔46〕宋益乔:《梁实秋传》,北岳文艺出版社,1994。
〔47〕庞瑞垠:《陈布雷之死》,百花洲文艺出版社,1993。
〔48〕陈福康:《郑振铎传》,北京十月文艺出版社,1994。
〔49〕胡明:《胡适传论》,人民文学出版社,1996。
〔50〕浦江清:《清华园日记·西行日记》,三联书店,1987。
〔51〕《上海革命文化大事记》,上海翻译出版公司,1991。
〔52〕《大公报与现代中国》,重庆出版社,1993。
〔53〕《毛泽东年谱》,人民出版社、中央文献出版社,1993。
〔54〕《毛泽东选集》,人民出版社,1964。
〔55〕于劲:《上海:1949年大崩溃》,解放军出版社,1993。
〔56〕《中国现代史资料选辑》(第6册),中国人民大学出版社,1993。
〔57〕《中国现代史资料选辑》(第6册)(补编),中国人民大学

出版社,1993。

〔58〕萧乾:《红长毛谈》,上海观察社,1948。

〔59〕许纪霖、陈达凯:《中国现代化史》,上海三联书店,1995。

〔60〕曹伯言等:《胡适年谱》,安徽教育出版社,1986。

〔61〕董大中:《赵树理年谱》,北岳文艺出版社,1994。

〔62〕陈福康:《郑振铎年谱》书目文献出版社,1988。

〔63〕商金林:《叶圣陶年谱》,江苏教育出版社,1986。

〔64〕万树玉:《茅盾年谱》,浙江文艺出版社,1986。

〔65〕陈鸣树主编:《二十世纪中国文学大典》,上海教育出版社,1994。

(二)报刊(以下报刊有关部分):

1.《中央日报》,2.《人民日报》,3.《大公报》(天津),4.《观察》,5.《新路》,6.《论语》,7.《大众文艺丛刊》,8.《蚂蚁小集》,9.《泥土》,10.《呼吸》,11.《文艺先锋》,12.《文学战线》,13.《文艺月报》,14.《诗创造》,15.《中国新诗》,16.《小说月刊》,17.《文学杂志》,18.《文艺生活》,19.《文讯》,20.《文艺春秋》,21.《人世间》,22.《新文学史料》

我怎样想与写这本书

——代后记

一

这本书的写作，对于我来说，完全是一个“意外”。一切都是1995年11月8日那天上午10时左右发生的，我在当天的日记里这样写道——

> 孟繁华来，约参加谢冕主持的《百年中国文学总系》，负责写其中“1948年文学”一书，稍考虑，即欣然同意。遂同去谢冕家，商讨计划。回来后即开始工作：编写《1948年年表》，兴奋不已。

其实，那一天，我正准备回家，并立即投入有关毛泽东的研究与写作。——多年来我一直在做酝酿与准备。1994年9月至1995年7月在韩国任教期间，集中精力，读了一千多万字的材料，做了大量笔记；7月底回国后，在应付各种杂事的同时，初步拟出了全书（暂定名为《毛泽东：世纪中国遗产》）的“写作设想”。刚好前一天，预定要办的各种杂务都已基本处理，告一段落,可以再度集中时间做我最为重视(甚至可以说是“珍视”)的研究课题:按新的设想,重新翻阅已经阅读过的材料,并补充读新材料(包括一些新觅得的研究成果),然后开始写作。但这位年轻朋友的突然来访,却一下子中断了计划,转移了研究方向,而且转得如此自然,立刻被新的写作深深地吸引:几天之内,我把自己的藏书翻了个个儿,找出了有关的作品、传记、年谱、日记、回忆录……(材料竟是如此之多,我都觉得惊奇)白天跑图书馆资料室,翻当年的报纸、期刊,晚上或其他空闲时间就泡在这些藏书中,而且每天都有新的发现,高兴得不能自禁,那段时间,凡有客来,无论熟悉或初见,必要宣讲这些新材料,竟如此陶醉了一个多月。这种状态写作《丰富的痛苦》时有过,这几年已经“久违”了。待稍稍冷静下来以后,反过来想:这突发的热情究竟从何而来。这才想到,这次突然改变写作计划,看似偶然,其实也是有内在的线索可循的。尽管“1948 年文学研究”的课题是过去从未考虑过的,但 40 年代文学,以至 40 年代思想文化的研究却是从 1989 年《周作人传》写完以后即已开始准备与进行的,至今也有了将近 7 个年头。其间还有过一个写多卷本《四十年代文学史》的计划,为此申请过研究基金,也拟订了一个“写作构想”,做了种种准备(包括材料、购书上的积累),还在课堂上给学生讲过。但最后却失去了写作兴趣与热情,把它束之高阁了。为什么会如此呢?于是我又翻出了当年的“设想”,不妨抄录如下——

一、全书写作以“面对 21 世纪,总结 20 世纪”为基本指导思想。

二、全书预计分五大卷,计:

第一卷,年表:包括本时期以“作家、作品”为中心的尽可能广泛的资料,如作品发表、出版、翻译、改编、评论、文人行踪、逸事、交往、社团、集会、活动,等等。

第二卷,文学思潮、文化背景:影响文学发展的社会、历史、哲学、文化……思潮,社会心理,思维方式的变化。如,本时期国、共两党的文化政策,文学与政治的关系,本时期几大思潮(民族主义、人民本位主义、启蒙主义、自由主义、生命哲学与存在主义……)与文学的关系,作家的不同选择,本时期思维方式的变化:群体意识与个体意识的消长,战争对思维方式的影响,战争浪漫主义、英雄主义与怀疑主义,本时期出版文化(出版社、书店、报纸、杂志)与文学的关系,文学作品的生产与流通,等等。

第三卷,作家的生活与精神的研究:战争初期全民族的大流亡中,流亡者及其文学,延安与敌后根据地的新民主主义的新生活,作家(知识分子)的精神蜕变,大后方的生活方式(躲警报、泡茶馆、政治的高压与商品经济的冲击),作家(知识分子)生存与精神的双重危机,沦陷区的特殊生活方式与作家的选择,等等。

第四卷,文学本体发展研究:如本时期文学发展的不同倾向的相互对立与渗透,实录与虚构,写实与象征,日常生活化与传奇性,凡人化与英雄化,散文化与戏剧化、诗化,客观化与主观化,民族化与现代化,以及雅与俗、文学语言的变化,等等。

第五卷,主要作家、作品点评:如这一时期的小说家路翎、萧红、张爱玲、赵树理,诗人艾青、穆旦、冯至,剧作《北京人》,小说《太阳照在桑乾河上》,等等。

三、本书在文学史写作上要求是:从广泛接触原始材料入手,大量新材料的发现与开掘,以描述为主,理论分析要求要言不烦,点到即是;借鉴报告文学的写法——不是套用文学的虚构,相反,每一个材料都要有根据,是强调叙述的现场感,注意历史氛围的烘托、历史细节(特别是有典型意义的细节)的自觉运用。

看了原来的"设想",我就明白了:当时确定的研究范围、内容至今仍对我有吸引力,并将成为我的这本新书的主要构成;我不满意的是文学史的结构方式:这种多卷本的文学史的构想,尽管规模很大,且面面俱到,但仍然脱不出"文学背景+作家、作品"的旧框架,而我却渴望着一种更新颖的结构方式,我期待着更富有试验性,也更具有挑战性的文学史研究。这就是说,尽管多卷本文学史的设想自有其价值,但它不能满足我的内心追求,这就意味着我还没有找到适合自己的文学史结构方式,自然也就无法激发起我的写作冲动,最后将其搁置是必然如此的。以后我的研究兴趣、课题都发生了转移,但现在看来,我的内心深处,却仍然没有忘记这个曾经吸引过我的、并已经做了种种准备的研究计划。因此,当那天朋友们提出了"百年文学史"的选题,就一下子触动了我这隐秘的渴求,我立刻直觉到:这就是我所需要的文学史结构。我当时说这是"一拍即合"就是这个意思。

"百年文学史"的设想最吸引人之处在于,它不是面面俱到,平铺直叙,而是突入"一点"而观"全貌"。如同过去说"从一个人看一个世界"一样,现在是"从一个年代看一个时代"。关注“一个年代”,就更集中、更具有历史的具体性与可操作性,可以把容易为“大文学史”所忽略(或省略)的历史细节(包括人们的日常生活等原生形态的细节)纳入视野;但研究眼光却要透过“一个年代”看“一个时代”,不但要对“一个年代”的历史事件、人物的来龙去脉、前因后果,了然于胸,善于做时、空上的思维扩展(即主编谢冕先生所说的“手风琴式的思维与写法”),而且要具有思想的敏感与穿透力,能够看(判断)出“细节”背后的“史”的意义与价值,也即“细节”的“典型性”。在这个意义上,可以说这种“年代史”的文学史结构不同于通常所说的“编年史”,而是我所一贯追求的“典型现象”的研究的一个新尝试与新发展①,是终于找到的适合于我的文学史结构方式。——尽管这种“以一年写一个时代”的写法是有所本的,明显借鉴了黄仁宇先生《万历十五年》一书,但一旦借用,就已经发生变异,不能用“原本”来规范与衡量,这也是不言而喻的。对于我,这种文学史结构的寻找自然不是一次完成,一成不变的;事实上对于一个文学史家,每一次文学史写作实践,不仅要考虑描述内容,也要努力探寻与其内容相适应的形式——文学史结构与叙述方式(包括叙述视角、叙述语调等等),这一点与作家的创作并无实质的区别。而如上所说,我的这一次写作冲动恰恰是来自一种文学史写作形式(结构与叙述方式)的试验欲求,在人们往往忽略文学史写作形式的时候,这也许是不无意义的吧。

二

在我一开始投入“1948 年”这一研究课题时,就要求自己尽可能地进入当时的历史氛围,这似乎并不难做到:每回埋头于旧报刊的尘灰里时,就仿佛步入当年的情境之中,并常为此而兴奋不已。但时间一久,却发现了自己的另一种心态:在翻阅历史材料时,总不免联想到"以后"(包括现在)所发生的许多事。于是,在我的日记里,经常出现这样的记载——

11月12日　读叶老日记,其中一则引起兴趣:"与三官谈话,渠态度不逊,余大怒,至于屡以拳击其身。……渠以朋友有急需,强求于母,贷于千余万元。余问渠若家中有急需,令其设法千余万元之应用,能有如是之热忱否。渠答曰不知我意何指,不能了解,而态度傲岸,俨然革命分子对付官吏军警之状,此余所以大怒也。……中夜思之,此儿无大恶,然距我远矣。"这是大变动时代典型的父子冲突:此时"三官"(叶老三子叶至诚)显然已参加地下革命活动。当年他在父亲面前表现出"俨然革命分子"的优越感,大概万万没有想到,革命胜利以后,自己会成为"右派"吧?——以后的历史竟会这样发展,真让人感慨系之。

12月5日　读美国记者贝尔登1946年访问赵树理的记录,赵对他说:"我是为农民写作的。"此话看似平常,如联系赵树理在此以后——从解放后,一直到"文化大革命"的种种困惑、遭遇,老赵的这句话实际上是表明了一种选择,内涵相当丰富,应做细致的分析,说不定赵树理之"谜"就暗含在这里。

1月7日　读国民党系统的杂志《文艺先锋》,竟发现他们的一些(当然不是全部)文艺观竟与左翼作家的某些观点十分相似。这一点鲁迅似乎谈过。我感兴趣的是另一方面:这种相似为什么在“当时”不为人们所注意,在“今天”看起来却又是如此醒目呢?这其间的“时间差”起了什么作用?

1月18日　好不容易找到了在40年代末学生运动中风行一时的集体朗诵诗《死和爱》,不禁朗读起来,声调铿锵,且有气势。很自然地联想起五六十年代占诗坛主导地位的政治抒情诗。这两者之间是否存在着一种内在联系?值得深思。

其实,这是一个并不深奥的常识:“历史”是彼时彼地发生的,写历史的“人”是生活在此时此地的,由“彼”到“此”存在着一个“时间差”,这是“历史写作”必须面对的事实,也是历史写作能够成立的基本前提、条件与特点。“时间差”意味着什么?这才是应该深思的。历史的当事人按照彼时彼地的具体境遇做出某种选择,从而创造了某种历史,这种选择可以是盲目的、无意识的,也可能内含某种预设而成为有意识的自觉行为;所谓由“彼”到“此”,实际上就是这种(有意识与无意识的)选择(它构成了某种历史“命题”)的展开与实现的过程。而这展开与实现的“结果(后果)”却是历史的当事人(做出选择者)所无法预知的,离其预计也相差甚远(甚至相反);但却是生活在此时此地的历史的叙述者(研究者)所能够把握的:这些历史的后果正是他(们)今天所面临的现实。因此,所谓“历史写作”实际上是一个不断往返的双向运动:既要“由此及彼”,努力进入历史情境,“设身处地”地去体察、理解彼时彼地的人(个体与群体)怎样、何以做出这样或那样的选择,也即某种历史命题是怎样产生的;又要“由彼及此”,“毫不回避”地正视与揭示在选择(命题)展开与实现的过程中出现的一切严峻而复杂的事实(后果)。这样看来,写作本书的过程中,前述既进入"当年"的情境,又不断联想"以后"发生的一切,这是符合历史写作的特点的。而"设身处地"与"毫不回避"则是必须遵循的两条基本原则。

随着研究的逐渐深入,我又发现了自己心态(情绪)上的某些变化:本来,"1948年"对于我是一个相当遥远而陌生的"过去";但当我逐渐进入"角色"(戏剧里所说的规定情境),却又唤起了我早已模糊了的记忆,找到了仿佛失落了的,却又确实存在的"我"与那个"时代"的联系。还是抄几段日记吧——

12月20日　读梁实秋的女儿对当年与父亲离别时情景的回忆:"……我忽然想起还有一句话要说,便拼命地跑啊跑啊追火车,赶上去大声喊:'爸爸你胃不好,以后不要多喝酒啊!'爸爸大声回答我说'知道了。'火车越走越远,一缕轻烟,冉冉南去,谁能想到这一分手就是四十年。"——读到这里,心突然一动:那"回忆"中的"女孩"仿佛变成了自己:我也是在1948年和父亲永别的啊!然而又分明不是我:当年父亲是悄然离去的,连这样的"惨别"的回忆也不曾留下,以至几乎忘却。想到这里,竟感到说不出的悲凉……

1月18日　收到四哥从南京寄来的一大包材料,全是有关抗日战争与解放战争时期上海、南京学生运动的回忆。四哥正是当时的地下党员,回忆中也有他写的文章。读这些材料时,总好像看见四哥的身影在晃动,同时唤起了童年时的回忆:记得"五二〇"大血案时,我正在中央大学丁家桥附小读书,老师曾带我们去医院慰问被国民党军警打伤

> 的学生,“大哥哥”慷慨激昂的神情仿佛还有些印象……
>
> 2月1日　读《大公报》上关于大批“难民”拥向上海的报道,好像看到自己及全家也在其中,只记得火车很挤,走得很慢,其余什么也记不得了。
>
> 2月21日　今天是年初三,按习惯去老丁(姐夫)家聚会,我却另有目的:想了解当年解放军文工团的活动,老丁抱出了一大包珍藏的材料,居然找出了二姐写的一个剧本和通讯,十分高兴。回家一面翻阅已经发黄的历史资料,一面陷入回忆之中:1946年随父母从我出生的重庆回到上海,二姐已参加了新四军,我们姐弟见面是在解放以后,这时父亲与三哥已去台湾:这样,我们全家就一直未能团圆……一时竟黯然无语。

这是我没有想到的:关于“1948年”的写作,竟然会唤起我早已深埋的家族隐痛的回忆。而我相信,这回忆并不只属于我个人与我们家庭。记得前几年报刊上发表了我纪念父亲的文章,就收到一位朋友的来信,说我的文章引起了他的回忆和心灵的震撼——

> 我和我的父亲也是在南京诀别的。那是1948年的冬天,他去上海,我坐船去武汉,那时淮海大战(国民党叫“徐蚌会战”)败局已定,南京发生抢米风潮,书已经不好读了,父亲卖了几件军服,打发我回湖南老家去,他和继母准备去台湾,但不知为什么最后没有走成……

我想,所有经历过那个年代的中国人,不论年龄大小(我当时只有9岁),也不论具体境遇如何(扮演什么角色),“1948

年”对他们都是一个终生难忘的记忆，两个时代交替的历史剧变逼迫每一个个体，家庭与集团都必须做出某种选择，并在以后长历史阶段里（甚至延续到今天）为当年的选择承担后果。因此，对像我这样的那个时代的过来人写这段历史，实质上就是一种“回忆”、一种“反思”，并且不能不是刻骨铭心、牵肠挂肚的。我本以为这次写作可以多少摆脱一下持续多年的主体投入的研究方式——我为之付出了太多的代价，真应该轻松点了；但没想到最终还是卷入主客体的交战之中不能自拔，这大概是本性难移，也是命中注定吧。

自然，这只是一种狭义“回忆”。但是，能不能从广义的角度也把历史的写作看作是一种“回忆”呢？就以我们正在写作的这本关于“1948 年”的书而言，所要描述的对象，是 20 世纪历史上的两个时代，一个将亡未亡，一个将生未生，经过殊死搏斗，作为最后选择的结果，是 1949 年一个新的国家（历史）实体的诞生，一个新的时代（我意欲把它叫作“毛泽东时代”）的开始。经过将近 50 年的发展，现在，这个实体已经长大，又开始了新的历史时期的蜕变；这时重新来描述 1948 年的历史，实质就是“成年”时代对“童年”时代的一个反顾，“对已经流逝的生命的一种‘回忆’”。而“回忆”按照我的理解，正是“已无法追寻的‘过去’与‘现在’之间的互融与互生”，“已逝与将至的‘远方’将一起奔聚而来”。[②] 于是，在我们的研究过程中，就不能不时时面对：有别于旧时代的新历史实体的观念、思维、话语、生活方式……在旧躯体中孕育、诞生的“过去”，与这些观念、思维、话语、生活方式……的内在矛盾、正负面意义充分展现与显露的“现在”，二者之间的撞击、交融。思考正是在这种撞击、交融中进行,同时,又是面对将至的“远方”,与对已经陷于重重困惑中的这个历史实体的未来的焦虑联系在一起。因此作为一种“回忆”的历史叙述,就必须努力寻找“过去”“现在”与“未来”三维视点,并且能够取得在三者之间转移、滑动的灵活性。这又是一个历史(文学史)叙述学上的难题。我在材料的搜寻工作告一段落(材料的发掘本身自然是永无穷尽的)以后,有将近一个月不能动笔,就是为找不到恰当的叙述视点与叙述语调。有一段时间,我甚至对此书的写作失去了信心,以至兴趣,如果不是必须以此课题给学生上课,我很有可能就因为遇到这“拦路虎”而停笔。坦白地说,这叙述学上的难题我至今也未能完满解决,只是后来勉强找到一个差强人意的解救办法。即设计两个视点(视角),一是按月组织章节,在每一章的开头都抄录“当时人的生活实录”(即叶圣陶先生的本月日记),以显示彼时彼地的作家的日常生活实际,他们的现实境遇、感受,以形成“过去”式的视点(视角);另一则是以第三人称出现的历史叙述者的视点(视角),他是全知全能的,因此可以通过语气、角度、语言(时代习惯用语、句式的选择,等等),表达方式(叙述、描写、议论)的不断变换,自由地“出入”于“过去”与“以后”及“现在”之间,同时又将一种“未来”(“远方”)视点“隐蔽”其后。尽管做了这样的设计,但在实际操作中,仍感到困难重重,难以取得满意的效果。至少我对已经写出的部分是不满意的。或者还需要一个探索过程,即通常所说把笔写顺了,也许会有一个新的起色。看来,在解决文学史观念问题之外,确实还需要不断探寻文学史的写作形式,这是要花大力气、做长期努力的。本书的写作仅是意识到其重要性,而从文学史结构与叙述两个方面做了一次自觉的尝试而已。得失如何,就要看实践的结果了。——眼下还不能说我已有了足够的信心。

最后需说明一点,本书完稿后,部分章节曾在香港《二十一世纪》、北京《读书》、江苏《东方文化周刊》、长春《文艺争鸣》、海南《天涯》等杂志上发表,特此向有关杂志表示谢意。

最后还要说明一点,本书系国家教委“八五”研究项目“40年代文学研究”的成果。得到了有关部门的资助,直至今日才完成,这是我一直深感不安的,特在此补充说明。

注释:

① 参看钱理群:《〈心灵的探寻〉前言》,第19—20页,上海文艺出版社,1988。

② 参看钱理群、谢茂松:《〈冰心自传〉后记》,第317页,江苏文艺出版社,1995。